BASTEI
LÜBBE
TASCHENBUCH

Weitere Titel des Autors:

Russische Freunde
Zeit des Verrats

Titel in der Regel auch als E-Book erhältlich

Über den Autor:

Matti Rönkä, geb. 1959 in Nord-Karelien, ist Journalist und der finnische »Mister Tagesschau«. Er hat sowohl in den Printmedien als auch im Radio gearbeitet. Er sagt von sich selbst, dass er geradezu fanatisch gerne Sport treibt, jedoch ohne besonders sportlich zu sein. Und er liebt es wacklige Möbel in russischem Design zu bauen. Matti Rönkä lebt mit seiner Frau und seinen drei Kindern in Helsinki.

Matti Rönkä

Entfernte Verwandte

Kriminalroman

Aus dem Finnischen von
Gabriele Schrey-Vasara

BASTEI
LÜBBE
TASCHENBUCH

BASTEI LÜBBE TASCHENBUCH
Band 16 663

1. Auflage: Mai 2012

Dieser Titel ist auch als E-Book erschienen

Vollständige Taschenbuchausgabe
der bei Lübbe Paperback erschienenen Paperbackausgabe

Bastei Lübbe Taschenbuch und Lübbe Paperback in der
Bastei Lübbe GmbH & Co. KG

Titelillustration: HildenDesign unter Verwendung von Bildern von
© shutterstock/Marylin Volan und shutterstock/Sascha Burkard
Umschlaggestaltung: HildenDesign, München
Satz: Kremerdruck GmbH, Lindlar
Gesetzt aus der Adobe Caslon Pro
Druck und Verarbeitung: CPI – Ebner & Spiegel, Ulm
Printed in Germany
ISBN 978-3-404-16663-3

Sie finden uns im Internet unter
www.luebbe.de
Bitte beachten Sie auch: www.lesejury.de

Der Preis dieses Bandes versteht sich einschließlich
der gesetzlichen Mehrwertsteuer.

1

Dorf Porajärvi, Bezirk Suojärvi, Republik Karelien, Russland

Pawel Wadajew saß auf der Bank unter dem Vordach und atmete tief durch. Er stellte sich vor, wie die Lunge sich beim Ausatmen in einen harten, runzligen Klumpen verwandelte, wie ein Fausthandschuh, den man auf dem Ofen vergessen hat.

Seine Haut glühte noch vom beißenden Dampf, obwohl die Hitze sanft war in der Sauna, diesem um eine halbe Balkenbreite ins Erdreich gesackten Holzanbau am Ende des Kuhstalls.

Otschen charascho, vieles war fraglos gut, gestand Pawel sich ein.

Seine Frau war ein vortrefflicher Mensch. Energisch bei allem, was sie tat. Und reinlich, sie wusch die Wäsche, schrubbte die Fußböden. Gutes Essen machte sie, buk Piroggen, Brote und Aufläufe, kochte Grütze, Brei und Marmelade, legte Pilze ein. In den Regalen im Keller standen reihenweise Weckgläser, sorgfältig mit Pergamentpapier und Gummibändern verschlossen, genug Vorrat für ein Jahr und mehr.

Und einen besseren Sohn als Sergej könnte ich mir nicht wünschen, dachte Pawel. Die Augen wurden ihm feucht. Er schalt und bestrafte den Jungen zu oft. Natürlich macht ein Bub gelegentlich Fehler, das muss ja sein, wie soll er sonst etwas lernen.

Pawel kraulte die Katze am Ohr und hörte Wasser plätschern. Offenbar goss Xenja sich noch einmal kalt ab. Er wusste, dass seine Frau die emaillierte Waschschüssel bald umgedreht auf die Saunabank stellen würde, dann würde sie herauskommen und Wohlgefühl und Samstagsfrieden ausstrahlen. In ihrem Bademantel aus Waffelstoff und mit einem Handtuchturban auf dem Kopf würde sie gelassen über den Hof schreiten wie bessere Leute in der großen Welt, obwohl sie nur Gesundheitsfürsorgerin war in der Elementarschule des Dorfes Porajärvi, Bezirk Suojärvi, Republik Karelien.

Eine kluge Frau, die viel wusste, das gab Pawel Wadajew bereitwillig zu. Sein Nachbar, der alte Trifon, hätte wohlwollend hinzugefügt, Pawel selbst sei ein wenig schwer von Begriff. Pawels Gedanken bewegten sich wie ein Opa, der auf den Dachboden steigen will, sich Stufe um Stufe nach oben kämpft, ab und zu eine Verschnaufpause einlegt, irgendwann aber doch ans Ziel kommt, wenn er sich nur immer am Geländer festhält und stur weitergeht.

Nein, ich bin nicht schnell von Begriff und auch sonst nicht clever, gestand sich Pawel ohne Verbitterung ein. Aber meine Arbeit tue ich, niemand kann mir vorwerfen, ich würde mir keine Mühe geben, mich nicht ins Zeug legen, verteidigte er sich, obwohl ihn gar keiner tadelte, nicht einmal die träg auf dem Rasen liegende Katze.

Terpenie lutsche spasenija, sagte Pawel halblaut, so hatten sich die Leute früher getröstet. Geduld ist besser als Erlösung. Wenn man fleißig arbeitete, wurde man von Gott belohnt, am Ende winkten die strahlendste Krone und die göttliche Gnade … Pawel brach mitten in seiner Schlussfolgerung ab, denn ihm kam plötzlich der Verdacht, dass er irgendetwas falsch verstanden oder falsch in Erinnerung hatte. Das Wertvollste müsste doch die Erlösung sein, nicht die Erwartung. Aber mit etwas blendend Weißem, Reinem und Schönem wurde sicher jeder belohnt, der seine Arbeit verrichtete, einigermaßen anständig lebte und sich darauf verließ, dass der Sohn Gottes den Rest erledigte.

An diesen halbfertigen Gedanken beschloss Pawel zu glauben.

Ein Frömmler war er nicht, auch wenn er ein Kreuz um den Hals trug. Er war in der Sowjetzeit aufgewachsen, doch seine Mutter und seine Großmutter hatten auch damals das Kreuzzeichen geschlagen und altslawische Gebete gemurmelt. Und als aus Vereinshäusern und Kinos wieder Gotteshäuser geworden waren, hatte auch Pawel gelernt, sie zu besuchen, hatte dünne Wachskerzen angezündet und mit dem langbärtigen Popen im Wechsel gesungen.

Auch das diesseitige Leben ist gut, dachte Pawel. Am Samstagabend braucht man sich nicht zu sputen, und in unserem Dorf ticken die Wanduhren auch sonst gemächlich.

Dennoch war Pawel unruhig. Sollte er es jetzt erzählen? Xenja würde ihn verstehen, vielleicht würde sie eine Weile schmollen, doch dann würde sie sagen, tu es, Paavo Pawelka, geh nur, wir kommen so lange allein zurecht.

Pawel Wadajew seufzte schwer. Nun habe ich wohl doch beschlossen, zu gehen, überlegte er. Die Katze maunzte, machte einen Buckel und schlug mit dem Schwanz, wollte gestreichelt werden.

2

Tapanila, Helsinki

Als ich aufwachte, war alles still, und ich gab mich der Hoffnung hin, es wäre noch Nacht und ich dürfte weiterschlafen. Ich machte die Augen zu, doch in meinem Kopf rührten sich bereits die Gedanken. Die Armeezeit kam mir in den Sinn. Du schreckst in der Schlafstube auf, begreifst, dass es zu hell ist, und gleich darauf schlurft der Diensthabende über den Flur, reißt die Tür auf und das Gebrüll geht los …

Das Mädchen schrie im Gitterbettchen. Ich sah zu Marja hinüber, aber sie lag auf dem Bauch, alle viere von sich gestreckt, und rührte sich nicht. Sie trug ein T-Shirt und meine Boxershorts und hatte sich die Decke über den Kopf gezogen. Ich stand auf. Der Radiowecker zeigte 6:52.

»Was ist denn?«, sagte ich zu dem Mädchen. Die Kleine hörte mit dem Weinen so plötzlich auf, wie sie angefangen hatte, quiekte noch einmal leise beim Einatmen. Ich hielt ihr den Schnuller hin, doch sie streckte die Arme aus, wollte hochgenommen werden.

»Mach sie sauber und zieh ihr eine neue Windel an. Aber vergiss das Puder nicht. Ihr Po war gestern ziemlich rot«, sagte Marja in meinem Rücken. Sie war leise aufgestanden und stapfte in die Küche.

»Warum bist du nicht im Bett geblieben? Das schaff ich auch allein«, sagte ich und dachte, warum bist du nicht selbst zu der Kleinen gegangen, wenn du doch wach warst.

»Es wird sowieso Zeit, aufzustehen.«

Diese Bemerkung war auf mich gemünzt, das war mir klar.

Ich zog das Wärme ausstrahlende Mädchen aus. Die nasse Windel war so schwer wie ein kleiner Sandsack. Dann drehte ich den Hahn auf und wusch das Mädchen unter der Dusche.

»Wo ist das Handtuch?«

»Wo die Handtücher immer liegen.«

So leise wie möglich öffnete ich die Schranktüren und versuchte zu erraten, welche Tücher für das Geschirr gedacht waren und welche für die Hände, welche für Gäste reserviert waren und mit welchen man sich nur das Gesicht abtrocknete.

Ich setzte das Mädchen auf unser Bett. Da saß es und sah mich ernst an. Es hatte dicke dunkle Haare und dunkle Augen.

Da wächst sie nun wie eine Erbse oder irgendeine andere Schotenfrucht, schießt in die Höhe und entwickelt sich, dachte ich voller Staunen, dieses schelmische Wesen, eine zusammengesetzte Kopie von uns beiden, von Marja und mir. Für eine Frau musste das Mysterium noch unbegreiflicher sein, oder vielleicht doch etwas ganz Natürliches, das Kind war in der Frau gewachsen und schließlich herausgekommen. Der Mann war nur einmal gebraucht worden, fast ein Jahr vorher, vor einer halben Ewigkeit.

Das Mädchen nahm den Schnuller und saugte mit eingezogenen Backen daran.

»Kleiner Kobold«, sagte ich, drückte die Lippen auf ihren Bauch und prustete. Dann streckte ich mich neben dem Mädchen aus.

Ich nannte sie Mädchen, obwohl sie einen schönen Namen hatte, Anna, nach meiner verstorbenen Mutter. Anna war außerdem ein unverfänglicher Name, von dem keiner sagen würde, das ist ja ein urfinnischer Name, oder, was für ein exotischer Name, ist der etwa russisch?

Wir hatten uns nicht einmal darüber gestritten. Annas zweiter Vorname war Helena, nach Marjas Mutter. Ich hatte nichts dazu gesagt, obwohl er mich an Lena erinnerte, ein Mädchen aus meiner Vergangenheit, in der sie auch bleiben sollte, wenn es nach mir ging.

Wir hatten eine Weile darüber diskutiert, ob wir unsere Kinder taufen oder nur standesamtlich registrieren lassen sollten, denn ich gehörte ja keiner Glaubensgemeinschaft an, ich war ein in der Lüge und im Atheismus aufgewachsener Heide. Auch Marja war nicht gläubig, aber sie meinte, es wäre schön, eine Taufe zu feiern, Verwandte, Nachbarn und Freunde einzuladen. Ich erhob keine Einwände, obwohl ich selbst nur meinen Bruder Aleksej und seine kleine Familie einladen konnte. Unter meinen Kollegen und Geschäftspartnern wäre keiner als Pate in Frage gekommen.

Auch über Annas Familiennamen hatten wir uns nicht wirklich gestritten. Ich hatte vorsichtig angedeutet, es wäre mir lieb, wenn unser Kind Kärppä hieße, auch wenn wir nicht verheiratet waren. Marja hätte sicher nicht meinen Namen angenommen, wenn wir geheiratet hätten, vermutete ich, sie war eine moderne Frau.

Die Namensfrage war allmählich zu einem heiklen Thema geworden. Mal waren wir um die Wette konstruktiv und einer Meinung, mal starrten wir stumm auf den Garten. Manchmal hatte ich den Verdacht, dass Marja doch gern Kärppä heißen würde oder zumindest erwartete, dass ich es ihr vorschlug.

Ich wusste, dass ich eingeschlafen war. Zwischendurch schrak ich hoch, doch der Traum schien immer weiterzugehen. Ich hatte viele Kin-

der und offenbar auch Enkelkinder, aber sie waren alle ein, zwei Jahre alt, gleich groß, alle trugen Strampelhosen, gleichartige, aber in verschiedenen Farben. Kinder krabbelten über den Fußboden und auf den Betten und Sofas. Marja war im selben Zimmer, ein Baby in den Armen, aber dort waren auch Lena aus der Zeit in Sankt Petersburg und andere Frauen, aus Finnland und Russland, oder genauer gesagt, aus der Sowjetunion, auch die Studentin aus Leningrad, mit der ich mich in der Kommunalka hastig gepaart hatte, während die anderen Studenten hinter der dünnen Wand für ihre Prüfungen büffelten und einer von ihnen nur einen Meter von uns entfernt die lateinischen Namen der Knochen und Muskeln des Zwischenfußes aufsagte.

Ich sah auch mich selbst, mit faltenfreiem Gesicht und in dem Adidas-Sportanzug, den ich beim Training in der Jugendnationalmannschaft bekommen hatte. Ich spürte seinen Geruch sogar im Traum. Ein neuer Anzug, aus dickem Material, mit Rippenbündchen an den Ärmeln und einem Schildchen am Nacken, auf dem stand: Made in Germany.

Um halb neun wachte ich erneut auf. Ich trottete in die Küche. Der Kaffee war vom langen Stehen eingedickt, aber ich goss ihn brav in eine Tasse und gab Milch dazu, um den bitteren Geschmack zu mildern.

»Hättest dir besser neuen gekocht.«

Marja sortierte die Wäsche. Sie hatte das Mädchen angezogen und gefüttert, und die Spülmaschine surrte bereits.

»Bei dir ist es gestern … spät geworden.« Marjas Tonfall änderte sich. Die Pause ersetzte das Wort »wieder«.

Das Barometer in meinem Stirnhirn prophezeite auch an diesem Morgen stürmische Verhältnisse. Ich kaute schweigend mein Butterbrot.

»Ich versteh das nicht, Viktor. Wieso halten sich deine Firmen und Geschäfte nicht an die normalen Bürozeiten? Dass du nicht die halbe Nacht wegbleiben musst?«

Marja kam aus dem Hauswirtschaftsraum und strich sich ebenfalls ein Brot.

Ich hatte keine Lust, den Tag mit Nörgeln oder Streiten zu beginnen. Also versuchte ich konstruktiv zu sein und zu erklären, dass man tagsüber baut und manchmal Überstunden macht, um im Zeitplan zu bleiben. Abends muss man mit Kunden verhandeln, Geschäfte abschließen oder auch nur Leute kennen lernen und Kontakte knüpfen. Man muss sich vernetzen, erklärte ich routiniert wie ein Firmenberater.

»Glaubst du etwa, das ist ein Vergnügen? Für einen Mann von meiner Art?«, heischte ich um Sympathie und Anteilnahme. »Ich tue es für uns. Das weißt du doch.«

»Ich will keine Charakteranalyse, sondern eine einfache Antwort auf meine Frage«, fauchte Marja und warf das Buttermesser so schwungvoll auf den Tisch, dass es herunterfiel.

»Schnell, wisch das Fett auf, sonst zieht es in den Klinker …«, wies ich sie an.

»Zum Teufel noch mal, vergiss die blöden Kacheln und bleib beim Thema. Du willst bloß raus hier.«

»Ist dir das Haus etwa auch nicht gut genug? Ich hab verdammt hart geschuftet, damit wir ein Dach über dem Kopf haben und warme Zimmer. Für dich und für Anna.«

»Klar doch, besten Dank auch. Es war doch deine Schuld, dass unser Haus abgebrannt ist. Mir wäre das alte Haus gut genug gewesen.«

Das tat weh, denn es entsprach der Wahrheit. Man hatte versucht mich zu erpressen, ich sollte auf meine Geschäfte verzichten, und als ich mich geweigert hatte, war unser Haus abgebrannt. Ich hatte das Problem beseitigt, hatte dafür gesorgt, dass wir nicht mehr bedroht wurden, hatte sogar ein neues Haus gebaut, doch ich wusste, dass ich nicht alles so wiederherstellen konnte, wie es vorher war.

»Ich muss gehen«, sagte ich.

»Hätte ich mir denken können«, stichelte Marja. »Ich hab heute Abend etwas vor, hoffentlich hast du das nicht vergessen. Du hast versprochen, rechtzeitig zu Hause zu sein.«

»Ja, ja. Wenn ich es nicht schaffe, schicke ich eins von den Mädchen rüber«, versprach ich.

»Soll ich etwa mein Kind deinen Mädchen anvertrauen?«, giftete Marja.

»Na gut, dann schicke ich einen Jungen«, gab ich zurück.

Ich zog mich an, putzte mir die Zähne und versuchte mich zu beruhigen. Dann ging ich hinaus, um Anna über die Wange zu streicheln. Sie lag bäuchlings im Kinderwagen auf der Terrasse und schlief. Auch von Marja verabschiedete ich mich.

»Vielleicht solltest du anfangen, Golf zu spielen, damit du überhaupt nicht mehr zu Hause herumzuhängen brauchst«, war ihre Antwort.

Marja hatte eine spitze Zunge, wenn sie wütend war.

3

Als ich den Rückwärtsgang einlegte, um vom überdachten Stellplatz zu fahren, klopfte jemand ans Seitenfenster. Ich drückte auf den Knopf, das Fenster ging surrend auf, und ein kraushaariger Männerkopf schob sich herein.

»Der riecht ja noch nach Stuttgart. Kein Machorka-Mief in den Bezügen. Warte mal, wie heißt das Zeug, das ihr pafft? Weißmeerkanal oder so?«, frotzelte der Kriminalbeamte Teppo Korhonen.

Ich fuhr die Scheibe wieder hoch. Korhonen zog hastig den Kopf zurück.

»Ich komm lieber raus zu dir, ehe du mir meinen Mercedes verpestest«, sagte ich und stieg aus. »Sie heißen *Belomorskaja Kanal.* Die Zigaretten. Aber ich bin Nichtraucher. Und in meinem Wagen raucht auch sonst keiner.«

Korhonen hielt den Kopf schief und sah mich an. Ich kannte ihn seit Langem, sogar zu gut. Korhonen war bei der Polizei im BGK-Dezernat für Berufs- und Gewohnheitskriminelle zuständig, vor allem für solche, die Verbindungen nach Estland oder Russland hatten.

»Was willst du?«, fragte ich.

Korhonen verzog den Mund. Er schien es nicht eilig zu haben. Ich hatte ihm gelegentlich geholfen, und im Gegenzug hatte er mir einiges durchgehen lassen, des Öfteren ein Auge zugedrückt und mitunter in die andere Richtung geschaut. Aber ich wusste auch, dass Korhonen unberechenbar war. Manchmal verlor er die Geduld und fing an zu toben, und dann musste man nicht nur die Menschen in seiner Umgebung vor ihm schützen, sondern auch ihn selbst. Ich hatte wenig Lust, auf einen erwachsenen Mann aufzupassen, auf einen Polizisten schon gar nicht.

»Na?«, drängte ich.

»Der liebe Viktor hat sich gar nicht mehr blicken lassen. Hast auch nicht angerufen, ›Teppo, mein Freund, lass uns ein Tässchen Kaffee trinken.‹ Eigentlich wärst du an der Reihe, mir eine Tasse Bohnenkaffee zu spendieren, Viktor. Das heißt, heute trinkt man ja Latte oder Lotte oder wie das Zeug heißt. Zum Mitnehmen, Halterungen für die Becher hat deine Karre bestimmt, gehört doch zur Ausstattung«, legte Korhonen los.

Ich wusste sehr wohl, wofür ich ihm Dank schuldete, und zwar größeren Dank, als mit Kaffee und Kuchen abzugelten war. Korhonen hatte mir geholfen, gegen meinen Willen, aber geholfen hatte er mir, hatte mir sogar das Leben gerettet, als ich herausfinden musste, wer mich und mein Business bedrohte. Im Gegenzug hatte ich allerdings meine Feinde in Korhonens Netz getrieben, denn er hatte etwas vorweisen müssen, wichtige Erkenntnisse, richtige Verbrecher.

»Na, immerhin hab ich dir doch repräsentative Kunden zugeführt«, erinnerte ich ihn.

»Stimmt, stimmt, kein Wort mehr darüber, unter alten Kumpels«, flüsterte Korhonen hastig und begann zu pfeifen. »Ich darf jetzt auch wieder richtig arbeiten, statt Telefonate abzuhören. Und Ypi Parjanne ist auch mitgekommen, den kennst du ja schon.« Korhonen deutete auf den jüngeren Mann, der schweigend hinter meinem Mercedes gewartet hatte.

»Ciao«, nickte ich. Ich erinnerte mich an Parjanne. Er hatte Korhonen früher begleitet und sich bemüht, die Frotzeleien und Schikanen seines älteren Kollegen zu ertragen.

»Guten Tag«, sagte Parjanne sachlich.

Ich wusste, dass er mir etwas Unangenehmes zu sagen hatte, und wartete.

»Besser, im Schatten zu stehen … die Sonne brennt so«, begann Parjanne mit dünnem Lächeln. Er war ein mittelgroßer, schlanker Mann. Graue Jacke, graue Hose, graues Gesicht.

»Ja, es ist heiß und sonnig und trocken«, antwortete ich teilnahmslos, stellte klar, wie langweilig ich die Höflichkeitsfloskeln fand.

»Ypi hat nämlich Angst vor Hautkrebs«, mischte sich Korhonen ein. Er lehnte sich an den Kotflügel, zündete eine Zigarette an und schnippte das Streichholz auf den Rasen.

»Lass den Scheiß«, seufzte Parjanne. In seinen Worten schwang eine leise Drohung mit, vielleicht auch Überdruss oder Enttäuschung: Darüber haben wir doch schon gesprochen.

»Na, du sagst doch selbst immer, wenn es eng wird, probieren wir es mit der Wahrheit. Gerade eben hast du mir einen Vortrag über die Gefahren der ultravioletten Strahlen und den Hauttyp A gehalten. Fang nicht an, den Chef rauszukehren, Bubi«, erregte sich Korhonen wie ein Pubertierender, der in den Worten seiner Eltern einen moralischen Widerspruch entdeckt hat. Ich hatte den Verdacht, dass er eine Show abzog.

»Hör auf, Terho«, gab Parjanne zurück und erzielte damit einen Punkt. Korhonen mochte seinen Taufnamen nicht, er wollte Korhonen genannt werden oder allenfalls Teppo.

»Ich rede jetzt ganz offen, unter alten Bekannten«, wandte Parjanne sich schließlich an mich.

In meinem Kopf schrillten die Alarmglocken. Die Gefahr,

verscheißert zu werden, ist dann am größten, wenn der Andere einem in die Augen sieht und seine Aufrichtigkeit beteuert. Allerdings konnte ich mir Parjanne nicht als Betrüger vorstellen. Meines Wissens war er ein ehrlicher Polizist, der sich ernsthaft und unbeirrbar abrackerte.

»Ich leite jetzt unsere Einheit, oder unser kleines Team. Korhonen und ein paar andere gehören dazu. Wir haben auch bei uns in der BGK-Abteilung die Organisationsstruktur ein wenig umgestaltet.«

Parjanne bemühte sich, bescheiden zu wirken, aber er hatte bestimmt selbst an diesen Besprechungen teilgenommen, Vierecke und Matrizen gezeichnet, von Synergien und Effektivierung und Kernkompetenz geredet.

»Wir konzentrieren uns auf Wirtschaftskriminalität, speziell auf den Arbeitsmarkt. Also auf Schwarzarbeiter, Leiharbeiter, ausländische Saisonkräfte, Menschenhandel …«, erklärte Parjanne. »Dieser Bereich ist im Ministerium und auf sämtlichen Ebenen der Polizeiverwaltung als besonders wichtig eingestuft worden«, begeisterte er sich, verstummte jedoch, als er merkte, dass ich ihn ausdruckslos ansah.

Genauer gesagt, blickte ich ein wenig an ihm vorbei und über ihn hinweg, sodass er keinen Blickkontakt herstellen konnte. Ich wollte ihm nicht helfen oder entgegenkommen. Es dauerte eine Minute, bevor Parjanne nervös wurde. Eine lange Zeit, wenn man still dasteht und ins Leere starrt.

»Das ist also zum Schwerpunkt erklärt worden … und den nehmen wir ernst. Wenn jemand in Finnland oder in der EU arbeitet, müssen die Löhne und sonstigen Arbeitsbedingungen dem ortsüblichen Standard entsprechen, egal, woher die Arbeitskräfte kommen. Missbrauch wird ausgemerzt. Das ist eine Frage der Gerechtigkeit, aber auf lange Sicht geht es auch um den gesunden Wettbewerb … die Arbeitgeberseite macht ebenfalls mit«, erklärte Parjanne und entfernte sich immer weiter von seinem Pfad.

Ich schnaubte so leise, dass er meine Geringschätzung eher ahnen als hören konnte. Ich hätte ihm sagen können, dass auch ich einiges darüber wusste, über das Leben als Schwarzarbeiter, über echte Scheißjobs, bei denen man nur ein einziges Recht hatte, nämlich zu malochen, und obendrein dankbar sein musste, weil einem dieses Glück widerfahren war.

Ich hätte auch fragen können, warum man sich erst dann für dieses Elend interessierte, wenn es sichtbar war, näher rückte und den finnischen Arbeitern gefährlich wurde. Dass anderswo in der Welt Menschen für einen Hungerlohn arbeiteten, regte keinen auf. Solange die Arbeit nicht in Finnland getan wurde, fragte niemand, ob ausreichende Ruhepausen vorgesehen waren, ob die Arbeiter auch wirklich Schutzschuhe trugen und ob die Patrone im Atemschutzgerät regelmäßig ausgewechselt wurde.

Doch ich schwieg. Mir war nicht klar, was Parjanne eigentlich von mir wollte. Er stand in der Polizeihierarchie so weit unten, dass es unsinnig war, ihm die Schuld an globalen Ungerechtigkeiten zuzuschieben. Und ich selbst hatte längst beschlossen, dass meine Moral und meine Verantwortung ungefähr so weit reichten, wie ich sehen, hören und fühlen konnte. Schon auf diesem kleinen Feld gab es genug zu ackern.

»Die Sache ist die, dass wir uns auf Wirtschaftskriminalität konzentrieren. Und Schwarzarbeit gehört dazu wie das Tattoo auf der Schulter eines Motorradgangsters«, übersetzte Korhonen Parjannes Sermon in Umgangssprache. »Wenn man ein bisschen stöbert, findet man fast immer Handel mit Quittungen und Steuerhinterziehung, Bankrottdelikte und Konkursbetrug und ähnliche nette Kleinigkeiten.«

Korhonen öffnete die obersten Knöpfe an seinem Leinenhemd und ließ sich die Sonne auf die Brust scheinen. Er war älter als ich, kleidete sich aber modisch und jugendlich. Diesmal trug er eine weite Hose und weiche Schuhe, das Hemd hing über die Hose.

»Und jetzt möchte mein Vorgesetzter Ypi, dass wir einen kleinen Vertrag über Freundschaft, Zusammenarbeit und gegenseitige Hilfe schließen. Warenaustausch auf bilateraler Ebene, ein Clearing-Konto für die Devisen und Verpachtung des Saimaa-Kanals für tausendzwanzig Jahre«, fügte Korhonen hinzu. Er schloss die Augen und tat, als ob er sich auf das Sonnenbad konzentrierte. »Das waren wohl die wesentlichen Punkte, das Communiqué kann gedruckt werden«, meinte er abschließend.

Ich trat ein paar Schritte auf Parjanne zu. Ich kam ihm ein wenig zu nahe, drang absichtlich in sein Revier ein und versuchte die Oberhand zu gewinnen. Allerdings war er doch so groß, dass ich ihm nicht von oben herab in die Augen blicken konnte.

Parjanne ließ sich von meinen Tricks nicht beirren. Als läse er von einem Notizblock ab, zählte er auf, welche Lohnnebenkosten ich noch nicht bezahlt und wie viel Mehrwertsteuer noch nicht entrichtet hatte. Dem könne man einige frühere kleine Verstöße hinzufügen, vielleicht die Buchführung prüfen und dem Finanzamt einen dezenten Hinweis auf seltsame Quittungen geben und auf Überweisungen von einer Firma zur anderen und wieder zurück. Nach und nach käme genug zusammen, um vor Gericht zu gehen. Eine Menge Ärger und Unannehmlichkeiten, stundenlange Gerichtsverhandlungen … Das Ergebnis wären letzten Endes sechs Ordner voll Ermittlungsmaterial, eine kleine Geldstrafe und ein Geschäftsbetriebsverbot, fasste Parjanne gleichmütig zusammen, ohne mir weiter zu drohen.

»Ich glaube nicht, dass wir eine Haftstrafe erreichen würden, nicht einmal auf Bewährung, aber viel Ärger können wir dir schon bereiten. Und ich würde dir diesen Vorschlag auch gar nicht machen, wenn du ein schlimmer Verbrecher wärst.« Parjanne ließ Gnade walten. »Wir möchten lediglich, dass du Augen und Ohren offen hältst und uns sagst, wo auffällige Arbeitskräfte eingesetzt werden. Du verstehst schon.«

»Würdest du bitte den Weg freigeben, Yrjö? Ich muss zur Halle«, sagte ich.

Parjanne sah mich gelassen an, lächelte dünn, drehte sich um und ging. Ich wusste, dass jeder Versuch, ihn einzuschüchtern oder zu erpressen, sinnlos war. Parjanne war allenfalls süchtig nach Tee, sein einziges Glücksspiel war Lotto und die sonstigen Perversionen beschränkten sich auf ein Pornoheft, in dem er als Halbwüchsiger mal geblättert hatte.

Korhonen knöpfte sein Hemd zu, allerdings nicht bis zum Hals, und folgte Parjanne. Dabei fuchtelte er mit den Armen und ahmte den gleichmäßigen Gang seines Chefs nach.

»Er heißt nicht Yrjö. Es gibt einen alten Schauspieler namens Yrjö Parjanne, das hat uns auf die Idee gebracht, ihm den Spitznamen Yrjö zu verpassen. Oder Ypi oder Ykä. Eigentlich heißt er Jorma«, erklärte Korhonen mir zischelnd.

»Verdammt noch mal, Korhonen«, brummte Parjanne, ohne sich umzudrehen.

»Ja, ja, ich komm ja schon, meine Lippen sind versiegelt.« Korhonen quasselte immer noch, als die beiden in ihren Wagen stiegen. Ich wartete, während sie zurücksetzten und auf die Straße bogen, sah ihnen noch eine Weile nach.

»Komm raus, Frolow. Ich hab dich längst entdeckt«, sagte ich zu dem Mann, der hinter meinem Stellplatz stand.

4

Maxim Semjonowitsch Frolow ließ sich auf der Sonnenliege auf meiner Terrasse nieder und trommelte mit dem Finger auf die Lehne. Auch er schien es nicht eilig zu haben. Wenn das so weiterging, würde ich frühestens gegen Mittag zur Arbeit kommen. Sollte ich Marja damit überraschen, dass ich diesmal zum Mittagessen zu Hause blieb? Vielleicht würde sie sich darüber freuen, andererseits bestand die Gefahr, dass ich ihre Pläne hinsichtlich Babyturnen und Peer-group-Treffen am Sandkasten durcheinanderbrachte.

»Wer waren die beiden?«, begann Frolow das Gespräch. Er war groß und hager und hatte die rötlichen langen Haare im Nacken zusammengebunden. Auf seinem blassen Gesicht schimmerten Sommersprossen, das Einzige an ihm, was sonnig oder freundlich war.

Ich lächelte, denn Frolow hatte eine frappierende Ähnlichkeit mit dem boshaften Jurymitglied beim Superstar-Wettbewerb, der falsch singende junge Leute gnadenlos mit Spott übergoss. Beinahe hätte ich laut aufgelacht, als mir klar wurde, dass er auch mit meinem Klassenkameraden Jurij aus der Elementarschule einiges gemeinsam hatte. Allerdings hatte Jurij millimeterkurze Haare und eine ständig laufende Nase gehabt. Er hatte kleinere Mitschüler gepiesackt, mit dem Recht des Stärkeren und geschützt durch die allgemein bekannte Tatsache, dass sein Vater Kandidat der KPdSU war und die ganze Familie aus einigermaßen wichtigen Persönlichkeiten bestand.

Als Frolow mich misstrauisch ansah, setzte ich eine ausdruckslose Miene auf. Ich mochte Maxim Frolow nicht unbedingt, aber ich machte Geschäfte mit ihm.

»Vitjuha, ich habe dich etwas gefragt.« Frolow richtete sich auf, wies mich damit auf mein unhöfliches Schweigen hin und darauf, dass ich ihn nicht ins Haus gebeten und ihm nicht einmal eine Tasse Tee offeriert hatte.

»Möchtest du etwas trinken, Maxja? Kaffee, Bier ... ich habe auch einen guten Wodka, Standart Platinum«, bot ich an, machte aber keine Anstalten, aufzustehen.

»Mach dir keine Umstände«, quittierte Frolow die Höflichkeiten, gleichmütig wie eine Kassiererin, die nach der Bonuskarte fragt.

»Die Kerle?«, fragte er erneut.

»Polizisten. Sie haben mich nach Schwarzarbeitern gefragt«, erwiderte ich offen.

Frolow blinzelte zweimal. Er war nicht erschüttert oder erschrocken, sondern lediglich überrascht, und selbst diese Gemütsbewegung legte sich innerhalb einer Zehntelsekunde.

»Und was hast du geantwortet?«, fragte er, den Blick auf mich geheftet.

»Ich habe sie gefragt, ob das Leute sind, die nachts arbeiten, mit einer Stirnlampe und so. Oder Leute, die nicht ganz helle sind.«

Marja kam aus dem Haus, den Wäschekorb auf der Hüfte. Sie blieb stehen und sah uns zornig an, stellte den Korb auf der Terrasse ab, ging wieder hinein und knallte die Tür zu, dass die Fensterscheiben klirrten.

»Der Familie geht es gut?«, erkundigte sich Frolow so sachlich, dass es kaum ernst gemeint sein konnte. »Und dem Kleinen, es ist doch ein Junge, oder?«

»Ein Mädchen.«

»Ach ja.« Frolow saugte an seiner Lippe. »Na, wo wir gerade beim Thema sind … brauchst du Leute? Ich kann dir auf die Schnelle ein halbes Dutzend kräftige Männer für jeden beliebigen Job besorgen. Sie haben Arbeitsgenehmigungen für Tischlerarbeiten auf der Werft, aber ich habe sie auf Baustellen eingesetzt. Zuverlässige, starke Burschen«, pries er seine Ware an.

»Im Moment nicht. Die Geschäfte gehen ziemlich schlecht.«

»Aha, aha«, nickte Frolow. »Ich hoffe, du meinst, was du sagst. Unsere gemeinsamen Freunde sind der Meinung, dass du meine Männer einsetzen solltest, statt dir eigene Leute von anderswo zu holen oder Finnen einzustellen.«

»Nein. Das heißt ja. Ich meine, was ich sage. Momentan gehen die Geschäfte einfach schlecht.«

Frolow sah mich immer noch ausdruckslos an.

»Dass du mir die Sache nicht … in die lange Kiste schiebst«, wandelte er eine alte Redensart ab, die besagte, dass unangenehme Pflichten, die man auf später verschob, oft in Vergessenheit gerieten und nie erledigt wurden, denn in der Ewigkeit gab es viel Zeit.

»Sei unbesorgt. Wir setzen die Dinge in Gang, lassen die Räder rollen. *Skoro*«, zahlte ich ihm in gleicher Münze heim. *Skoro* bedeutete bald, und konnte alles meinen, in ein paar Tagen oder in vielen Jahren.

Maxim Frolow stand auf und streckte seine langen dünnen Glieder.

»Eigentlich bin ich vorbeigekommen, um dir zu sagen, dass in Punavuori ein Waschbecken verstopft ist. Und der Abfluss an der Dusche soll auch stinken. Schickst du jemanden hin? Es geht um die Wohnung im Erdgeschoss.«

»Wird erledigt«, versprach ich, in einem Tonfall, der besagte, vielleicht ja, vielleicht auch nicht, das hängt von den sonstigen Aufträgen, von der Stellung des Mondes und den Bläschen auf dem Tee ab. Es gefiel mir nicht, dass man mich springen ließ wie einen Klempner.

»Und muss ich mir wegen diesen Polizisten Sorgen machen? Oder aus irgendeinem anderen Grund?«

Ich schüttelte den Kopf.

Frolow lächelte, nickte und ging. Er wusste, dass ich ihn nicht mochte. Aber er wusste auch, dass es bei unseren Geschäftsbeziehungen nicht um Freundschaft ging. Maxim rechnete sich aus, dass er mir vertrauen oder sich zumindest darauf verlassen konnte, dass ich ihn nicht an die Polizei verraten würde.

Das war in dem Land, aus dem wir kamen, nicht üblich gewesen. Es sei denn, man versprach sich einen Nutzen davon.

5

Fernstraße 75, zwischen Kuhmo und Nurmes

Pawel Wadajew war müde, aber irgendwie feierlich gestimmt.

Das Fahrzeug war nicht besonders erhebend. Der alte Audi war schmutzig und müffelte, und bei größeren Senken auf der mit Ölsplitt belegten Straße gab seine Federung nach. Den Straßenrand säumte niedriges, mickriges nordfinnisches Gestrüpp.

Und dennoch, Pawel war aufgeregt und genoss die mannhafte Fahrt.

Er war in Porajärvi in den Frühzug gestiegen, durch stille Ödwälder und als perspektivlos deklarierte Dörfer gefahren, in Lietmajärvi umgestiegen und schließlich in der nach Eisenpellets riechenden Stadt Kostamus angekommen.

Die südliche Route wäre kürzer gewesen, aber Andrej Gawrilow hatte die nördliche gewählt und Pawel eingeschärft, unbedingt pünktlich am Treffpunkt zu sein. Andrej selbst würde ihn dort abholen, vor dem Einkaufszentrum, bei dem roten Kiosk.

Der dunkelblaue Audi war mit nur zehn Minuten Verspätung vorgefahren, und Pawel hatte seine Reisetasche in den Kofferraum gestopft und sich auf den Sitz hinter Andrej gezwängt, neben einen großen Mann mit schwarzen Augenbrauen. Auf dem Beifahrersitz saß ein dritter, etwas älterer Mann, der einzige, der Pawel kurz begrüßt hatte.

Pawel war schon mehrmals in Finnland gewesen, in Kuhmo und Kajaani, manchmal sogar zwei Wochen hintereinander als

Beerenpflücker, aber weiter in den Süden war er nie gekommen.

Helsinki klang beeindruckend, allerdings war die Baustelle wohl in der Nachbarstadt, in Vantaa. Sie hatten zu Hause versucht, die Ortschaften auf der Karte zu lokalisieren, Pawel, Xenja und sogar der kleine Serjoscha. Zuerst hatten die Eltern den Jungen weggescheucht, er solle die Erwachsenen nicht stören, aber dann hatten sie ihm doch erlaubt, am Tisch zu bleiben und zuzuhören, während die Eltern die Sache beredeten und sich schon im Voraus über das Geld freuten und über all das, was man damit kaufen konnte.

Und jetzt bin ich weit weg von den beiden, hätte Pawel beinahe laut geseufzt, doch der finstere Blick seines Nachbarn auf der Rückbank ließ ihn schweigen.

Der andere Mann hatte sicher keine langen Unterhosen und Wollsocken in seinem Koffer, wie Xenja sie eingepackt hatte, obwohl Pawel protestiert hatte, es sei doch Sommer. Für alle Fälle, hatte Xenja gesagt, und Pawel wusste, dass seine Frau oft recht hatte.

Bei diesem Einsatz werde ich alles geben, schwor sich Pawel. Ich habe ja schon auf Großbaustellen gearbeitet, sogar in Murmansk, allerdings musste ich da vorzeitig aufhören, wegen der Augenentzündung, wahrscheinlich haben der Schmutz und der Frost die Augen gereizt, wer weiß das schon so genau.

An der Grenze war es Pawel ein wenig mulmig geworden, obwohl alle Papiere in Ordnung waren. Das hatte Andrejka jedenfalls versichert, und der hatte schon öfter solche Arbeitstrupps und Reisen organisiert. Aber die Grenze war und blieb die Grenze, in der alten Zeit hatte man sich nicht einmal vorstellen können, dorthin zu fahren oder sie gar zu überqueren. Jetzt hatten die russischen Grenzschützer die Pässe und die

Visa nur flüchtig angesehen und den Wagen durchgewinkt. Der junge Mann in grüner Uniform auf der finnischen Seite war immerhin genau gewesen. Er hatte Pawels Gesicht gemustert, ernst und konzentriert, hatte die Seiten des Passes unter irgendeiner speziellen Lampe an seinem Schalter betrachtet und zum Schluss nur genickt, sein bitte sehr, *pozaluista*, verschluckt.

Andrej hielt an einem Rastplatz, und die Männer gingen pinkeln. Pawel hätte sich gern nach der Baustelle erkundigt, hielt aber den Mund, weil auch seine Reisegefährten schwiegen. Andrej hatte anfangs vom Bau eines Einfamilienhauses gesprochen, aber auch andere Aufträge erwähnt. Genug Arbeit für einen Monat, und da sie sechs lange Tage pro Woche arbeiten sollten, würden sie mehr Geld verdienen als zu Hause in einem ganzen Jahr.

Pawel waren Bedenken gekommen, als Andrej ihre Pässe eingesammelt hatte. Ihr bekommt dann Baustellenausweise mit eurem Bild und finnischem Namen, hatte Andrej erklärt, das macht es leichter, in jeder Hinsicht.

»Und du bist jetzt Paavo Vatanen«, hatte Andrej zu Pawel gesagt und ihm aufgetragen, das Reden zu übernehmen, da die anderen Männer kein Finnisch konnten.

Na, mir ist alles recht, und den Namen kenne ich, klingt fast wie mein eigener, dachte Pawel selbstsicher und demütig zugleich, fragte sich jedoch, ob er nicht doch hätte sagen sollen, dass er an seinen Finnischkenntnissen zweifelte.

Es wird schon alles gut gehen, sprach er sich Mut zu, um die Unruhe zu vertreiben, die ihn beschlich. Andrej ist ein alter Bekannter. Und in Finnland habe ich Verwandte, an die ich mich wenden kann. Xenjas Verwandte.

Kein Grund zur Sorge.

6

Stadtteil Punavuori, Helsinki

Die Tür hatte ein Teakfurnier und auf dem Schild stand HARTIKAI EN. Die Mieter hatten sich nicht über den fehlenden Buchstaben beschwert, denn sie hatten ganz andere Namen, die normalerweise mit kyrillischen Buchstaben geschrieben wurden. Ich war mir ziemlich sicher, dass ich in meiner Halle irgendwo eine Tüte mit kleinen weißen Buchstaben hatte. Also konnte ich das fehlende N selbst anbringen. Den Immobilienservice wollte ich nicht in diese Wohnungen lassen.

Ich besaß in der Punavuorenkatu 21 zwei Dreizimmerwohnungen, in übereinanderliegenden Stockwerken im selben Treppenaufgang an der Giebelseite des Hauses. Es war ratsam, die Anzahl neugierig lauschender Nachbarn möglichst gering zu halten, so viel hatte ich gelernt.

Die Wohnungen waren mir bei einer komplizierten Umstrukturierungsmaßnahme zugefallen. Ich selbst war der Meinung, dass ich sie von meinem ehemaligen Arbeitgeber geerbt hatte, zog es allerdings vor, mich nicht daran zu erinnern, wie mein Boss ums Leben gekommen war.

Jedenfalls waren die Wohnungen nun auf meine Firmen eingetragen, und dem Finanzamt meldete ich regelmäßige, angemessene Mieteinnahmen. Die Miete für die eine Wohnung zahlte ein gewisser V. Hartikainen, die für die andere ein H. Huttunen. Bei Bedarf konnte ich auch Quittungen und Überweisungsbelege vorweisen.

Dass die Mieten regelmäßig eingingen, entsprach der Wahrheit, aber überwiesen wurden sie von Maxim Frolow, der die Wohnungen als Bordelle nutzte.

Ich klingelte zweimal, wartete eine Weile und war gerade im Begriff, mit meinem Reserveschlüssel aufzuschließen, als die Tür geöffnet wurde. Vor mir stand eine Frau im weißen Frotteebademantel und mit dunklen Ringen unter den Augen.

»*Dobroje utro*«, wünschte ich ihr einen guten Morgen. »Ich bin Viktor Kornostajew. Ich bin gekommen, um den Abfluss zu reparieren.«

Die Frau drehte sich um und ließ die Tür offen, sagte kein Wort. Ich folgte ihr.

Die Wohnung hatte eine kleine Diele, rechts davon lag das Wohnzimmer, an das die Küche angrenzte, links führten zwei Türen in die Schlafzimmer. Ich hatte die Wohnung renoviert, die Wände gestrichen und die Fußböden mit billigem, aber sauberem Laminat in Parkett-Optik belegt. Das heißt, natürlich hatte ich nicht selbst den Pinsel geschwungen oder die Keilpresse angesetzt. Ich hatte das Material besorgt und meine Männer arbeiten lassen. Verstopfte Abflüsse zu reinigen zählte auch nicht zu meinen Lieblingsbeschäftigungen, aber ich hatte gerade Zeit und wollte die Gelegenheit nutzen, um die Wohnungen zu inspizieren.

Ich ging schnurstracks ins Badezimmer und legte mein Werkzeug auf den Boden. Dann schraubte ich den Geruchsverschluss unter dem Waschbecken ab und holte einen schleimigen Haarklumpen aus der Krümmung des Abflussrohrs. Nachdem ich die Teile unter der Dusche abgespült hatte, schraubte ich sie wieder fest und vergewisserte mich, dass die Dichtung richtig saß und das Becken nicht leckte.

Als Nächstes hebelte ich das Gitter vom Bodenabfluss der

Dusche. Ich tastete mit den Fingern, packte zu und zog ein dickes Seil aus verflochtenen Haaren heraus. Es hatte das Abwasser in sich aufgesogen und den Gestank im Bad verbreitet.

Die dunkelhaarige Frau war ins Bad gekommen und sah mir zu. Sie trank Kaffee aus einem großen Becher.

»Jetzt läuft das Wasser wieder ab. Ich wusste schon vorher, was ich da finden würde. Typisch für Frauenwohnungen.«

Sorgfältig wusch ich mir die Hände und betrachtete das Handtuch. Durfte ich es benutzen? Die Frau nickte.

»Möchten Sie Kaffee oder Tee?«, fragte sie höflich.

»Nein danke, ich habe keine Zeit. Für einen Hausmeister gibt es immer viel zu tun.«

»Hausmeister? Da habe ich aber etwas ganz anderes gehört, Viktor Nikolajewitsch«, sagte die Frau, nicht neckend, sondern wissend.

Ich kannte sie nicht, wollte sie auch nicht kennen. Sie war jung, ihre Haare waren schlafverwuschelt und die graue Blässe ihres Gesichts verriet, dass sie kaum an die frische Luft ging, aber davon abgesehen sah sie nett aus. Irgendwo anders und zu einer anderen Zeit hätte ich mit ihr gescherzt, einfach nur, um höflich zu sein, um anzudeuten, dass ich sie reizend fand. Es gefiel den Frauen, das gesagt zu bekommen, und mich kostete es nichts.

Aber ich wusste, dass diese Frau eine Prostituierte war, und wollte nichts mit ihr zu tun haben.

In diesem Punkt nahm ich es sehr genau. Ich vermietete eine möblierte Wohnung, verkuppelte und vermittelte niemanden, forderte keinen Anteil, nahm lediglich Miete dafür, dass jemand in diesen Räumen wohnte. Natürlich ließ ich die Wohnung putzen und die Wäsche waschen, aber es wäre mir nicht eingefallen, die schmutzigen Laken zu zählen. Falls jemand in der Wohnung seine eigenen Geschäfte betrieb, wusste ich nichts davon. Jedenfalls konnte man mir nichts nachweisen.

Außerdem hatte ich die Wohnungen mitsamt den Mietern geerbt, war ich ihnen jemals begegnet? Wenn ja, dann waren Huttunen und Hartikainen wohl mittelgroße, normale Männer, heller Anzug und graue Sommerschuhe, die Haare bereits ein wenig schütter. Wer achtet so genau darauf, alle Finnen sehen gleich aus, und woher hätte ich wissen sollen, dass sie ein leeres Grundstück neben dem Gemüsegroßhandel und die Teboil-Tankstelle in Ruskeasuo als Adresse angegeben hatten … Das würde ich der Polizei gegenüber behaupten, ahnungslos mit den Schultern zucken.

»Es ist besser, nichts zu hören und nicht zuzuhören, und vor allem, nicht zu sprechen«, sagte ich zu der Frau. Ihr halbes Lächeln verflog. Sie legte den Kopf schräg, hielt sich den Kaffeebecher an die Wange und sah mich an. »Wie Sie wollen«, erwiderte sie.

Ich sah mir das Wohnzimmer und die Küche an und warf einen Blick durch die offene Schlafzimmertür. Überall sah es sauber aus, sogar das Bett war bereits gemacht. Die Tür zum zweiten Schlafzimmer war zu. Ich zeigte mit dem Finger darauf.

»Jelena liegt noch im Bett«, erklärte die Frau vornehm wie eine Kammerzofe.

Vorsichtig klinkte ich die Tür auf. Im Halbdunkel sah ich einen Bettüberwurf, der ordentlich zusammengefaltet auf dem Stuhl lag, einige Kleidungsstücke auf dem Fußboden und eine schlafende Frau im Bett. Sie trug ein kurzes Nachthemd, hatte den Po hochgestreckt und die Bettdecke über Kopf und Schultern gezogen.

Genau wie Marja.

Marja, die sich jeden Abend einrollte. Bevor sie einschlief, musste sie die richtige Lage finden. Immer wieder strich sie das Kissen und die Decke zurecht und rollte sich schließlich ein wie ein Fuchsjunges. Füchslein, das war mein Kosewort für sie. Marja.

Leise schloss ich die Schlafzimmertür.

7

Ich saß vor dem Haus in meinem Wagen und dachte nach. Vor einer Anklage wegen Kuppelei hatte ich fast weniger Angst als davor, dass Marja erfahren könnte, dass ich meine Wohnungen immer noch an einen Zuhälter und seine Prostituierten vermietete und nichts gegen den Bordellbetrieb unternahm.

Das Haus war ein wenig zu neu für diesen Stadtteil. Es war Anfang der 1970er Jahre aus Betonelementen zusammengesetzt worden, die Etagen übereinandergestapelt wie Kartons auf dem Tisch mit den Sonderangeboten. Zum Freudenhaus taugt offenbar auch ein eher traurig aussehendes Gebäude. Etwas in der Art würde Marja sagen, wenn sie es wüsste.

Ich betete mir vor, dass es um die Finanzlage meiner Firmen schlechter stand als um mein Familienglück, und dass ich in dieser Richtung etwas unternehmen musste, statt im Auto zu hocken und mich düsteren Gedanken hinzugeben. Außerdem lehrte ja sogar das Sprichwort, dass die Liebe zur Tür hinausläuft, wenn Armut und Elend ins Haus kommen.

Irgendwie musste ich Betriebskapital auftreiben. Sonst stand ich bald auf der Protestliste und bekam keinerlei Waren auf Kredit. Dann musste ich auch meine Außenstände abschreiben, denn in der Situation würde kein Schuldner mehr zahlen, weil das Geld ja sowieso in die Konkursmasse floss.

Ich kannte die Geschäftsmoral nur zu gut und hatte kein Recht, mich darüber zu beschweren. Schließlich hatte ich selbst kleine Firmen, die in Schwierigkeiten geraten waren, blankgeputzt, hatte ein paar Scheine bar auf die Hand gezahlt und dann Nagler und Kompressoren, Isolierwolle und Blähtonblöcke von der Baustelle gekarrt. Ich hatte Eigentum, aber keine flüssigen Mittel. Mein ganzes Geld steckte in der Industriehalle, den Werkzeugen, dem Lkw … in all den Dingen, die man brauchte, um eine Baufirma mit rund zwanzig Arbeitern zu betreiben. Und ein ziemlicher Batzen war auch für unser Haus draufgegangen und für den Mercedes und den kleinen Volkswagen, den ich Marja gekauft hatte.

Schon wieder Marja. Ihretwegen hatte ich meine Geschäfte legal gemacht, mich bemüht, aus der Grauzone oder doch wenigstens aus dem halbkriminellen Bereich herauszukommen. Und jetzt produzierten meine fast ehrlichen Firmen Verlust, und nur die Wohnungen, dieses ungesetzliche Relikt, brachten regelmäßig Geld ins Haus.

Ich ließ den Motor an, stellte ihn aber gleich wieder ab. Da ich einmal hier war, konnte ich auch gleich einen Blick in die zweite Wohnung werfen.

Meine Schritte hallten im Treppenhaus wider, als ich in den zweiten Stock ging. Ich klingelte ein paar Mal, aber niemand öffnete. Also schloss ich auf und ging hinein, rief in der Diele vorsichtshalber noch Guten …

Das zweite Wort schluckte ich herunter. Irgendetwas in der schlaffen Stille wirkte alarmierend. Ich schnupperte, nahm einen dumpfen Geruch wahr, lauschte auf Geräusche. Es war jemand in der Wohnung. Ich glaubte die Atemzüge eines Schlafenden zu hören.

Vorsichtig stellte ich die Werkzeugkiste ab und zog die Tür langsam zu, zog die Falle des Schlosses zurück und ließ sie Millimeter für Millimeter einschnappen, geräuschlos. Wer auch immer hier schlief, sollte nicht von einem Luftzug oder dem Einrasten des Schlosses geweckt werden.

Ich ging in die Hocke und bewegte mich vorsichtig auf allen vieren vorwärts, oder genauer gesagt, auf drei Gliedmaßen, wie ich es in der Spezialausbildung gelernt hatte. Streck einen Arm vor, die Waffe in der Hand. Halte dich niedrig, dann bist du wahrscheinlich unterhalb der Schusslinie.

Meine Pistole lag im Wagen, in einem Werkzeugbeutel im Reservereifen. Ich redete mir ein, dass hier drinnen wohl niemand auf mich schießen würde. In flachen Sätzen preschte ich voran wie ein Menschenaffe, die freie Hand vorgestreckt, bereit, den Angreifer zu schlagen oder ihm die Finger gegen den Kehlkopf oder in die Augen zu rammen.

Die Wohnung war eine genaue Kopie der anderen im Erdgeschoss, bis hin zu den einfachen Möbeln. Sie stammten aus der Konkursmasse eines Hinterwäldlermotels. Ich hatte mir überlegt, dass die gebrauchten grauen Sofagarnituren ordentlich genug aussahen, Küchentisch und Stühle zum Frühstücken taugten und die Betten professionellem Gebrauch gewachsen waren.

Das Wohnzimmer war leer. Auf dem Fußboden lagen zusammengeknüllte Kleider, einige Pizzakartons und eine leere Bierflasche sowie Postwurfsendungen, die offenbar mit einem Fußtritt aus der Diele ins Wohnzimmer befördert worden waren.

Noch war die Wohnung einigermaßen aufgeräumt, doch die Warnzeichen waren unverkennbar.

Ich hatte genug Fixerbuden gesehen, die sich innerhalb einiger Monate aus menschlichen Behausungen in Sauställe verwandelt hatten. Diese Wohnung stand am Beginn desselben Prozesses.

Das eine Schlafzimmer war leer, allerdings war das Bett benutzt worden. Ich legte die Hand auf das zerknautschte Laken. Es fühlte sich kühl an.

Die Tür zum zweiten Schlafzimmer war angelehnt. Vorsichtig, damit sie nicht in den Angeln quietschte, schob ich sie auf. Schwere, verbrauchte Luft flutete mir entgegen. Ich hatte keine trainierte Spürnase wie ein Drogenhund, doch den zugleich süßen und säuerlichen Geruch witterte auch ich.

Der Mann hing halb aus dem Bett. Der Anblick erinnerte an ein Foto, das Klicken des Verschlusses hatte die Bewegung unterbrochen. Man hatte den Eindruck, der vom Bett gerutschte Oberkörper müsse weitergleiten und den Rest des Körpers mit sich ziehen.

Im schwachen Licht schimmerte die Haut des Mannes gelblich. Er hatte Pickel auf den Schultern, seine Extremitäten waren dünn und staksig wie Vogelbeine. Der Mann atmete schwer. Rotz hing ihm unter der Nase, und aus dem halboffenen Mund floss zäher Speichel. Ich wusste, dass er sich auf einem Herointrip befand, überprüfte meine Diagnose aber, indem ich einen Finger hinter sein Ohr presste und sein Augenlid anhob. Er war tief bewusstlos.

Ich kannte den Mann. Wjatscheslaw Bursow, genannt Slawa, behauptete, er stamme aus Moskau. Wahrscheinlich kam er tatsächlich aus einer der Millionenvorstädte der Hauptstadt, war in einem der Betonwohntürme aufgewachsen, wo die heile Welt an der gepolsterten und mit drei Schlössern gesicherten Wohnungstür endete.

Slawa hatte sich in Russland als kleiner Ganove durchgeschlagen, hatte gestohlen, Schuldner eingeschüchtert und auf den Toiletten der Tanzbars Drogen verkauft. Bald war er selbst seiner Ware verfallen, und zwar vollständig. Doch er hatte es geschafft, sich zu retten, den Leimschnüfflergangs in der Kanalisation und den vollgepinkelten Treppenhäusern zu entkommen. In letzter Minute hatte er sich an Jesus und an eine verständnisvolle Frau geklammert und seine Sucht überwunden. Dann war er nach Finnland gekommen, hatte seine bisherigen Kreise verlassen.

Eines Tages hatte Slawa bei mir vor der Tür gestanden und nach Arbeit gefragt, egal welcher Art. Ich hatte zuerst den Kopf geschüttelt, ihn dann aber probeweise eingestellt, hatte ihn Baumüll entsorgen und Waren über die Grenze bringen lassen. Schließlich hatte ich ihm die Aufgabe übertragen, meine Mietwohnungen zu putzen und zu kontrollieren.

Slawa Bursow war hochgewachsen, und in voller Bekleidung wirkte er kräftig und einschüchternd. Auf seinen Armen prangten klecksige Tätowierungen wie Leistungsabzeichen auf dem Halstuch eines Jungen Pioniers. Halbnackt, wie er jetzt war, sah er aus wie ein Schwächling.

Am Fußende des Bettes entdeckte ich das Spritzbesteck. In einem offenen Etui lagen ein Feuerzeug und ein Löffel, mit denen Slawa den Stoff erhitzt und geschmolzen hatte, außerdem eine Spritze aus Metall und ein Gummischlauch zum Abbinden des Oberarms.

Ich ging in die Diele, holte dünne Installateurhandschuhe aus dem Seitenfach meines Werkzeugkastens und streifte sie über. Zwischen großen und kleinen Zangen kramte ich einen Putzlappen hervor, der früher einmal die Vorderseite eines T-Shirts gewesen war. Auf dem Stoff stand in verblichenen Buchstaben »Reebok«.

Mit dem Lappen putzte ich die Klinke an der Innenseite der Tür und das Schloss auf beiden Seiten. Zwar war es eine

Leichtigkeit, mich als den Besitzer der Wohnung zu identifizieren, doch meine Fingerabdrücke wollte ich auf keinen Fall hinterlassen.

Dann kehrte ich ins Schlafzimmer zurück. In den Wandschränken lagen nur einige Decken und Kissen, eine Tube Gleitcreme und ein paar Rollen Küchenkrepp. Ich guckte unter das Bett. Nur Staub.

Ich fand das Zeug schließlich im unteren Teil des Kühl- und Gefrierschranks. Niemand hatte sich die Mühe gemacht, den Stoff hinter eingefrorenen Beeren oder Tiefkühlgemüse zu verstecken. In den Drahtkörben lagen Plastikbeutel, angefüllt mit flachen Päckchen in Aluminiumfolie.

Ich zog einen Korb nach dem anderen hervor. Sie waren nicht vollgestopft, und doch enthielten sie kiloweise Stoff. Die Mehltüten brauchte ich nicht zu öffnen, ich wusste auch so, dass es kein Hirschhornsalz war, was man hineingefüllt hatte. Die flachen Päckchen hatten nur äußerlich Ähnlichkeit mit Schokoladentafeln, und die Pillen halfen vielleicht gegen irgendwas, aber mit Sicherheit nicht gegen Vitaminmangel.

Ich knallte die Tür des Gefrierschranks zu und ließ mich auf den nächsten Stuhl fallen. Auf dem Tisch stand schmutziges Geschirr, der Dreck hatte eine kittartige Konsistenz. Der Spültisch dagegen glänzte noch vor Sauberkeit. Auf der Edelstahlplatte standen zwei Waagen, die eine mit rundem Ziffernblatt, die andere mit Digitalanzeige, auf Grammbruchteile genau.

»Das hatte mein Traum also zu bedeuten«, seufzte ich, wie meine Mutter es früher getan hatte. Ein Fluch wäre zu naheliegend gewesen, irgendwie blutarm und kraftlos.

In einer Wohnung, die mir gehörte, wurde kiloweise Heroin gehortet, dazu massenhaft Haschisch und diverse Drogen in Pillenform, genug, um eine kleine Apotheke zu füllen. Und vermutlich handelte es sich nicht nur um ein Lager, sondern das Zeug wurde hier verkauft. Ich malte mir aus, dass zig Junkies den Nummernkode kannten, mit dem die Haustür zu öffnen war, und dass bald zitternde Käufer im Treppenhaus herumirren würden.

Ich kannte Frolows *gruppa* nicht genau. Vielleicht gehörten ihr einige fähige Leute an, aber der verantwortliche Verkäufer in der Punavuorenkatu, der sich eine Vollnarkose verpasst hatte, war nicht unbedingt eine Spitzenkraft.

Eine Sorge mehr. Die Wohnung würde bald auffliegen. Und dann würde sich auch Kärppä die Finger verbrennen.

Ich mochte Maxim Frolow noch weniger als zuvor.

Ich musste ihn loswerden.

8

Ich stellte den Wagen vor meinem Büro in Hakaniemi ab, auf dem Pflaster zwischen den mickrigen Bäumen. Ich wollte nicht lange bleiben und hatte keine Lust, das Auto wegen der paar Minuten in die enge Parklücke auf dem Hof zu rangieren. Die Tür war nicht abgeschlossen. Die Türfeder gab das übliche Maunzen und Knarren von sich.

»Bist du es, Vitjuscha?«, turtelte meine Teilzeitsekretärin Oksana Pelkonen.

Mir lag eine spöttische Antwort auf der Zunge, doch ich verkniff sie mir. Oksanas ständiges Getue ging mir gelegentlich auf die Nerven, aber sie meinte es nicht böse. Ich wünschte ihr einen guten Tag, stichelte dann freundlich, sie könne mich wohl nicht mit einem Kunden verwechseln, da wir ja praktisch keine mehr hätten.

»So ist es«, stimmte Oksana zu und schüttelte den Kopf, als trüge sie persönlich die Schuld für die schlechte Geschäftslage. »Man muss unangenehm sagen … also, sagen wir so, dass … ich sage bedauernd«, tastete sie sich vor, betrachtete es als Ehrensache, den korrekten Ausdruck zu finden. »Es gibt eine große unangenehme Sache. Der Postillon bringt Rechnungen. Der Postillon bringt kein Geld. Die Bank ist leer, füiii …« Sie spitzte den Mund und pustete, winkte graziös mit ihrer molligen Hand, versuchte wohl einen kalten Windstoß nachzuahmen.

Oksana Pelkonens ökonomische Analyse traf ins Schwarze,

dabei hatte sie ihre kaufmännische Ausbildung auf dem praktischen Markt erworben, allerdings nicht etwa als Aushilfe beim Schlussverkauf. Oksana war als Prostituierte nach Finnland gekommen, hatte sich aber als erschütternd unbegabt erwiesen. Dennoch war sie geblieben, hatte Wäsche gewaschen, Essen gekocht, Taschen und Koffer von einem Ort zum anderen transportiert, ohne Fragen zu stellen, und nachdem ich sie gewissermaßen geerbt hatte, war sie meine treue Sekretärin geworden.

Eine ganztägige Assistentin brauchte ich nicht, Oksana kam nur ein paar Tage pro Woche in mein Büro. Sie schrieb Rechnungen und kümmerte sich um die einfache Buchführung, beantwortete E-Mails und Anrufe, die von den Bürotelefonen auf ihr Handy weitergeleitet wurden. »VK-Konzern, gutten Tag«, flötete sie dann und vermittelte sogar Illustriertenwerbern das Gefühl, mit ihrem Anliegen ernst genommen zu werden.

Aber jetzt klingelte das Telefon nicht, niemand versuchte, Abonnements zu verkaufen, und Bauherren riefen erst recht nicht an.

»Das weiß ich, Oksanka«, erwiderte ich freundlich. »Irgendwie kommen wir schon zurecht, keine Sorge, immerhin haben wir es warm und bekommen genug zu essen«, redete ich ihr gut zu und tätschelte ihr den Arm.

»Ja-a.« Oksana schniefte und tupfte sich mit einem zerknüllten Stofftaschentuch, das sie aus der Tasche ihrer dünnen Strickjacke gezogen hatte, die Tränen aus den Augen. »Ich weiß ja, dass du dein Besseres tust, Vitjuscha …«

»Dein Bestes«, korrigierte ich.

»Was?«, fragte Oksana verwirrt.

»Also, ich tue … dein Bestes … oder mein Bestes …«

»Ich weiß, dass du mein Bestes tust und verlasse mich darauf. Wir vermeiden Kürzerarbeit und Entlassungen«, erklärte

Oksana würdevoll und wuselte in die Kochnische. »Bleibst du lange, wenn ich Quarkbällchen hole?«, fragte sie dann und hob eine Teetasse hoch.

»Hol ruhig welche. Ich besorge inzwischen ein bisschen Geld. Und dann trinken wir Tee.«

Oksana sagte, sie werde sofort in die Markthalle eilen und schlug die Hände zusammen, als gebe sie sich das Startsignal.

Ich wartete. Oksana zog die Lippen nach und legte Puder auf. Sie dachte laut darüber nach, ob sie die Haare mit einem Tuch zusammenbinden oder offen lassen sollte, und ob sie die Strickjacke überhaupt brauchte, aber ein erwachsener Mensch kann doch nicht mit nackten Armen … Endlich ging sie.

Als ich die Tür hinter ihr abschloss, hörte ich, dass sie ihr Selbstgespräch fortsetzte.

Ich trat an meinen Aktenschrank und ruckelte das mannshohe Ungetüm aus Stahlblech von der Wand. An der Rückwand des Schranks waren zwei große braune Briefumschläge befestigt. Ich riss sie ab und stellte tastend fest, welcher der beiden meine Notkasse enthielt. Den anderen Umschlag klebte ich wieder an den Schrank. Darin lagen ein paar Reservepässe und andere russische Dokumente, die ich jetzt nicht brauchte.

Was ich brauchte, war Geld. Die gebündelten Banknoten waren für überraschende Anschaffungen vorgesehen, die bar bezahlt werden mussten, oder für Notfälle. Und von einem Notfall war ich nicht weit entfernt.

Rasch zählte ich zehntausend Dollar ab. Es war ein Fehler gewesen, meinen Reservefonds in dieser Währung anzulegen, der Dollarkurs war in letzter Zeit instabil und schwach gewesen. In Euros hätte meine Sparstrumpfeinlage sich besser gemacht.

Ich schob den Aktenschrank wieder an die Wand und verrieb die Schmutzspuren auf dem Fußboden mit der Hand. Dann zog ich eine Schublade auf und warf den leichter gewordenen Umschlag hinein. Die Dollarnoten teilte ich in Stapel unterschiedlicher Größe auf, bemühte mich, in jedem Stapel auch kleinere Scheine unterzubringen und alle ein wenig zu zerknittern, damit sie gebraucht wirkten. Oksana sollte die Dollarbündel an einige vertrauenswürdige Personen verteilen, die sie in Euro umtauschen und das Geld auf meine Firmenkonten überweisen oder ins Büro bringen würden.

Der unbekannte, vor Zeiten verstorbene Präsident der Vereinigten Staaten, dessen Konterfei die Scheine zierte, schien mich spöttisch anzusehen.

Ich musste mehr über Frolow erfahren. Als ich die Drogen im Gefrierschrank inventarisiert hatte, war mir klar geworden, dass ich meinen Geschäftspartner und seinen Hintergrund kaum kannte. Bei dieser Erkenntnis war es mir fast so kalt den Rücken heruntergelaufen wie bei der Entdeckung der eisigen Drogen.

Die Zusammenarbeit mit Frolow hatte sich zufällig ergeben, ungeplant und ohne genaue Recherchen. Zuerst hatte ich ihm geschmuggelte Zigaretten und einen Satz CDs abgekauft, Raubkopien natürlich, dann hatte ich ihm einen meiner Ansicht nach legalen Chemikalientransport vermittelt und gedolmetscht, als seine russischen Kompagnons in Taipalsaari Ferienwohnungen kauften. Und bald darauf hatten wir festgestellt, dass ich einige Mietwohnungen besaß, in denen Frolow seine Mädchen unterbringen konnte.

Die verschlafene Frau hatte sich nur ein wenig gewundert, als ich erneut geklingelt hatte. Sie hatte ein paar Tanzschritte gemacht, den Gürtel ihres Morgenmantels um ihr Handgelenk kreisen lassen und mich mit heiserer Stimme hereingebeten.

Ich hatte ihr befohlen, mit dem Tanzen aufzuhören, sich an den Tisch zu setzen und zu reden.

Die Frau war zuerst erschrocken, hatte dann aber gesagt, sie heiße Zinaida, und auf meine weiteren Fragen mit wachsendem Mut geantwortet. Viel wusste sie allerdings auch nicht. Einmal hatte sie beobachtet, wie Drogen angeliefert wurden. In einem weißen Kleinbus, mit finnischem Kennzeichen, glaubte sie. Der Wagen hatte auf dem Bürgersteig gehalten, und zwei junge Männer hatten die Lieferung in Kartons ins Haus getragen, als handle es sich um Computer. Zinaida glaubte, die beiden Männer später noch einmal gesehen zu haben. Da waren sie in einem grauen BMW gekommen, auf dem Nummernschild hatte Zinaida lateinische Buchstaben gesehen und am Kofferraum einen ovalen Aufkleber mit der Aufschrift EST.

Ich hatte zweifelnd die Stirn gerunzelt, aber Zinaida hatte erklärt, es mache ihr Spaß, zu beobachten, was sich auf der Straße tat, und außerdem habe sie ein gutes Gedächtnis, über das schon viele gestaunt hätten.

»Und wer holt bei euch das Geld ab und verkauft den Stoff?«, hatte ich ihr weiter zugesetzt.

Ich hatte damit gerechnet, dass sie verstummte und die Hände vor den Mund schlug wie ein erschrockenes Schulmädchen. Aber Zinaida hatte nur die Achseln gezuckt und erklärt, über den Drogenhandel wisse sie nichts, sie kenne sich nur mit ihrer eigenen Arbeit aus. Sie hatte erklärt, die Freier kämen zu festgesetzten Zeiten, und das Geld werde einmal in der Woche abgeholt. Es werde 70/30 geteilt. Dabei hatte sie den Mund verzogen und gemeint, das sei gar nicht mal so schlecht.

Zinaida und ihre Kollegin Jelena hatten eine Telefonnummer; dort sollten sie anrufen, wenn es Probleme gab. Ansonsten war Jelena nur Frolow und zwei anderen Männern begegnet, die sie für Frolows engste Kompagnons hielt. Der eine hieß Vadim und war nett, und dann war da Imran, ein schweigsamer dunkler Mann.

»Was meinst du damit, ist er Afrikaner?«, hatte ich sie unterbrochen.

Das hatte Zinaida verneint. Imran komme aus Zentralasien oder vom Kaukasus, jedenfalls sei er Muslim. Nein, sie habe nicht mit diesen Männern geschlafen, Jelena auch nicht.

»Und mit Frolow schon gar nicht! Mit diesem *Zhurawl*!«, hatte Zinaida ihren Boss kichernd zum Kranich erklärt und an ihrem Ohrring gespielt, der vielleicht sogar ganz elegant ausgesehen hätte, wenn der falsche Edelstein etwas kleiner und das Kettchen, an dem er baumelte, ein wenig kürzer gewesen wäre.

Ich hatte mich bei der jungen Frau bedankt und gesagt, ich würde ihre Hilfsbereitschaft nicht vergessen. Sie hatte sich spöttisch geräuspert und dann eilfertig erklärt, sie wolle mich nicht beleidigen, aber man habe ihr schon viel versprochen, und sie sei allzu oft enttäuscht worden.

Dann hatte Zinaida mich zur Tür begleitet. Ihre letzten Worte, weich geflüstert, waren mir in das leere Treppenhaus gefolgt.

»Das sind böse Männer. Sie verkaufen Menschen.«

Ich hatte darüber nachgedacht, dass es viel schlimmer ist, andere zu verschachern, als sich selbst zu verkaufen.

Seufzend saß ich an meinem alten Büroschreibtisch. Bei den Namen Vadim und Imran klingelte es leise, aber ich konnte das Glöckchen nicht genauer lokalisieren. Offenbar hatte ich von den beiden schon einmal gehört, kannte sie aber nicht näher. Überhaupt hatte ich bei dem Verhör des verschlafenen Freudenmädchens nicht viel Neues über Frolow erfahren. Und wahrscheinlich hatte Zinaida, obwohl sie geschworen hatte, den Mund zu halten, Frolow inzwischen schon berichtet, dass ich die Drogen gesehen und sie ausgefragt hatte.

Ein Blick durch die Tür gab mir die Gewissheit, dass Oksana noch nicht auf dem Rückweg war. Ich kannte die Nummer auswendig, obwohl ich es nach Möglichkeit vermied, sie zu wählen.

»Russische Botschaft«, meldete sich ein Mann. Mit seiner tiefen Stimme hätte er sich ohne weiteres beim Chor des Klosters Nowospasskij bewerben können.

»Ich möchte bitte Arkadi Malkin von der Abteilung Wissenschaft und Kultur sprechen. Mein Name ist Kornostajew.«

Der Bass bat mich, zu warten. Ich wusste, dass meine Nummer überprüft und registriert und das Gespräch auf Band aufgenommen wurde. Aus der Länge der Wartezeit und daraus, ob mir überhaupt jemand antwortete, konnte ich schließen, für wie wichtig man mich hielt.

»Viktor Nikolajewitsch, womit kann ich behilflich sein?«, meldete sich Malkin höflich nach acht Sekunden.

»Ich brauche Informationen, und vielleicht auch ein wenig Hilfe«, sagte ich leise, fast flüsternd. Dergleichen auszusprechen war nicht leicht.

9

Rudi saß an einem Fenstertisch in seinem Lokal, einer Mischung aus Pub und Pizzeria, und las das Abendblatt. Meiner Vermutung nach ging er bereits auf die sechzig zu; allerdings ist bei Indern das Alter schwer zu schätzen. Ich verbeugte mich grüßend. Rudi nickte. Seine schwarzen Haare waren von breiten grauen Streifen durchzogen, und zum Lesen setzte er ungeniert eine Brille mit dicken Gläsern auf.

Hinsichtlich seiner indischen Herkunft war ich mir auch nicht ganz sicher. Ebenso gut konnte Rudi auch aus Pakistan, Nepal oder Bangladesh stammen. Wie auch immer, er lebte schon seit Jahren in Helsinki. Er betrieb zwei Nachtclubs und ein halbes Dutzend von morgens bis abends geöffnete Restaurants. Bei einigen dieser Lokale wies der Name auf den indischen Hintergrund hin, doch sie konzentrierten sich ebenso wie die anderen auf den Ausschank von Bier und Cider und boten hungrigen Kunden ein Lunchbüffet oder internationale Gerichte wie Pizza und Kebab.

Betont höflich faltete Rudi die Zeitung zusammen und steckte die Brille in die Brusttasche seines kurzärmligen Hemdes. Er stützte die Ellbogen auf den hohen Tisch und stellte die in Sandalen steckenden Füße auf die verchromte Querleiste des Barhockers. Mir fiel auf, dass die aus den Sandalen hervorblitzende Haut zu den Fußsohlen hin heller wurde; so war es auch an seinen Handflächen. Rudi bot mir etwas zu essen an.

Huhn und Reis vielleicht, oder Lammklößchen, na, wenigstens Tee, schlug er vor und gestikulierte dabei wie der Besitzer eines Feinschmeckertempels.

Ich lehnte ab, obwohl man in Rudis Lokalen ohne Angst vor Magenbeschwerden essen konnte und auch nicht zu befürchten brauchte, beim Abnagen eines Kotelettknochens überraschende Gattungsbestimmungen vornehmen zu müssen.

»Ich hätte etwas Geschäftliches zu besprechen … wenn es dir recht ist«, setzte ich höflich hinzu.

»Gehen wir nach hinten«, sagte Rudi.

Ich folgte Rudi, der vor mir her patschte, mit gleichmäßigen Schritten. Er war so klein, dass ich ihm von oben auf den Kopf blicken konnte. Wir gingen an den Toiletten vorbei in einen Durchgangsraum, in dem Vorräte aufbewahrt wurden, und von dort weiter in den hinteren Teil der Küche. Eine alte Frau schnippelte gemächlich Salatgemüse.

»Sprich. Sie versteht uns nicht.«

»Ich könnte wieder liefern. Wodka. Oder vielmehr reinen Sprit. Eine größere Menge.«

»Wie viel?«, fragte Rudi.

»Zehntausend Liter.«

»Ziemlich viel. Wie?«

»Literflaschen oder Kanister à vier Liter. Oder beides. Ich importiere das Zeug als Scheibenputzmittel. Mein Bruder handelt mit Autobedarf. Ansonsten keine Mittelsmänner. Eine sichere Sache.«

»Wie viel?«

»Zehn pro Liter.«

Rudi seufzte, legte den Kopf schräg und flatterte mit den Armen, sparte sich die Antwort.

»Na gut, acht«, gab ich nach.

»Sechs fünfzig«, sagte Rudi.

Wir schüttelten uns die Hand.

Ich versprach, der Schnaps sei in einer Woche in der Halle in Tattarisuo, allerdings würde ich bei Verspätung keine Konventionalstrafe zahlen. Rudi nickte. Wir hatten früher schon Geschäfte miteinander gemacht. Ich hatte die Ware pünktlich geliefert, und Rudi hatte umgehend bezahlt.

Ein junger Bursche kam in die Küche und begann die großen Töpfe zu spülen, und zwei nur unwesentlich ältere Männer trugen Gemüsekisten herein. Ich nickte Rudi zum Abschied zu.

»Woher bekommst du übrigens deine Arbeitskräfte?«, fragte ich an der Hintertür.

»Verwandte.«

Ich wusste, dass ich nicht genauer nachhaken durfte.

»Und du, hattest du nicht vor, mit diesen Geschäften aufzuhören?«, erkundigte sich Rudi seinerseits.

»Doch. Aber ich brauche dringend Geld.«

»Ein Unternehmer unternimmt so lange, wie das Geld reicht«, meinte Rudi mild, und es hörte sich nicht so an, als mache er einen Witz. »Grüß deinen Bruder von mir!«, rief er mir noch nach.

Ich hatte gar nicht gewusst, dass die beiden sich kannten.

10

Ich hockte in der Uudenmaankatu und beobachtete die Kneipe, in der Frolow die Zeit totschlug und Hof hielt. Ich hatte nicht vor, mit ihm Kaffee zu trinken. Egal, ob Frolow Freund oder Feind war, ich wollte ihn für alle Fälle observieren.

Überhaupt vermied ich es, meine Geschäftspartner zu besuchen. Frolow tauchte gelegentlich ungebeten bei mir auf, was mir nicht gefiel. Ich wusste, wo er wohnte, setzte mich aber lieber telefonisch oder über die Postfächer unserer Firmen mit ihm in Verbindung.

Frolow fläzte sich auf dem Ecksofa des Lokals. Immer wieder blieben junge Leute bei ihm stehen. Was ich sah, überzeugte mich davon, dass in der Kneipe nicht mit Drogen gehandelt, kein Auftragsmord vereinbart und kein Raubzug geplant wurde.

Frolows Freunde mochten gegen die Sittlichkeitsnormen verstoßen, aber ich war nicht engstirnig und wusste auch nicht so genau, welche sexuellen Orientierungen in Finnland illegal waren. Dennoch erkannte ich, dass zu Frolows Bekanntenkreis außer Schwulen auch Menschen gehörten, deren Sexualität nur mit einer Kombination von Fremdwörtern und einigen erläuternden Sätzen zu charakterisieren war.

Ich gab acht, dass Frolow mich nicht bemerkte. Ich hatte mir einen fremden Wagen geliehen, einen grauen Toyota Avensis, und war ständig auf dem Sprung, mich nach unten zu bücken und aus seinem Gesichtsfeld zu verschwinden, falls Frolow zur Parkuhr gehen und Geld nachwerfen oder in seinen neuen Chrysler steigen sollte.

Gegen drei Uhr am Nachmittag stand Frolow auf und verließ das Lokal mit einem jungen Burschen. Der Junge trug eine altmodische Stoffjacke, eine grüne Schirmmütze chinesischen Zuschnitts und eine helle Brille ohne Fassung. Ich erkannte ihn, kam aber nicht auf seinen Namen. Soweit ich mich erinnerte, war er russischer Herkunft, hatte in Estland gelebt und war nach Finnland gekommen, weil ein paar Tropfen ingermanländisches Blut in seinen Adern flossen und im alten Sowjetpass seines Opas oder seiner Oma unter Nationalität »finnisch« stand.

Noch vor zwei Jahren hatte sich der Junge bei den Cliquen am Bahnhof herumgetrieben, mit lauter Stimme am Handy gesprochen und auf den Boden gespuckt, gekleidet in überlange Jeans und eine weiße Kapuzenjacke oder irgendein anderes gerade angesagtes Outfit. Nun war er schon alt genug, um Kneipen zu besuchen, war vom Fruitcake zum Metrosexuellen herangereift oder zum Vertreter irgendeiner anderen Sparte von Männern, die Feuchtigkeitscreme benutzten. Ich hätte wetten mögen, dass er ein Klapphandy besaß.

Die beiden gingen zum Wagen, den Frolow auf die Esplanade, am Meer entlang nach Sörnäinen und dann auf die Ausfallstraße nach Osten lenkte. Ich ließ den beiden reichlich Vorsprung, denn ich vermutete, dass ihr Ziel Frolows Wohnung in Kulosaari war.

Die Straße lag, vom Zentrum aus gesehen, am Ende des Stadtteils und der Insel Kulosaari. Es war eine schmale Sackgasse, an der vorwiegend flache Reihenhäuser und einige höher aufragende Einfamilien- und Doppelhäuser standen. Die autobreiten Zufahrten, die zu den Grundstücken führten, waren die einzigen Öffnungen zur Straße hin. Im Übrigen schotteten Gartenmauern das Leben und den Wohlstand der Bewohner ab.

Langsam und ohne zur Seite zu sehen, fuhr ich an Frolows Haus vorbei. Frolows abweisend kantiger, großer Wagen stand so dicht vor der Garage, dass der Kühlergrill fast das Tor berührte. Beim Durchfahrtsverbot wendete ich, fuhr langsam zurück und parkte in etwa zwanzig Metern Entfernung von dem Haus, dessen dunkle Fenster in die Gegend glotzten.

Das Gebäude war groß und asymmetrisch. Es beherbergte zwei separate Wohnungen, die sich über mehrere Etagen und Ebenen zum Ufer hin öffneten. Das Haus war vermutlich in den Siebzigern erbaut worden. Die Wände waren aus hellem Backstein gemauert, die Holzelemente dunkel gebeizt. Der wilde Wein an der Giebelseite bildete dicke, lianenartige Seile.

Ich wartete. Das Radio lief leise, ich öffnete die Fenster einen Spaltbreit, stellte die Rückenlehne flacher, lag da und betrachtete und belauschte die Straße, die so aufregend war wie der Seewetterbericht. Kallbådagrund, Südwind, sieben Meter.

Der kleine Nissan eines Chinarestaurants hielt am Tor, setzte flott einige Meter zurück und flitzte die Rampe hinab bis vor die Haustür. Ein junger Mann stieg aus. Meiner Einschätzung nach kam er aus irgendeinem Land im Nahen Osten. Aber ich wusste, dass er genauso gut in Finnland geboren sein konnte.

Der Bote ging mit zwei Papiertüten zur Tür und klingelte. Ich konnte nicht erkennen, wer aufmachte, sah aber, dass der junge Mann die Tüten abgab und ein paar Geldscheine bekam, in der Gesäßtasche nach Wechselgeld kramte, das er jedoch behalten durfte. Der Bote setzte den Nissan rückwärts auf die Straße, wendete und fuhr mit quietschenden Reifen davon.

Der Wagen tauchte kurz in meinem Rückspiegel auf, dann war er verschwunden.

Ich beschloss, die Lage zu Fuß zu erkunden. Ich nahm meine blaue Bauarbeiterweste aus dem Kofferraum, zog sie an und füllte die Taschen mit diversem Zubehör und hängte Werkzeug in die Schlaufen. Nach kurzem Überlegen kramte ich noch meine CZ-Pistole aus ihrem Beutel im Reserverad und steckte sie an Stelle des Multimeters in die Tasche. Das Gewicht der Waffe gab mir ein Gefühl der Sicherheit. Wenn ich den Multimeter in der Hand hielt, war es außerdem leichter, neugierigen Passanten eine plausible Erklärung zu geben. Ich soll hier den Aa-de-es-el-Anschluss legen, hat es bei Ihnen auch Störungen gegeben, und gibt es hier Antennenverstärker, ich muss das Digi-Signal messen … Ich zog mir noch eine Schirmmütze in die Stirn und setzte eine Sonnenbrille auf. Auf den ersten Blick war ich nicht zu erkennen, und ich würde niemandem auffallen.

Ich ging am Rand des Grundstücks entlang. Die Backsteinmauer reichte bis ans Ufer. Hinter dem Haus sah ich eine verglaste Terrasse, und am Ufer wuchsen junge Birken und kugelförmige Bäume aus der Familie der Weiden. Ich erinnerte mich, dass sie in Finnland Terijoki-Bruchweiden genannt wurden. Eigentlich sollte ich ein Bestimmungsbuch kaufen und mir die Namen der Bäume einprägen, überlegte ich. Man muss mit den Kunden auch über die Anlage des Gartens und über den Sichtschutz durch Bäume und Sträucher reden können … Bei meinen derzeitigen Auftraggebern reichen da jedoch ein paar Ebereschen, spottete ich über mich selbst.

Ich machte kehrt. Gegenüber vom Haus, auf der anderen Straßenseite, standen zwei graue Verteilerkästen. Sie trugen keine Kennzeichen des Elektrizitätswerks oder einer Telefongesellschaft, aber beide hatten solide Schlösser. Die Schutzplatte am unteren Rand des einen Kastens war nur mit vier Blechschrauben befestigt. Vorsichtig schraubte ich die Platte ab. Dicke Kabel kamen in Sicht, die aus Schutzrohren in der Erde kamen und durch isolierte Durchlässe in den verschlossenen oberen Teil des Kastens geführt wurden. Ich vermutete, dass sie sich dort in Tausende von Anschlüssen aufspleißten, die mit Schaltleisten und Verteilerzentralen verbunden waren.

Ich holte meinen Werkzeugkasten aus dem Wagen und stellte ihn neben dem Verteilerkasten ab, damit der Eindruck entstand, hier habe ein Monteur seine Arbeit kurz unterbrochen.

Auf dem Nachbargrundstück neben Frolows Haus stand ein etwas älteres Einfamilienhaus aus rotem Backstein, niedrig, fast anspruchslos im Vergleich zur Umgebung. Ich klingelte. Nichts. Ich drückte in kurzen Abständen mehrmals auf die Klingel, insgesamt wohl eine halbe Minute lang, aber niemand öffnete.

Daraufhin ging ich über die Schiefersteinplatten zur Giebelseite des Hauses. Dabei rechnete ich damit, von einem Hund angefallen zu werden, oder von einer wütenden Oma, einer erschrockenen thailändischen Gemahlin oder einer estnischen Putzfrau. Ich hielt den Multimeter und einen Zettel in der Hand, um mich herausreden zu können, ich sei nur der Fernsehmonteur und der Breitbandmann.

Die Türen blieben zu, die Gardinen bewegten sich nicht, im stillen Garten hörte ich nur die Blätter rauschen.

Vorsichtig spähte ich um die Ecke in den rückwärtigen Teil des Gartens. An der Haustür warnten keine Aufkleber vor

Alarmanlagen, aber ich wollte weder über einen Bewegungsmelder Alarm auslösen noch in eine Überwachungskamera lächeln.

Ich musterte den Garten vorsichtig und genau, ließ meine Augen Streifen für Streifen absuchen, sah dann alles noch einmal aus zwei Richtungen im Raster an. Die Bewohner dieses Hauses schienen mehr in das Grillen zu investieren als in ihre Sicherheit. Mitten im Garten stand ein Steinofen. Auf der Terrasse aus wetterfestem Holz befand sich außerdem ein Gasgrill nach amerikanischem Vorbild, mit separatem Gasherd zum Kochen an der Seite. Gegen diese sommerliche Ausstattung protestierten an die Wand gelehnte Skier und eine vergessene Hafergarbe.

Ich nahm einen Sonnenstuhl aus Holz und trug ihn zu der Mauer zwischen den Grundstücken. Dann stieg ich vorsichtig auf den schmalen Sitz und schob mich Zentimeter für Zentimeter hoch, bis ich hinübersehen konnte.

Maxim Frolow war kein begeisterter Hobbygärtner, wie die verwilderten Rosenbüsche, die verwelkten Blumenbeete und das lange, grobe Heu auf den Rasenhügeln verrieten. Am Zaun standen zwei Mountainbikes und eine Hantelbank, dem Aussehen nach aus dem TV-Shop. Außerdem lagen auf dem Grundstück prallvolle Plastiktüten und Kartons herum, Abfall, der schon lange auf den Transport zur Müllhalde wartete.

Frolows Fitness- und Recycling-Aktivitäten interessierten mich jedoch nur am Rande. Ich trug den Stuhl in Ufernähe und kletterte erneut auf den Sitz. Nun hatte ich einen besseren Blick auf das Haus. Ich bemühte mich, mir Einzelheiten zu merken, in meinem Kopf eine Bildserie zu speichern, wie sie ein Immobilienmakler auf seine Webseite stellt. Stück für Stück prägte ich mir die Feuerleiter ein, die Satellitenschüssel am

Schornstein, die Seitentür, die offenbar in den Kesselraum und die Garage führte, zählte die Kuppeln über den Lichtschächten auf dem Dach, schätzte die Breite der Fenster und stellte fest, in welcher Richtung sie zu öffnen waren. In Gedanken skizzierte ich den Grundriss, zog aus den Vorhängen und Lampen Rückschlüsse auf den Verwendungszweck der Räume, suchte das Milchglasfenster des Badezimmers ... War dort hinter den Glasziegeln die Sauna?

Über der Haustür hatte ich eine Überwachungskamera gesehen, und nun entdeckte ich unter der Traufe der verglasten Terrasse eine zweite. Beide sahen modern aus. Ich konnte mir nicht vorstellen, dass Frolow Filmkassetten auswechselte und zurückspulte. Vermutlich surrte in irgendeinem Winkel ein Festplatten-Recorder.

Ich duckte mich, als Frolow und der Junge auf die Terrasse kamen. Nach einer Weile schob ich mich langsam wieder hoch, noch vorsichtiger als zuvor.

Die beiden saßen sich am Tisch gegenüber. Sie pickten mit Essstäbchen einzelne Bissen aus den Schachteln des Chinarestaurants, unterhielten sich lebhaft und lachten fröhlich.

Langsam zog ich mich zurück und verwischte meine Spuren.

Ich fuhr ein paar Straßen weiter, rief Antti Kiurus Sohn Matti an und trug ihm auf, die Observation zu übernehmen. Einen Grund nannte ich nicht, und Matti fragte auch nicht nach, warum er meinen Geschäftspartner überwachen solle. Ich erklärte ihm, dass Maxim Frolow mit seinem jungen Freund möglicherweise noch einmal in die Stadt fahren würde. Als Matti meine Prognose anzweifelte, sagte ich, natürlich sei es auch denkbar, dass die beiden zu Hause blieben, um die Debatte im Aktuellen Studio zu verfolgen oder sich *Die Brücken am Fluss* auf Video anzusehen.

Matti meinte, ja, ja, es sei schon recht. Man werde ja wohl fragen dürfen.

Ich mochte den ältesten Sohn von Antti Kiuru. Als Kind war er ernst und nachdenklich gewesen, und ich hatte versucht, ihm Zutritt zu besseren Fußballmannschaften und vernünftigem Training zu verschaffen, ihn zu fördern. Als junger Bursche war Matti abgerutscht, hatte kleine Missetaten begangen, war dann aber auf den Weg der Tugend zurückgekehrt. Ich hatte ihn angestellt, und nun war er mein Vertrauensmann, nicht nur in handwerklichen Fragen.

»Ruf Andrej an, bevor du kommst«, fügte ich hinzu. Die Idee war mir gerade erst gekommen. »Sag ihm, er soll das Nummernschild von dem älteren Volvo beschmieren und den Laster herbringen. Ein paar hundert Meter von hier ist eine Baustelle, da wird gerade der Estrich gelegt. Die Leute haben Blöcke, Mörtelsäcke und so einen transportablen Lagerschuppen einfach am Straßenrand stehen gelassen. Andrej soll sie mit der Winde auf die Ladefläche heben und in die Halle bringen.«

Ich versprach, solange in der Nähe der Baustelle Posten zu beziehen, damit ich eingreifen konnte, falls jemand von der Wach- und Schließgesellschaft die Runde machte.

Dabei plagten mich Schuldgefühle. Ich schickte mich an, der Firma Skanska Baumaterial zu stehlen, was ich vor meinem Gewissen noch einigermaßen rechtfertigen konnte. Schlimmer war, dass ich Matti Kiuru ein schlechtes Vorbild gab. Ich erinnerte mich allzu gut an Mattis Bruder Eino, der wegen seiner Drogengeschäfte verschwunden war, ohne dass ich es hatte verhindern können.

Außerdem konnte ich vor mir selbst nicht verbergen, dass es mir durchaus entgegenkam, möglichst lange in Kulosaari zu bleiben. Denn sonst hätte ich nach Hause fahren und Marja erzählen müssen, was ich den ganzen Abend lang getrieben hatte.

Ich überlegte, ob Maxim Frolow sich eine Familie oder Kinder wünschte, oder ob er genau das Leben führte, das er führen wollte. Anstatt so zu leben, wie es sich gehörte.

11

Ich schnitt vorgestrichenes Paneel-Holz für die Außenverkleidung passgenau zu. Ich hatte Antti Kiuru gebeten, mir irgendeine körperliche Arbeit zu geben, etwas Einfaches, womit auch der Chef fertig wurde, das zugleich aber auch von Nutzen war.

Ich brauchte Bewegung und Anstrengung, gleichmäßige physische Belastung. Wenn die Muskeln arbeiten, funktioniert auch der Kopf besser. Man kann das Gehirn in aller Ruhe rattern lassen wie einen Computer und sich inzwischen mit etwas anderem beschäftigen.

Wenn ich vor einem schwierigen Problem stand, ging ich oft joggen oder Ski laufen. Nach zwanzig Kilometern auf der Loipe wirkte alles einfach. Aber diesmal fürchtete ich, dass ich selbst nach einem Marathonlauf mit anschließendem Zirkeltraining in einem gut ausgestatteten Fitnessraum keine Lösung finden würde.

Meine Halle stand am Rand eines kleinen Industriegebiets. Über die Grenzen der ehemaligen Dörfer und heutigen Vororte der Stadt und der ehemaligen Landgemeinde Helsinki war ich nicht genau informiert. Ich nahm an, dass das Gebiet zum Vorort Suutarila gehörte. Es lag jedenfalls südlich der äußeren Umgehungsstraße, also gerade noch in Helsinki, ungefähr auf halber Strecke zwischen Tikkurila und Malmi.

Auf dem Gelände war bereits seit Langem Kleinindustrie

angesiedelt. In den unordentlich dahingewürfelten, hässlichen Gebäuden wurden Leim, Stahlzäune und Safes produziert, Klima-Anlagen repariert und Baugerüste vermietet.

Im vergangenen Herbst hatte man begonnen, die Umgebung aufzupeppen. Die alten Ackerstreifen, auf denen sich Erlenbüsche und Weiden breitgemacht hatten, wurden mit großen Maschinen gerodet und in eine gleichmäßige Humusfläche verwandelt. Dann erschienen die Vermesser, markierten ihre Messlatten, nivellierten die Fundamentabtreppungen und das Gefälle der Kanalisation. Bald darauf war das Gelände in Viertel aufgeteilt, deren Ränder vom schwarzen Asphalt noch namenloser Straßen gezeichnet wurden. Auf mehreren Grundstücken war im Lauf des Winters die im Bebauungsplan ausgewiesene maximale Quadratmetermenge hochgezogen worden, auf den meisten anderen hatte man zumindest die für die Fundamentplatte vorgesehene Fläche mit grobem Schotter belegt.

Ich sägte die letzten Planken zurecht und stapelte sie auf, um alle Enden auf einmal streichen zu können.

In der Halle waren nur ein paar Männer. Sie fertigten Wandelemente für Garagen, die ich als Halbfertigprodukte verkaufen wollte. Antti Kiuru baute mit dem Nagler Dachstühle zusammen. Er war gebürtiger Ingermanländer, ein gutes Stück älter als ich. Antti arbeitete schon seit Langem bei mir, ich hatte ihn auf vielen Baustellen als Vorarbeiter eingesetzt, weil er der geborene Schreiner war und obendrein Bauzeichnungen lesen konnte. Er war fähig, die komplizierten Konstruktionspläne der Ingenieure zu korrigieren, und fand Mittel und Wege, die verrückten Einfälle der Architekten zu verwirklichen.

Antti blickte mich verstohlen an. Es war mir klar, dass er etwas mit mir bereden wollte. Ich brachte es nicht über mich, zu fragen, ob er und seine Frau jemals ein Lebenszeichen von ihrem verschwundenen Sohn erhalten hatten, und sei es auch nur eine Ansichtskarte aus irgendeinem fernen Land. Insgeheim war ich überzeugt, dass Eino Kiuru sich auf finnischem Boden befand, oder vielmehr einige Fuß darunter.

»Was gibt's? Ist zu Hause etwas passiert?«, fragte ich, als die Männer Pause machten.

»Nein, aber hier.« Antti deutete in die Halle. »Es läuft nicht gut«, fügte er hinzu.

»Das weiß ich selbst.« Ich gab mir Mühe, mich nicht aufzuregen.

Antti stellte den knatternden Kompressor ab, fummelte an dem Gerät herum, als ob tatsächlich irgendein Ventil repariert werden müsste.

»Es waren Inspektoren hier«, brachte er schließlich heraus. Es klang beinahe, als wolle er sich entschuldigen.

»Was für Inspektoren, zum Teufel?«

»Ah, vom Arbeitsschutz und von der Gewerkschaft«, erklärte Antti. »Aber keine Sorge. Sie haben die Gerüste geprüft und die Kräne angeguckt, aber nix gefunden. Fast alles war in Ordnung, bloß bei einem Feuerlöscher, da war die Wartung überfällig. Dafür haben wir eine Beanstandung gekriegt. Sie schicken den Bericht per Post.«

Auch wenn ich heikle Unterlagen nicht auf dem Schreibtisch liegen ließ, schmeckte es mir nicht, dass irgendwelche Offiziellen auf meinen Baustellen oder in meiner Halle herumliefen. Zumindest wollte ich dabei sein.

»Ich wollte dich damit nicht belasten. Du hast sowieso genug um die Ohren«, erklärte Antti, obwohl ich ihn gar nicht gefragt hatte. Er trat näher, sah mich aus seinen grauen Augen an und verströmte väterlich warmen Schweißgeruch.

»Und wo war Jaatinen?«

Antti wirkte verlegen. Ich wusste, dass er meinen Geschäftsführer nicht mochte. Trotzdem wollte er ihn nicht verpetzen.

»Wer weiß, wo der gesteckt hat«, schnaubte er schließlich. »Der kommt und geht wie der Wind, bringt weder Nutzen noch Schaden …«

»Scheiße!«, fluchte ich und machte mich sofort auf den Weg. Ich lief durch den Umkleideraum und die Waschräume in das Foyer des Büroflügels, das mit straff gepolsterten Kunstledersofas möbliert war, wie es sich für den Empfangsbereich einer honorigen Firma gehört. Auf dem leeren Schreibtisch stand sogar eine große Telefonanlage, eine regelrechte Zentrale. Nur die Sekretärin, die freundlich erklärt: »Er spricht gerade, soll ich es am Mobilanschluss versuchen?«, fehlte. Noch.

Jaatinens Tür war zu. Statt zu klingeln und zu warten, bis die grüne Lampe aufleuchtete, marschierte ich schnurstracks in sein Büro. Jaatinen schob seinen Stuhl zurück, doch als er sah, dass ich es war, rollte er ihn wieder an den Schreibtisch, stützte die Ellbogen auf und starrte auf seinen Monitor.

»Was führt den Aufsichtsratsvorsitzenden zu mir?«, erkundigte sich Jaatinen affektiert. Er war ein großer, schlaff wirkender Mann, einer von den Typen, die im Sommer kurzärmlige Hemden tragen und das Jackett ihres hellen Anzugs ablegen, aber nicht auf die Krawatte verzichten.

»Es waren Inspektoren hier. Warst du dabei, als sie die Firma unter die Lupe genommen haben?«, fragte ich ohne Umschweife.

Jaatinen setzte sich ein wenig gerader hin.

»Vom Bezirk? Der Arbeitsschutzbeauftragte und einer von der Gewerkschaft«, riet er.

Ich nickte.

»Verflixt. Um die hatte ich mich doch gekümmert.«

Selbst Jaatinens Flüche waren irgendwie weich und schlaff. Er war von Kopf bis Fuß das Söhnchen aus gutem Hause, das Klavierunterricht bekommen und Modellflugzeuge aus Balsaholz gebastelt hatte. In Wahrheit wusste ich nichts über Jaatinens Herkunft. Ich hatte ihn aufgrund seiner Ausbildung und Berufserfahrung eingestellt, einen Ingenieur, der sich mit Projektverwaltung auskannte.

»Da ruf ich gleich mal an. Ich schalte auf Lautsprecher«, erklärte er und griff nach seinem Smartphone. Das hatte er verlangt, als wir seinen Arbeitsvertrag aufsetzten, mit der Begründung, er brauche es für seine Kontakte und wegen der Kalenderfunktionen.

»Wo willst du anrufen?« Mir schwante Böses.

»Beim Bezirk. Zum Teufel, ich hab dafür bezahlt, dass keiner herkommt. Und mit der Gewerkschaft haben wir den gleichen Deal. Das hat die Firma eine schöne Stange Geld gekostet, da kann man ja wohl erwarten …«

»Verdammte Scheiße! Leg sofort auf, Jaatinen!«, brüllte ich.

Ich trat ans Fenster, zog die Jalousie hoch und betrachtete den mit Erlengebüsch bewachsenen Hügel, an den mein Grundstück grenzte.

Lange Überlegungen waren überflüssig. Ich hatte Jaatinen eingestellt, weil mein Bauunternehmen legal werden und expandieren sollte. Ich wollte weg von den schmutzigen, schwierigen und unberechenbaren Miniaufträgen, bei denen schon die Offerte mit einem Augenzwinkern eingeholt wurde. Unterlagen und Rechnungen sollten dabei so weit der Wahrheit entsprechen, dass das Bauvorhaben offiziell angemeldet werden konnte, aber alle Beteiligten gingen davon aus, dass möglichst viel in Schwarzarbeit und hintenherum erledigt wurde.

Es war Jaatinens Job, überzeugende Angebote für große Aufträge zu berechnen, die Arbeiten auf Subunternehmer zu verteilen, bei der Materialbeschaffung seine Beziehungen zu nutzen und die Baustellenlogistik zu rationalisieren. Ich hatte ihn als professionellen Leiter einer legalen Baufirma eingestellt. Mit einem Ruck ließ ich die Jalousie herunter.

»Du gehst, Jaatinen. Ohne Kündigungsfrist. Leg das Handy und die Autoschlüssel auf den Schreibtisch. Wenn du ein Foto von deiner Frau in der Schublade hast, nimm's mit, von mir aus auch deinen Lieblingsrechenschieber, und dann raus mit dir zur Bushaltestelle. Mit der Dreiundsiebzig kommst du in die Stadt oder zur S-Bahn.«

»Ich wohne in Oulunkylä …«, murmelte Jaatinen. Erst dann kam er auf die Idee, zu protestieren. »Du kannst mich doch nicht einfach so entlassen. Ich habe noch Urlaubsansprüche. Und mit dem Wagen wollte ich am Wochenende zu Verwandten an der Westküste.«

»Doch, das kann ich. Und ich tue es«, sagte ich leise. »Ich zahle dein Gehalt bis Ende August weiter. Unter der Bedingung, dass du sofort gehst. Und weder zurückkommst noch über meine Angelegenheiten redest. Du sagst einfach, es gab Differenzen über die weitere Entwicklung der Firma, und du sehnst dich nach neuen Herausforderungen. Allerdings glaube ich nicht, dass das Handelsblatt dich interviewen wird.«

Jaatinen stand auf, zuckte, als wisse er nicht, ob er mich schlagen oder in Würde gehen sollte, wortlos. Dann sackte er wieder auf seinen Stuhl, den Mund halb offen, mit hängenden Armen.

Auch ich setzte mich, obwohl ich nicht vorhatte, ein langes Relokationsgespräch zu führen. Ich wusste, dass ich die richtige Entscheidung getroffen hatte. Die Schmier- und Schutzgelder waren nur der letzte Tropfen. Über kurz oder lang hätte Jaatinen mein Fass ohnehin überlaufen lassen.

»Das Geschäft läuft nicht so, wie ich es geplant und erwartet hatte. Unser Auftragsvolumen liegt weit unter dem, was wir budgetiert hatten«, erklärte ich fast freundlich, sprach absichtlich von ›uns‹. »Und da es keine Aufträge gibt, kann ich es mir nicht leisten, einen Direktor zu behalten, der die Firma so viel kostet wie drei Zimmerleute. Auch von denen muss ich einige entlassen.«

»In der Tat, inklusive Nebenkosten entspricht das Gehalt in etwa dem von zweieinhalb, nein zwei Komma sieben Männern …« Jaatinen klammerte sich an die Zahlen, an etwas, das er beherrschte.

»Ja, in der Tat. Ich lasse dich als Ersten gehen«, wiederholte ich und beugte mich vor. »Du kündigst selbst und bekommst ein anständiges Zeugnis. Aber wenn du mir irgendwelche Schwierigkeiten machst oder schlecht über mich redest, sorge ich dafür, dass du nicht so leicht einen neuen Job findest. Und solltest du doch auf irgendeiner mickrigen Baustelle unterkommen, dann tauchen da die seltsamsten Klempner und Elektriker auf, und der Bauinspektor kommt jeden Tag vorbei und lässt alles wieder abreißen, was ihr geschafft habt. Und wenn du es dann immer noch nicht glaubst, geht jemand bei dir zu Hause vorbei und verkündet anschließend, dass Jaatinen in nächster Zeit flüssige Nahrung bekommt und mit dem Strohhalm trinkt, da er, so wie sein Kinn jetzt aussieht, kaum essen kann.«

Ich stand auf. Jaatinen saß hinter seinem Schreibtisch und sah mich wütend an.

»Verdammt, das hat man davon, wenn man für die Iwans arbeitet«, fauchte er.

Ich lächelte und nickte zum Abschied.

Als ich mich in meinen Wagen setzte, kam Antti Kiuru über den Hof geschlendert. Ich zögerte die Abfahrt hinaus, weil ich ahnte, was er wissen wollte. Doch er blieb stumm.

»Wir müssen ab sofort ohne Geschäftsführer auskommen. Ich habe Jaatinen gefeuert«, sagte ich schließlich, da er sich offenbar nicht traute, direkt zu fragen.

»So so«, brummte Antti sichtlich erleichtert. Er zündete sich eine Zigarette an und rollte die Ärmel seines karierten Flanellhemds hoch. Antti arbeitete nie ohne Hemd, egal wie heiß es war. Allenfalls knöpfte er das Hemd auf und rollte die Ärmel hoch. Die Sonne hatte ihm ein rötliches Dreieck unter das Kinn gebrannt und seine Hände und Arme bis unter die Ellbogen gebräunt. Es sah aus, als trüge er hautenge Schutzhandschuhe.

»Das hast du richtig gemacht. Der Jaatinen taugt nichts … und außerdem bist du hier der Boss. Den Männern ist es auch lieber, wenn du die Schweißarbeit ihnen überlässt«, sagte Antti Kiuru. »Bestell deinen Mädels schöne Grüße.«

12

Auf der Straße hängte sich ein metallisch glänzender Volvo Kombi an meine Stoßstange. Der Fahrer betätigte die Lichthupe. Im Rückspiegel sah ich nur die getönte Windschutzscheibe und die Umrisse eines Menschen auf dem Fahrersitz. Doch ich wusste, wer in dem Wagen saß. Ich winkte zum Zeichen, dass ich das Aufflammen der Scheinwerfer bemerkt hatte, und bog hinter der ehemaligen Eisenwarenhandlung zu den Fußballplätzen ab.

Der Volvo hielt neben mir auf dem Parkplatz. Wir stiegen beide gleichzeitig aus.

»Lass uns ein Stück gehen«, sagte ich und nickte zu den Spielfeldern hinüber. Arkadi Malkin schien allein zu sein, doch irgendwie fühlte ich mich in einiger Entfernung von den Autos sicherer, sozusagen auf neutralem Boden.

Ich versuchte mich von den Männern der Botschaft fernzuhalten und hoffte, sie würden mich vergessen. Allerdings hatte Arkadi Malkin ein gutes Gedächtnis und ausführliche Akten über meinen Hintergrund. Er hatte mich in der Tasche, aber bisher hatte er sich damit begnügt, mich ab und zu leicht anzustupsen. Die Aufträge, die er mir gegeben hatte, waren harmlos gewesen, zumindest hatte ich es so empfunden.

Und nun hatte ich ihn angerufen, um ein Treffen und um Hilfe gebeten. Ich war aus eigenem Antrieb in die Höhle des Löwen marschiert.

»Ein bisschen Bewegung an der frischen Luft tut immer

gut«, stimmte Malkin zu. »Aber du hast mich angerufen, Viktor, hast um Informationen oder um Rat gebeten … wenn ich dich richtig verstanden habe. Also entscheide dich – entweder vertraust du mir oder nicht.« Er hatte mich durchschaut, war aber nicht beleidigt.

Wir gingen langsam den mit Schotter bedeckten Fahrradweg am Rand des Sportparks entlang. Ein großer Sprinkler wässerte den Rasen auf dem Hauptfeld. Eine Gruppe von kleinen Jungen war an den Rand der Anlage gescheucht worden, auf ein sandiges, holpriges Spielfeld mit halb vertrockneten Grasbüscheln. Die Jungen wechselten sich beim Elfmeterschießen ab und ahmten Spieler der WM-Teams nach.

»Ich brauche Informationen über einen Mann, der mein Geschäftsfreund ist, oder mein Kunde. Maxim Semjonowitsch Frolow, aus Moskau, wohnt jetzt in Helsinki. Informationen jeder Art.«

Malkin nickte, sagte aber nichts. Er war nicht eigentlich hochgewachsen, wirkte aber groß mit seinem muskelbepackten Oberkörper. Ihm schien ständig ein wenig heiß zu sein. Auch jetzt blieb er stehen und wischte sich mit einem karierten Taschentuch den Schweiß vom Gesicht. Die dunklen Haare klebten ihm am Schädel. An den Schläfen hatte er tiefe Geheimratsecken, und auch über der Stirn wurden seine Haare bereits schütter.

»Möchtest du, dass wir ihn fortschaffen?«, fragte Malkin gleichmütig wie ein Arzt, der seinem Patienten vorschlägt, ein Muttermal zu entfernen. Er sah mir ausdruckslos, aber aufmerksam in die Augen.

»Nein. Ich erledige ihn selbst. Falls nötig. Nur weiß ich nichts über seinen Hintergrund. Mit wem operiert er, wer schützt ihn?«

»Für uns arbeitet er nicht«, erwiderte Malkin ein wenig zu schnell.

Ich beschloss, über diesen Aspekt später nachzudenken.

»Ich muss einige Punkte überprüfen«, fügte Malkin hinzu. »Sei unbesorgt, ich mache mich kundig«, versprach er dann.

Wir gingen zurück zum Parkplatz. Malkin setzte sich in seinen Wagen.

»Ich möchte mir keine allzu große Dankesschuld aufladen. Verstehst du?«

»Keine Angst. Von Freunden und Kollegen erwartet man nicht immer eine Gegenleistung. Außerdem ist Spionage für dich doch ein Kinderspiel, schließlich bist du ein Kornostajew. Ihr wart immer schon flink und wendig.«

Malkin lachte kalt, schlug die Tür zu und brauste davon.

Wir waren keine Freunde und schon gar keine Kollegen. Und Arkadi Malkin würde alles, was er für mich tat, genau notieren. Eines Tages musste ich die Rechnung dafür zahlen, das war mir klar. Aber die Anspielung auf das Familienerbe der Kärppäs verstand ich nicht.

Marja sortierte wieder einmal Wäsche. Anna stand am Wohnzimmertisch, hielt sich mit beiden Händen fest und machte vorsichtige Schritte. Ich fasste sie unter den Achseln und hob sie hoch, rieb meine Nase an ihrem Kugelbäuchlein. Das Frottee der Strampelhose war vom Waschen aufgeraut.

»Papas kleines Rackerchen«, plapperte ich.

Ich legte die Kleine aufs Bett und streckte mich neben ihr aus. Marja kam ins Schlafzimmer, setzte sich auf ihre Bettseite, zog die Beine an und lehnte sich an die Wand.

»Was hast du gemacht?«, fragte sie.

Ich überlegte, ob ich es ihr erzählen sollte. Ich könnte ihr erklären, dass ich in dieser Woche mit einem Polizisten, einem Drogen- und Sklavenhändler und gerade auch noch mit einem Spion verhandelt, bei zwei Freudenmädchen den Geruchsverschluss am Waschbecken gereinigt, fremder Leute Wohnungen beobachtet, nebenbei einen Diebstahl organisiert und – die beste Tat des Tages – meinen Schmiergelder verteilenden Geschäftsführer entlassen hatte.

»Ich hatte in der Stadt Verschiedenes zu erledigen. Und dann habe ich in der Halle beim Sägen ausgeholfen«, gab ich Auskunft.

»Viktor …«, begann Marja.

Ich lag auf dem Rücken, hatte einen Arm über die Augen gelegt und wartete schweigend. Marja saß immer noch auf dem Bett. Anna schob sich an die Bettkante und ließ sich langsam auf den Boden fallen.

»Ich frage mich, ob du mir gelegentlich zwei Sätze hintereinander sagen könntest.«

»Das waren doch gerade zwei«, gab ich zurück, beeilte mich aber, weiterzureden. »In der Firma gibt es ein paar Probleme. Und ich musste Jaatinen entlassen.«

»Aha«, sagte Marja und schwieg wieder eine Weile.

»Viktor?«

»Ja?«

»Hast du immer noch Geschäfte, über die du nicht reden kannst?«

»Ja.«

»Gehst du heute noch mal weg?«

»Nein.«

Marja legte sich neben mich. Ich spürte ihren gleichmäßigen Atem an der Schulter. Anna plapperte fröhlich im Wohnzimmer. Ein Spielzeug schepperte.

13

Stadtteil Kuninkaanmäki, Vantaa

Pawel Wadajew versuchte sich auszuruhen. Oder Paavo Vatanen, so hatte es ja auf seinem Baustellenausweis gestanden, unter dem Foto, auf dem er erschrocken aussah. Pawel posaunte seinen Namen nicht heraus, weder den finnischen noch den russischen, er verhielt sich lieber still und unauffällig.

Vor zwei Tagen hatte der finnische Vorarbeiter die Ausweise eingesammelt, hatte gesagt, die seien jetzt überflüssig, denn auf der nächsten Baustelle gebe es keine Kontrollen. Nun wusste Pawel nicht, wie er sich vorstellen sollte, falls sich jemand nach seinem Namen erkundigte. Das bereitete ihm ein wenig Sorgen. Andrej Gawrilow hatte immer klare, präzise Anweisungen gegeben, doch jetzt war niemand da, den man fragen konnte. Andrej war verschwunden, vermutlich nach Karelien zurückgekehrt, um neue Visa und Arbeiter zu besorgen.

Auf der ersten Baustelle hatte Pawel in einer Gruppe von sechs Männern das Fundament für ein großes Bürogebäude vorbereitet. Er hatte den Zimmerleuten, die die Gussformen für die Wandfundamente zusammenbauten, Bretter und Kantholz gebracht, hatte dann Bewehrungsstangen für die Eisenflechter zurechtgeschnitten und schließlich alles sauber gefegt, sodass der Beton gegossen werden konnte.

Gestern waren die Männer in einen Kleintransporter gepfercht und zur nächsten Arbeitsstelle gebracht worden. Es handelte sich um eine große alte Schule, die von oben bis unten umgebaut werden sollte. Nur Wände und Fußboden sollten bleiben, als Rumpf eines ansonsten praktisch neuen Hauses.

Pawel seufzte, verschränkte die Hände im Nacken und starrte an die Decke, deren schmutziggraue Isolierplatten hoch über ihm hingen. Die hohe Halle war ein einziger Raum ohne Zwischenwände, nur an der einen Giebelseite gab es zwei Büroräume und ein Klo, auf deren Zwischendecke eine Treppe führte. Wahrscheinlich hatte man dort früher irgendetwas gelagert.

Pawel wusste nicht, was in dem Gebäude ursprünglich hergestellt worden war. Der Betonfußboden war ungestrichen, alle Maschinen und Anlagen waren abtransportiert worden, und die Dachbalken ließen nur ahnen, wo sich die Schienen der Laufkräne befunden hatten.

Hier haben wir reichlich Platz, bemühte Pawel sich um positives Denken. An der Wand standen zehn Etagenbetten, und obwohl alle belegt waren, wurde die Luft in der Halle nicht knapp. Und zu heiß war es auch nicht, obwohl draußen die Sommerhitze immer schlimmer wurde.

Aber die sanitären Anlagen waren für so viele Leute knapp bemessen, das musste Pawel zugeben, auch wenn er kein tägliches Wannenbad erwartet hatte. Ein Klo für zwanzig Männer, im Vorraum ein Waschbecken, dazu ein Stahlbecken an der Hallenwand. Hände und Gesicht konnte man sich einigermaßen abspülen, aber Wäschewaschen war schwierig.

Ein Mann von der Firma, dessen Namen Pawel nicht kannte, hatte am Samstag einen Sauna-Abend organisiert. Im engen Kleintransporter waren sie zu einem Sommerhaus gefahren, wo der Vorarbeiter und Andrej sie erwartet hatten. Andrej hatte die Männer aufgefordert, in die Sauna zu gehen und dann ordentlich zu essen und zu trinken.

Bei der Erinnerung an den Geschmack von warmem Schnaps mit halb versengten Würstchen, dazu auch noch Bier, drehte sich Pawel immer noch der Magen um. Aber immerhin hatte er in der Sauna baden können, auch wenn der Dampf nicht scharf genug gezischt hatte und das Waschwasser lauwarm gewesen war. Dafür war der See groß genug zum Schwimmen gewesen, und Pawel hatte im Wasser gelegen, bis die Haut an seinen Fingern ganz faltig geworden war.

Die Arbeit war schmutzig, vor allem jetzt bei der Renovierung der Schule, wo sie alte Abflussrohre entfernten, Schächte für die Lüftungsrohre bohrten und alte Fußbodenbeläge abrissen. Einer der Arbeiter hatte mit hohlem Lachen gesagt, der Asbest, der kleine Teufel, steigt einem in die Nase und sticht in der Lunge, hatte sich dann mit Daumen und Zeigefinger geschnäuzt und den Rotz an der Hose abgewischt.

Der war gefährlich, der Asbest, das wusste Pawel, doch er arbeitete still und demütig, ohne nach Entlüftung und Atemschutz zu fragen. Bei all dem Staub, Schmutz, vorstehenden Nägeln und offenen Treppenschächten musste man gut aufpassen.

Pawel drehte sich auf die Seite und versuchte zu schlafen. Man nimmt das Ohr als Kissen und den Gürtel als Decke, so hatte der Vater gesagt, hatte mit seinen Kindern Finnisch gesprochen, wenn er überhaupt einmal etwas gesagt hatte, so ein stiller Mann. Und auch Pawel machte sich nichts aus eitlem Geschwätz. Hier schon gar nicht. Die anderen Männer spielten Karten und fluchten und beschimpften sich gegenseitig. Und schmiedeten Pläne, wie sie wochenlang faulenzen und sich besaufen würden, sobald sie den Lohn bekämen. Pawel mochte ihr Gerede und ihr Johlen nicht, der Lärm hatte etwas Rohes, Hässliches an sich, genau wie die Tätowierungen, die die Kerle sich irgendwo hatten machen lassen, im Knast wahrscheinlich oder in der Kaserne.

Andererseits war es schade, dass Pawel keinen der Männer gut genug kannte, um sich ein Handy bei ihm zu leihen. Er hätte gern zu Hause bei Xenja angerufen, nur um ihr zu sagen, dass er angekommen war und genug zu tun hatte. Und dass sie sich keine Sorgen zu machen brauchte.

Pawel schloss die Augen und spürte sekundenlang den sauberen Geruch seines Zuhauses in der Nase. Er war warm und leicht süßlich, aber kein bisschen muffig.

14

Stadtteil Pakila, Helsinki

Ich stupste die Nase liebevoll gegen die Schulter der Frau. Sie schlug die Augen auf. Irgendwer hatte einmal behauptet, man könne es einer Frau an den Augen ansehen, dass sie kürzlich Sex gehabt hatte, am schlaffen Blick, an der Größe der Pupillen oder was weiß ich. Selbstverständlich, hatte ich geantwortet, ich kann sogar riechen, in welcher Phase ihres Monatszyklus die Frau gerade ist.

»Worüber lächelst du?«, fragte Marjatta.

»Nichts weiter, eine alte Geschichte.«

Marjatta hätte ich die Geschichte sogar erzählen können, als Witz. Sie war unkompliziert, oder sie behielt ihre Verkrümmungen für sich und hatte nicht die Absicht, sie von mir geradebiegen zu lassen.

Sie stand auf, zog den Slip, die weiche Trainingshose und das T-Shirt an und band ihr halblanges Haar mit einem Zopfgummi zusammen.

»Es wird Zeit für dich, wenn du zum Essen zu Hause sein willst«, sagte sie mit einem ganz leisen Anflug von Spott. »Außerdem muss ich mit Rollo Gassi gehen.«

Der Hund kam sofort ins Schlafzimmer, legte die Schnauze aufs Bett und sah mich eher traurig als vorwurfsvoll an. Ein Setter, wiederholte ich in Gedanken, denn ich musste mir seine Rasse jedes Mal von neuem ins Gedächtnis rufen. Ich kannte mich mit Hunden nicht aus, und sie interessierten mich nicht.

Ich kraulte Rollo am Ohr und stand auf.

»Eigentlich finde ich das nicht ganz richtig. Wo du doch ein Kind hast und so. Auch wenn es noch so schön heißt, auf eigene Verantwortung und erwachsene Menschen und wir zerstören keine Ehen«, sagte Marjatta ruhig und verzog den Mund. Sie regte sich selten auf. Vor Jahren hatte sie festgestellt und auch gesagt, sie könne mit mir ins Bett gehen, und das hatten wir dann getan, ohne große Umstände, und ab und zu taten wir es immer noch.

Als wir uns kennen lernten, hatte Marjattas zehnjährige Partnerschaft gerade ein enttäuschendes Ende genommen. Ihr Lebensgefährte hatte erklärt, er suche etwas anderes, und dieses andere waren eine kleine dunkelhaarige Frau, eine Luxuswohnung in Lauttasaari und ein Ferienhaus am Rand eines Golfplatzes.

Marjatta spielte weder Golf noch besuchte sie das Jazz-Festival in Pori oder andere Events, bei denen in die Jahre kommende, gepflegte weibliche Führungskräfte auf Männerjagd gingen. Schwanzfalken, sagte sie mit aufrichtiger Verachtung.

»Mach dir keine Sorgen. Das tue ich schon zur Genüge«, sagte ich und umarmte Marjatta, presste die Kinnspitze in das Grübchen über ihrem Schlüsselbein und spürte ihren süßen Geruch in der Nase. Auf eine genauere Erklärung verzichtete ich, aber ich wusste, dass ich es genossen hatte, eine Weile an nichts zu denken.

Ein grauer Ford Mondeo kurvte in weitem Bogen auf den Hof vor der Halle. Die Reifen quietschten auf dem frischen Asphalt. Ein paar Zentimeter vor meiner Stoßstange kam der Wagen zitternd zum Stehen.

»Teufel auch, was bin ich heute kindisch«, rief Korhonen und stieg aus dem Ford. »Ich hab so gute Laune gekriegt, als ich dir von Paloheinä an gefolgt bin. Ich bin hinter dir hergezockelt und hab gesehen, wie Geheimagent 69 an seinen Fingern schnuppert, ob sie noch nach Fotze riechen. Wirklich rührend, so ein romantischer Mann.«

»Ich wusste gar nicht, dass man dich zur Sitte versetzt hat«, versuchte ich meinen Ärger zu verbergen.

Korhonen hatte mich bis zu Marjattas Haus und anschließend zu meiner Firma verfolgt, und ich hatte nichts gemerkt.

»Der Kärppä und sein Schwänzchen, die sind gar nicht faul«, trällerte Korhonen zur Melodie eines Kinderliedes. »Weißt du übrigens, was eine Frau nach dem vierten Orgasmus sagt? Na, weißt du's?«

»Was denn?«

»Ich weiß es!«, frohlockte er.

»Du brauchst deinem Vater nicht beizubringen, wie man fickt«, versuchte ich im gleichen Ton zurückzugeben.

»Na, war bloß ein Witz«, lachte Korhonen zufrieden. »Und mit so unmoralischen Dingen sollte ein Familienvater weder Spaß treiben noch prahlen. Ich bin kein Kantor, aber ein Kirchenlied kann ich immerhin singen, wenn ich das Gesangbuch an der richtigen Stelle aufschlage.«

»Was quasselst du da?«

»Religiöser Wortschatz, oder eher kirchlicher. Zum Selbststudium empfehle ich dir das Bibellexikon von Aapeli Saarisalo und den schönen Bildband *Kirchen und Pfarrhöfe Finnlands in Farbe*, mit Sammelkarte zum Aufkleben von Bildchen aus dem Bibelkreis. Dazu gratis die Schallplatte *Unsere schönsten Kirchenlieder gepfiffen*«, redete Korhonen sich in Fahrt.

»Danke«, sagte ich und machte Anstalten, hineinzugehen.

»Stopp, stopp«, bremste Korhonen mich und setzte eine ernste Miene auf. »Ich muss wirklich mit dir reden.«

Ich starrte ihm in die Augen.

»Ehrlich. Und im Gedenken an einen alten Freund«, sagte Korhonen und wunderte sich gleich darauf über seine Formulierung. »Das klingt ja direkt nach einem Spruch für die Schleife am Kranz.«

»Worum geht es?«, drängte ich.

Korhonen steckte sich in aller Ruhe eine Zigarette an und schob sich die Sonnenbrille auf die Stirn. Er wolle eine gleichmäßige Bräunung, erklärte er, keine weißen Ringe um die Augen wie ein Waschbär. Und er meine jetzt nicht die Waschmaschine von Upo, quasselte er weiter, die Firma hätte nämlich mal ein Modell gebaut, das Waschbär hieß, aber heutzutage würden ja alle Haushaltsgeräte in der Türkei oder in Ungarn hergestellt.

Ich versuchte ihn mit der Bemerkung zu unterbrechen, die Geschichte der finnischen Industrie sei mir vertraut und unter den Unmengen von gebrauchten Waschmaschinen, die ich nach Karelien verfrachtet hatte, seien alle bekannten und auch einige unbekannte Marken vertreten gewesen.

Korhonen verbreitete sich aus reiner Bosheit noch über die Globalisierung und den Klimawandel und die merkwürdige Hitzewelle in diesem Jahr.

»Ich habe mir Parjanne vom Hals geschafft. Ich habe ihm gesagt, ich observiere eure Sippe, aber dafür reicht ein Kriminalhauptmeister völlig, die Chefs werden für wichtigere Aufgaben gebraucht«, erklärte er schließlich. »Der gute Parjanne ist Feuer und Flamme. Und seiner Sache sicher. Er sagt, jetzt ziehen wir dem Kornostajew die Hammelbeine lang.«

»Ich heiße Kärppä.«

»Klar, aber er meint ja auch deinen Bruder, den Businessmann Alexej.«

15

Alexei Cornostayev JR, schrie das Schild am Dach der Halle. Mich irritierte es, aber Alexej meinte, Lichtreklame sei modern. Sie locke Kunden an und gebe ihnen die Gewissheit, dass hier Qualitätsware zu günstigen Preisen verkauft werde.

Ich stürmte geradewegs in Alexejs Büro. Mein Bruder hatte die Füße auf den Schreibtisch gelegt und aß eine mit Kebab gefüllte Pita, stocherte mit der Plastikgabel in der knittrigen Folienverpackung herum.

»Schick die beiden raus«, sagte ich auf Russisch und wartete. Auf dem Sofa hockten zwei dunkelhaarige junge Männer. Sie sahen Alexej fragend an. Als er nickte, gingen sie hinaus und versuchten den Anschein zu erwecken, sie hätten ohnehin auf dem Hof etwas zu erledigen.

»Die sprechen Russisch. Oder verstehen es jedenfalls. Polen.«

Alexej vertilgte den Rest seiner Mahlzeit, knüllte die Aluminiumfolie zusammen und warf sie in den Papierkorb. Dann wischte er sich mit Küchenkrepp den Mund und die Finger ab und erzielte auch mit der Papierkugel einen Volltreffer.

»Setz dich doch, Bruderherz. Brauchst du neue Reifen für deinen Mercedes? Ich habe gerade eine preiswerte Partie im Lager, mit winzigen Oberflächenfehlern, aber die sind allerhöchstens eine kosmetische Beeinträchtigung.«

Alexej hatte wieder zugenommen. Sein Business schien gut

zu laufen. Ich hatte ihm nach und nach meine eigenen Geschäfte übertragen. Er verfrachtete Elektronik und Autoersatzteile nach Russland und importierte auf dem Rückweg Kriegsschrott, Kiefernholz, Spinnangeln, Anstecknadeln aus der Sowjetzeit oder Kranbeerengelee, kurzum alles, was in Russland billig zu haben und in Finnland gut zu verkaufen war.

»Du warst auch schon mal schlanker«, sagte ich.

»Brüderchen, mach dir keine Gedanken über mein Taillenmaß. All diese Bohnenstangen mit ihrem klugen Geschwätz über Grünfutter! Salzgurken, Rote Bete in Essigmarinade, Sauerkraut, Pilze … das ist Gemüse genug. Und dazu reinen, guten Wodka, damit die Kohlenhydrate nicht zu langsam werden.«

Alexej ließ die Füße auf den Boden knallen. Er wuchtete sich vom Stuhl, zog die Hose hoch und machte ein paar halbe Kniebeugen.

»Aljoscha, hör auf mit dem Sport«, riet ich ihm. Schon als Kind hatte mein Bruder sich lieber mit Karopapier und einem Rechenschieber beschäftigt als hinter einem Ball herzurennen oder Ski zu laufen. Schach hatte er gespielt, aber das galt in Finnland nicht als richtiger Sport, außer beim Arbeitersportbund.

Auch über diese Zweiteilung des Sportlebens hatte ich mich durch Bücher informieren müssen, begriff aber immer noch nicht ganz, weshalb die Männer von den Vereinen Pakilan Visa und Pakilan Veto sich beim Skilaufen erbitterte Gefechte lieferten, nur weil der eine aus dem bürgerlichen Lager und der andere aus dem Arbeitersportbund hervorgegangen war.

»Wo kommen deine Michelins denn her?«

»Michis sind es nicht, aber trotzdem beste Qualität«, erklärte Aleksej. »Weißt du, Nokia-Reifen hat eine Fabrik in Wsewoloschsk eröffnet, und da wird eben manchmal Ausschuss produziert, mit kleinen Fehlern und so weiter. Das heißt, es gibt so viel Ausschuss wie der Kontrolleur zur Seite legt. Na, je höher man die Qualitätsnorm ansetzt, desto mehr zweite Wahl kriegt man. Die Ausschussware kommt in einen offenen Container, wird zermahlen und wieder in die Produktion gegeben. Aber wir recyceln nur einen Teil der Reifen, und der Rest ist in ausgewählten Geschäften erhältlich, poschaluista«, pries Alexej seine Geschäftsidee.

Ich kannte die Reifenfabrik gut, denn als sie gebaut wurde, hatte ich für einen der Subunternehmer gedolmetscht. Zudem war mir die Gegend vertraut. Wsewoloschsk lag etwa zwanzig Kilometer nördlich von Sankt Petersburg, im selben Bezirk wie Kawgolowo, das nordwestliche Skitrainingszentrum der Sowjetunion, wo ich tausende von Kilometern auf Skiern zurückgelegt hatte.

»Das ist ja beinahe unsere Heimat.« Alexej schien an meine Gedanken anzuknüpfen. »Vaters Familie kam doch aus Toksova und Rääpyvä. Oder stammte von da. Oder musste da weg.«

Wir schwiegen eine Weile, nickten bei diesen Erinnerungen.

»Es ist jetzt schon Jahre her, seit Mutter von uns gegangen ist«, sagte Alexej nach einer Weile. Wieder einmal traf er genau die richtige Stimmung. »Immer hat sie sich Sorgen um uns gemacht. Aber jetzt wäre sie zufrieden, wenn sie uns hier sehen könnte.«

»Nur würde sie uns das nicht sagen«, ergänzte ich. Die Augen waren mir feucht geworden. »Sie hätte sich umgeschaut und gesagt, aha, so hast du deinen Laden also eingerichtet, na, so kann man es sicher auch machen.«

Ich betrachtete meinen Bruder und dachte daran, dass wir

vom selben Fleisch und Blut waren. Wir hatten beide dasselbe gesehen und gehört, es gab vieles, was der eine dem anderen nicht zu erklären brauchte. Ich wusste aber auch, dass unsere Erinnerungen leicht voneinander abwichen, wir hatten die Ereignisse aus unterschiedlicher Perspektive gesehen, und Aljoscha hatte vielleicht mehr Erinnerungen als ich, weil er der Ältere war. Auch an unseren Vater erinnerte er sich besser als ich, denn vor Vaters Tod war er schon fast zum Mann herangewachsen, hatte ihm auf gleicher Höhe in die Augen sehen können. Ich nicht.

Plötzlich kamen mir Arkadi Malkins merkwürdige Anspielungen in den Sinn.

»Ich habe zufällig einen Mitarbeiter der Botschaft getroffen, aus dem Kulturbereich«, sagte ich und zeichnete mit den Fingern Gänsefüßchen in die Luft.

»Aha«, murmelte Aljoscha gleichgültig. »Die hier ist übrigens eine tolle Sängerin. Maarita Taavitsainen, kennst du sie?« Er nahm eine Zeitung vom Tisch und zeigte auf ein Foto.

»Die ist bestimmt sehr nett. Hör mal, dieser Botschaftstyp hat angedeutet, dass in unserer Familie in jeder Richtung spioniert wurde oder dass man immer mal die Seite gewechselt habe … so habe ich ihn jedenfalls verstanden. Aber darüber wurde ja nie geredet, jedenfalls nicht vor uns Kindern.«

»Vor Viktor, dem Baby, ganz bestimmt nicht«, grinste Aljoscha.

»Mal im Ernst. Hast du irgendwas gehört …? Es muss mit Opa zu tun haben, mit dem Krieg und der Zeit davor.«

»Na ja, Vater hat manchmal darüber geredet. Mit Mutter. Du warst noch so klein, dass du dich nicht daran erinnerst«, sagte Aljoscha und wirkte plötzlich verlegen.

»Na und, was haben sie gesagt?«

»Irgendwelche alten Geschichten, ich erinnere mich nicht

mehr …«, versuchte Aljoscha sich herauszureden, gab dann aber klein bei. »Opa ist 1937 abgeholt worden. Er musste ins Lager, 10 Jahre bei voller Briefsperre … aber dann haben sie ihn zurückgebracht.«

»Zurückgebracht? Wieso? Weil er unschuldig war? Das heißt, wer war damals schon schuldig oder unschuldig.«

»Ich weiß es nicht. Aber Opa kam zurück. Und im Krieg haben sie ihn dann als Spion nach Finnland geschickt«, erklärte Aljoscha. Er zuckte die Achseln, als er sah, dass ich auf eine Fortsetzung wartete. »Als ich klein war, habe ich Opa gebeten, mir vom Krieg zu erzählen, daran erinnere ich mich noch. Und er hat bloß gesagt, da wurde verdammt viel geschossen und Böses getan. Mehr wollte er nicht verraten.«

Ich kannte meinen Großvater nur von Fotos und aus den wenigen Geschichten, die über ihn erzählt worden waren. Aber ich hatte immer gespürt, dass die Erwachsenen irgendwie verlegen waren, wenn sie von ihm sprachen. Und ich hatte nicht verstanden, warum.

»Aljoscha«, kehrte ich in die Gegenwart zurück. »Ich habe eine Nachricht, die die Gegenwart betrifft, etwas Ernstes. Man hat vor, dich auffliegen zu lassen.«

»Weswegen denn?«, fragte Alexej scheinbar unbeeindruckt.

Ich zählte alle Straftaten auf, die mir von Parjannes und Korhonens Liste im Gedächtnis geblieben waren. Alexej schaukelte auf seinem Stuhl und betrachtete die Wände. Als ich meinen Lagebericht fortsetzte, versuchte er Einspruch zu erheben, doch ich brachte ihn mit der Bemerkung zum Schweigen, ich sei kein Richter und seine Erklärungen seien mir egal, ich wolle lediglich helfen und dafür sorgen, dass mein Bruder auf freiem Fuß bleibe. Alexej nickte und trommelte mit den Fingerspitzen auf die Stuhllehne.

Ich riet ihm, die Verkaufsständer und Lagerpaletten zu überprüfen, für sämtliche Waren authentisch wirkende Quittungen und Frachtbriefe und Zollbescheinigungen auszustellen. In meinem Büro hätte ich geeignete Stempel und eine große Auswahl an leeren Formularen, fügte ich hinzu. Er müsse sie mit verschiedenen Stiften ausfüllen, lochen und abheften, und einige Papiere solle er ein wenig zerknüllen oder beschmieren.

Alexejs Gesicht wurde immer fahler. Er tat mir leid. Im Grunde war er ein anständiger Ölingenieur. Mit Theorie und Praxis der Tribologie und mit der Berechnung der Viskositätsindexe kannte mein Bruder sich bestens aus, aber was die Verwaltung der dunkelgrauen Wirtschaft betraf, war er ein Anfänger.

Ich beruhigte Alexej und erklärte ihm, es sei ratsam, die Mehrwertsteuer pünktlich zu entrichten und die Arbeitszeiterfassung für seine Verkäufer rückwirkend für die letzten zwei Jahre zu erstellen. Tröstend fügte ich hinzu, wenn die Lage trotz aller Vorsichtsmaßnahmen brenzlig werde, würden meine Juristen Rothovius & Kaarnalahti eben Kaufverträge aufsetzen, die es unmöglich machten, nachzuweisen, dass Alexei Cornostayev Junior Besitzer dieser Firmen war.

Alexej nickte.

»Ach ja.« Mir war gerade noch etwas eingefallen. »Demnächst kommt eine Fuhre Schnaps für mich. Auf den Namen deiner Firma. Lass die Ware in meinen Teil der Halle bringen, falls ich gerade nicht da bin«, erklärte ich, ohne um Entschuldigung zu bitten.

»Schnapsschmuggel und die Polizei im Nacken. Besten Dank, kleiner Bruder«, motzte Alexej.

»Du brauchst weiter nichts davon zu wissen und dich um nichts zu kümmern. Ich muss Geld reinholen. Ende der Debatte.«

»Aha«, sagte Alexej. Ich sah, dass er zu einer längeren Predigt ansetzen wollte.

»Kein Wort mehr«, mahnte ich. »Ich tue das alles in deinem Interesse und zu deinem Schutz.«

Dass jemand, der mir nahestand, in Gefahr geriet, war viel schwerer zu ertragen, als die Schwierigkeiten und Bedrohungen, denen ich selbst ausgesetzt war.

Alexej schien sich zufriedenzugeben. Wir umarmten uns und küssten uns auf die Wangen und waren ein wenig verlegen.

»Kennst du eigentlich einen gewissen Frolow? Maxim Semjonowitsch?«, fragte ich dann noch.

Alexej schien nachzudenken.

»Ich glaube, ich weiß, wen du meinst. Ein schmächtiger Kerl, trägt einen Pferdeschwanz, sieht aus wie ein Kranich im Sumpf, mit langem Schnabel«, beschrieb Alexej den Mann wortreich. Er redete wie die Figur des Greises in einem alten Schauspiel, der daran zurückdenkt, wie er irgendwo hinter Ljudinowo Pilze gesammelt hat, in den ewigen Birkenwäldern, seufzend die Fülle an makellosen Steinpilzen preist und sich nach dem Heimatboden sehnt.

»Verarsch mich nicht, Brüderchen. Du bist so glaubhaft wie die Laienschauspieler im Kulturhaus.«

Ich kannte meinen Bruder. Genau so hatte er schon als Kind ausgesehen, wenn er eine Mitteilung über Nachsitzen versteckt hatte oder wenn im Keller ein Glas Himbeermarmelade fehlte.

»Tu ich doch gar nicht«, protestierte Aleksej und spitzte die Lippen.

»Sag bloß nicht, du hast dich in Frolows Geschäfte oder in seinen Sklavenhandel verwickeln lassen! Auf Vermittler von Schwarzarbeitern wird gerade im Moment Jagd gemacht, kapierst du? Wo hast du deine Polaken her?«, setzte ich ihm zu.

»Schon kapiert, ich bin doch nicht blöd«, gab Alexej beleidigt zurück. »Ich bin in gar nichts verwickelt.«

»Maxim Semjonowitsch Frolow …?«

»Na ja, gelegentlich habe ich ein paar Männer von ihm geliehen. Er sagte, er hätte öfters mit dir Geschäfte gemacht. Ich habe probeweise einige Bulgaren und einen Moldauer genommen, als Packer für einen Auftrag, den ich von Onninen bekommen hatte … und für einen ähnlichen Auftrag im Kühllager von Kesko. Da herrscht ziemlicher Frost …«

»Lenk nicht ab, Aljoscha«, knurrte ich.

»Du hast es gerade nötig, mir gute Ratschläge zu erteilen. Deine eigene Karre steckt doch am allertiefsten im Dreck!«

»Was soll das heißen?«

»Du selbst kungelst am allermeisten mit diesem Frolow. Und wenn ich noch was sagen darf … Du hast eine Frau und ein kleines Kind. Was treibst du dich bei fremden Weibern rum?«

Ich marschierte hinaus und knallte die Tür hinter mir zu.

16

Der geliehene Toyota stand vor der Halle und erinnerte mich daran, dass ich ihn längst hätte zurückgeben sollen. Ich überlegte mir, dass ich auf dem Weg auch gleich Matti Kiuru fragen konnte, wie Frolow den weiteren Abend in Kulosaari verbracht hatte. Also holte ich den Autoschlüssel aus meiner Schreibtischschublade und fuhr nach Kallio. Ich hatte einen Subunternehmerauftrag in einem Etagenhaus ergattert, in dem die Wasserleitungen erneuert wurden. Matti Kiuru kachelte die renovierten Badezimmer. Er war schon im vierten Stock des zweiten Treppenaufgangs.

»Sieht gut aus«, lobte ich von der Badezimmertür her. Matti kniete auf dem Boden und verstrich sorgfältig Mörtel auf der wasserdichten Wandplatte. Er sah mich ernst an, sagte aber nichts, sondern drehte sich um und arbeitete weiter.

»Hab ganz schön üben müssen«, brummte er lustlos.

Ich hatte Matti Kiuru als professionellen Fliesenleger angepriesen, hatte die mehr als dreißig Euro pro Stunde, die ich für seine Arbeit berechnete, mit seiner außergewöhnlichen Geschicklichkeit begründet. Der Hauptunternehmer hatte zweifelnd eingewandt, viele Bewohner hätten italienische Mosaikfliesen und Zierkanten ausgesucht, die man nicht einfach irgendwie an die Wand klatschen könne. Darauf hatte ich erwidert, wenn nötig, könne mein Experte den Fliesen italienische Lieder vorsingen oder von mir aus auch mähen, wenn es sich um

Kacheln der Firma Bocksberg handelte. Der Bauunternehmer hatte eine Weile auf den Lippen gekaut und dann eingeschlagen, mit der Bemerkung, es herrsche ein solcher Mangel an Fliesenlegern, dass ihm nichts anderes übrig bleibe, als es mit Kärppäs Wunderkind zu versuchen.

In der Halle hatte ich Matti sofort zum Unterricht verdonnert, hatte selbst versucht, ihm etwas beizubringen, und auch seinen Vater Antti gebeten, dem Jungen zu erklären, wie man den Fußboden spachtelt und das richtige Gefälle zum Abfluss errechnet, wie man gleichmäßige Fugen zustande bringt und wie man für Rohre oder Lichtschalter ein Loch in die Fliese schneidet.

»Übung macht den Meister«, sagte ich wohlwollend. Ich konnte mir denken, dass Matti einige Badezimmer mehrmals hatte fliesen müssen, bevor der Aufseher zufrieden war. Immerhin war er nicht weggeschickt worden, hatte folglich halbwegs annehmbare Arbeit geleistet.

»Wie war es bei Frolow? Sind die beiden noch ausgegangen? Kennst du den jungen Mann?«

»Na ja«, sagte Matti gedehnt.

Ich wusste, dass es sinnlos war, ihn zu drängen. Ich würde die Geschichte zu hören bekommen, stückweise und in Mattis Tempo. Er flieste die Reihe zu Ende, überprüfte, ob die Fuge gerade war.

»Schwule, pfui Teufel«, schnaubte er schließlich und zog angewidert die Schultern hoch. »Sie sind spät am Abend in die Stadt gefahren, ins Lost. Das ist eine Kneipe, Lost and found. Da treffen sich … alle möglichen Typen«, fuhr er politisch fast korrekt fort. »Na, ich nichts wie hinterher. Das ist eine ziemliche Höhle.«

»Und dann? Was ist mit Frolows Begleiter, hast du ihn erkannt?« Nun wurde ich doch ungeduldig.

»Na ja. Sie sind bis zur Sperrstunde geblieben. Dann sind sie nach Hause gefahren. Zu zweit. In der Kneipe war Hochbetrieb. Es waren auch ein paar Esten und Russen da, die ich kenne. Und Frolows Freund. Toni. Eigentlich Anton. So'n kleiner Hänfling. Den kenne ich. Und er hat mich auch gesehen. Ist das schlimm?«

»Nein. Es steht doch jedem frei, welche Kneipen er besucht. Und die menschliche Sexualität ist eben so eine Art Kontinuum«, antwortete ich betont sachlich.

Matti fand das gar nicht lustig.

»Scheißkontinuum …«, zischte er.

»Ich habe den Verdacht, dass Frolow am Drogenhandel beteiligt ist, an einem großen Deal«, vertraute ich Matti an, der keine Fragen zu stellen pflegte. »Hast du irgendetwas in der Art gesehen?«

Matti zuckte die Achseln.

»Meiner Meinung nach war Frolow nur zum Zeitvertreib da. In solchen Lokalen gibt's immer Leute, bei denen man was kriegt. Amphetamin oder Ecstasy, selten Heroin. Es waren ein paar da, die Pillen verscherbelt haben. Die Unsrigen.«

Damit wollte er sagen, dass die Pillenhändler aus dem Gebiet der ehemaligen Sowjetunion stammten.

»Bei ein paar Typen bin ich nachdenklich geworden. Sie schienen Frolow gut zu kennen«, fing Matti wieder an, und ich gab mir Mühe, geduldig auf die Fortsetzung zu warten. »Adrette Burschen. Die reißen alte Männer auf. Und manchmal arbeiten sie auch für die Botschaft. Obwohl man nicht immer weiß, was privates Business ist und was ein Auftrag der Botschaft. Oder beides gleichzeitig.«

Matti bereitete mit einem Rührquirl, den er an die Bohrmaschine angeschlossen hatte, die nächste Portion Mörtel vor.

Ich überlegte, ob ihm eigentlich bewusst war, dass ich ihn zu einer Art Assistent ausgebildet hatte, dass er eher ein Ratgeber und Gesprächspartner für mich war als ein bloßer Helfer oder gar ein demütiger Lohnempfänger. Matti war intelligent, auf leicht altmodische Art sogar weise und ausgeglichen, einer, der nachdachte, bevor er etwas tat, und Druck aushielt. Und was das Wichtigste war: Ich vertraute ihm.

»Bevor die beiden schwofen gegangen sind, waren zwei Männer am Haus«, begann Matti erneut.

»Wer? Warum hast du das nicht gleich gesagt?«

»Du hast doch bloß gefragt, ob Frolow ins Zentrum gefahren ist und ob ich diesen Anton kenne.«

Matti schmollte eine Weile.

»Da ist ein alter oranger Mercedes-Kleinbus vorgefahren«, sagte er schließlich. »Zwei Männer sind ausgestiegen. Ein Fettsack und einer aus dem Süden, schwarze Haare und dunkle Haut, ein stämmiger Bursche. Sie haben geklingelt, und Frolow hat mit ihnen gesprochen. Nur kurz. Ich weiß nicht, worum es ging, aber so wie die genickt haben, ist Frolow ihr Boss. Jedenfalls waren die nicht unterwegs, um sackweise Pferdedünger zu verkaufen.«

Dieselben Männer, die Zinaida in der Punavuorenkatu beschrieben hatte.

»Hast du die Männer früher schon mal gesehen? Der eine ist Russe, der andere kommt wohl aus Georgien, aus Aserbaidschan oder aus der Ecke.«

»Nein …«, antwortete Matti gedehnt. »Aber die rostige Karre kam mir bekannt vor. Ich glaube, damit sind mal Männer auf eine Baustelle gebracht worden. Türen auf und eine Kompanie Chinesen raus. Das hab ich irgendwo gesehen.«

Vadim und Imran, jetzt erinnerte ich mich auch an die

Namen der Männer. Und Frolow hatte ja auch mir Arbeitskräfte angeboten. Mattis Vermutung konnte durchaus richtig sein.

»Kommst du mal mit?«, fragte ich. »Ich muss Ruuskanen einen Wagen zurückbringen. Du fährst mir nach und bringst mich dann zur Halle oder nach Hause.«

Matti strich Mörtel an die Wand, zog Furchen hinein und begann eine neue Reihe Fliesen zu verlegen. Ich fragte nicht noch einmal.

»Fahr schon mal vor. Ich komm gleich. Nach Hyrylä?«, vergewisserte sich Matti.

»Nach Hyrylä«, wiederholte ich.

»Na, Herr Direktor, wie geht's? Darf es ein Avensis sein?«, begrüßte mich der Autohändler Ruuskanen strahlend. Sein kugelrunder Bauch wabbelte fast unmittelbar unter seinem Doppelkinn, und der hoch oben zugeschnürte Gürtel ließ seinen Brustkorb merkwürdig kurz erscheinen. »Viele sorglose Kilometer. Und was japanische Ingenieure entwickeln, das kippt nicht und bleibt nicht stecken. Das Wägelchen fährt und summt und singt, Juchhu, juchhe, Sorgen ade, Viktor Kärppä fährt zur See …« Ruuskanens Verkaufsgespräch wurde zum Geträller.

»Nein, darf es nicht. Danke für den Leihwagen. Über die Bezahlung reden wir, wenn du mal Hilfe beim Bauen brauchst. Und heißt es in dem Lied nicht irgendwo, dein Boot ist klein, ein Spielball der Wellen? Mit anderen Worten, Viktor Kärppä kauft kein japanisches Auto.«

»Oho! Ein Russenjunge zu Land, zur See und in der Luft, aber er kennt Malmsténs Lieder von A bis Z«, wunderte sich Ruuskanen.

Er legte den Kopf schräg und spitzte die fast feminin geschwungenen Lippen. Von seinem Mund abgesehen, war nichts an ihm nach klassischem Maßstab schön. Er war ein mittelgroßer, untersetzter Mann, der unter seinem Gewicht schnaufte. Das dichte, gewellte Haar über seinem geröteten Gesicht wirkte wie nachträglich hinzugefügt, als hätte ein Kind einen Mann gezeichnet und zum Schluss mit einem zu dicken Buntstift den Schopf gemalt.

»Klar, lass dir Zeit mit der Bezahlung. Auch wenn ich nicht die Heilsarmee bin«, brummte Ruuskanen. Ich wusste, dass er sich ärgerte, sowohl über den Verlust des Geldes als auch über seinen eigenen Geiz. Ruuskanen war ein kleiner Geschäftsmann, in seinem Beruf waren Gier und skrupelloses Profitstreben lebensnotwendig.

Ruuskanen hatte an der äußeren Umgehungsstraße einen Gebrauchtwarenhandel betrieben, mit einer kleinen Blockhütte als Büro. Allmählich hatte er seine Firma erweitert, Gebrauchtwagen aus Mitteleuropa importiert und eine Halle in Hyrylä gebaut. Auch den Firmennamen hatte er aufgebauscht, zu Global-Auto Ruuskanen, hatte sicher davon geträumt, bald eine ganze Kette von Autohäusern zu besitzen und viele große Marken zu vertreten.

Aber manch anderer hatte dieselbe Geschäftsidee gehabt, und bald war Finnland voll von Importwagen aus Deutschland, Vorbesitzer ein alter Opa in Hannover, alle Quittungen vorhanden. Besonders Schlaue holten sich ihren BMW oder Mercedes selbst, ohne Zwischenhändler. Selbst Ruuskanens Halle wirkte verfallen und deprimiert. Die hoffnungsfrohen Schilder waren verblasst, und die Wand war mit einem klobigen Graffiti besprüht.

»Verdammt noch mal, die Scheiß-Esten – entschuldige, Viktor, ich bündele die Menschen nach Herkunft und Nationalität –

also, die verfluchten Balten haben mir endgültig das Geschäft verdorben. Die kaufen sämtliche Autos auf und verhökern sie auf irgendwelchen Äckern an der Via Baltica«, erklärte Ruuskanen, dem mein Blick in die Halle nicht entgangen war. »Sie klauen Nobelwagen und zerlegen sie in ihre Einzelteile. Lenkradschlösser helfen da nicht viel«, fügte er mit tiefer Stimme hinzu und nickte, als wolle er seiner Aussage größeres Gewicht geben.

Ich verkniff mir die Bemerkung, dass auch in Ruuskanens Werkstatt Autos in nicht mehr identifizierbare Einzelteile zerlegt und auf dem Gestell eines Schrottwagens wieder zusammengeschweißt worden waren, und dann nichts wie ab über die Grenze, mit einer sauberen Chassisnummer als Garantie für Legalität. Einige Bestellungen hatte ich sogar selbst an Ruuskanen weitergeleitet, aber vom eigentlichen Handel hatte ich mich ferngehalten. Die Kunden waren suspekt, die Ware musste bei Gaunern bestellt werden, beim Umbau der Wagen brauchte man notgedrungen mehrere Männer, und man musste nicht nur vor der Polizei auf der Hut sein, sondern auch vor Versicherungsdetektiven ... Meiner Risikoanalyse nach waren zu viele gefährliche Faktoren im Spiel.

»Ich habe vielleicht ein Business für dich«, sagte ich. »Ein legales«, präzisierte ich, als ich Ruuskanens verschlagenes Grinsen sah.

»Bekannte aus Sortavala und Kontupohja haben sich nach alten Bussen für den Stadtverkehr erkundigt. Sie wollen die Ikarusse und sonstigen Ostkarren loswerden. Du hörst dich hier nach Bussen um, die abgestoßen werden, und kaufst sie en gros. Die Busunternehmer sind froh, wenn sie die Dinger loswerden. Dann lässt du sie rasch warten und schickst sie im Treck über die Grenze«, erklärte ich.

»Zum Teufel noch mal, das ist ja eine tolle Sache, auch im Hinblick auf die nachhaltige Entwicklung«, freute sich Ruuskanen, merkte dann, dass ich mich wunderte. »Na, meine Alte ist so eine Öko-Tante, sie kauft Biogemüse und kompostiert und filzt und was weiß ich ... und wir haben zu Hause Sonnenkollektoren auf dem Dach und heizen mit Erdwärme. Wir müssen alle an die Umwelt denken«, schloss Ruuskanen in salbungsvollem Ton.

Ich nickte und ließ den Blick zur Giebelwand der Halle wandern, wo ein halbes Dutzend Autokadaver und stapelweise alte Motoren und Schaltgehäuse herumlagen. Daneben standen einige Fässer mit Filtern, Putzlumpen und sonstigem öltriefenden Müll.

»Ja genau, hier fehlt nur noch ein Brutkasten für Flughörnchen«, spottete ich.

»Ich bin in letzter Zeit nicht dazu gekommen, das Zeug zum Sondermüll zu fahren ...«, verteidigte sich Ruuskanen. Unsere umweltpolitische Evaluation brach ab, als Matti Kiuru vorfuhr. Ich verabschiedete mich.

»Man sieht sich.« Ruuskanen winkte mir zu. »Und deine Geschäfte gehen ja blendend, zumindest wenn die alte Volksweisheit stimmt. Glück in der Liebe, Glück im Business. Die holde Weiblichkeit ist dir gewogen, besonders in Pakila, habe ich mir sagen lassen.«

»Werden meine Bettgeschichten jetzt schon im Käseblättchen kommentiert, zum Teufel!«, brüllte ich.

Ruuskanen zuckte zusammen und trat ein paar Schritte zurück, die Hände schützend unters Kinn gelegt.

Ich stieg in Mattis Wagen und sagte, er solle mich nach Hause fahren. Zu mir nach Hause, präzisierte ich.

17

Marja stand vor der Haustür wie ein Sturmzeichen, hatte offenbar auf das Motorgeräusch gelauscht. Beinahe hätte ich gleich wieder kehrtgemacht und gesagt, es ist nun mal passiert, mehr kann ich dazu nicht sagen. Reden wir später darüber, wenn sich der Sturm gelegt hat oder es zumindest nicht mehr gewittert.

»Wo warst du?«, fauchte Marja, wartete meine Antwort aber nicht ab. »Da drin ist eine komische Frau, sie spricht gebrochen Finnisch, redet von ihrem Vetter Viktor oder so ähnlich. Mehr will sie mir nicht sagen. Wahrscheinlich hält sie mich für deine Putzfrau, so wie ich aussehe.«

Ich stichelte nicht zurück, sondern ging wortlos ins Haus. Aus dem Wohnzimmer kam eine Frau, ungefähr in meinem Alter. Sie trug einen engen, knielangen Rock und eine geblümte Bluse, hatte rot gefärbte Haare und roch nach schwerem Parfüm.

»Vitja, Vitjuscha, da bist du endlich!« Die Frau warf sich in meine Arme und fing an zu weinen. Sie sprach Russisch. »Ach, lieber Vetter, ich wusste nicht, was ich tun sollte. Aber dann dachte ich: Viktor, er ist hier, hat ein Herz aus Gold und einen stahlharten Verstand. Wenn irgendwer helfen kann, dann ist es Cousin Viktor.«

Ein kleiner Junge, der auf dem Sofa gesessen und mit den Beinen geschlenkert hatte, sprang auf und zupfte mich am Hosenbein.

»Guten Tag, Viktor Nikolajewitsch, ich bin Sergej Pawlowitsch Wadajew«, grüßte er mich auf Finnisch, so wie er es zu Hause gelernt und geübt hatte, und machte einen Diener mit Kratzfuß.

Der Junge mochte sieben oder acht Jahre alt sein. Er hielt sich immer noch an meiner Hose fest und sah zu mir auf. Er hatte dunkle Augen und dicke braune Haare und sah seiner Mutter sehr ähnlich, oder vielmehr dem Mädchen, das seine Mutter gewesen war, als ich sie kannte.

Sergejs Haare erinnerten mich daran, wie wir zum Haareschneiden ins Elternhaus des Mädchens gegangen waren. Der Vater der Familie war eigentlich Chauffeur, aber er hatte eine elektrische Haarschneidemaschine. Haarbüschel waren auf den Fußboden der grünlich gestrichenen Küche gefallen, und die Maschine hatte gerattert und geziept, wenn unser Verwandter Aleksej und mich kahl geschoren hatte. Jetzt schneiden wir den Jungs eine leichte Sommerfrisur, hatte er jedes Mal gewitzelt und die Hosenträger knallen lassen.

Xenja, meine Kusine zweiten Grades, hatte auf einem Stuhl gesessen und zugeschaut, hatte ihre langen Haare um den Finger gedreht.

»Marja, das ist Xenja, die Tochter des Vetters meines Vaters«, stellte ich sie auf Finnisch vor und versuchte ein wenig Abstand von der Frau zu gewinnen, die sich immer noch an meinen Arm klammerte. »Meine Kusine zweiten Grades, eine Verwandte, und ihr Sohn Sergej.«

Xenja und Sergej verbeugten sich und versuchten zu lächeln.

»Aber was ist denn los? Ist in Karelien etwas passiert?«, fragte ich und versuchte mich zu erinnern, was ich zuletzt von Xenja gehört hatte. Meine Mutter hatte mir immer erzählt, was es bei Verwandten und Nachbarn Neues gab, aber seit ihrem Tod hatte ich von der Verwandtschaft nichts mehr gehört.

»Nein, dort ist alles in Ordnung, dem Herrn sei Dank.« Xenja bekreuzigte sich, wie es die alten Leute taten. »Aber hier. Pawel ist verschwunden. Er ist hergekommen, um zu arbeiten, und jetzt lässt er nichts von sich hören, musiziert und singt nicht, mein Mann, Paavo Vatanen«, erklärte Xenja in einer Mischung aus Finnisch und Karelisch.

Der Junge zupfte mich am Hosenbein.

»Mutter hat gesagt, du hilfst uns.«

Sergej sah mir in die Augen und lächelte.

»Das ist wie eine Szene aus dem Paten«, meckerte Marja und räumte den Tisch ab. »Die Leute kommen angerannt und bitten Don Viktor um Hilfe, und der große Held verspricht, sich um alles zu kümmern. Der einzige Unterschied ist, dass in Corleones Haushalt alles in Ordnung war.«

»Verdammt noch mal, bei uns zieht es nicht durch die Fenster und die Türen sind auch dicht, wir haben fließendes Wasser, und im Kühlschrank gibt's Alete und Milch, Brie und Rucola. Worüber regst du dich auf?«

»Du solltest mich nicht für dumm verkaufen, Viktor. Ich weiß, dass du es schwer gehabt hast und dass es immer noch nicht leicht für dich ist«, antwortete Marja. Ihr Ton wurde langsam versöhnlicher. »Oder nicht leicht für uns. Ich weiß, dass deine legalen Geschäfte noch nicht richtig laufen.«

Ich schwieg und räumte das Geschirr in die Spülmaschine.

Wir hatten zu Abend gegessen und dann im Arbeitszimmer ein Nachtlager für Xenja und den Jungen eingerichtet. Marja hatte geschimpft, nun komme sie mit dem Schreiben überhaupt nicht mehr voran, und ich hatte sie angefaucht, Herrgottnochmal, das sind arme Leute. Boshafter als nötig hatte ich hinzugefügt, auf ihre Lizentiatenarbeit könne die finnische Frauenforschung getrost noch ein Weilchen warten.

Aus dem Arbeitszimmer drang gedämpftes Reden, manchmal ein Ausruf von Sergej, den Xenja zur Ruhe mahnte.

Wir gingen schlafen. Anna lag auf dem Bauch und schnaufte, saugte ab und zu schmatzend am Schnuller.

»Ich habe von klein auf gehört, dass eine gute Mutter in ihrem Herzen nicht nur Platz für die eigenen Kinder hat«, sagte ich. »Auf Russisch heißt es auch, Kinder sind einem lieb, selbst wenn sie nicht *rodnyje* sind … wie heißt das auf Finnisch? Als die eigenen geboren.«

»Hör auf, mir Schuldgefühle einzureden. So hatte ich das doch nicht gemeint«, schnappte Marja und ließ sich nicht besänftigen, obwohl ich gefühlvoll über Kinder redete.

Ich lag auf dem Rücken, die Hände im Nacken und sah an die Decke. Wehmütig dachte ich an meine Mutter, die mir keinen Rat mehr geben konnte. Allerdings hätte ich sie wohl auch nicht fragen können: »Was soll ich tun, mein Mieter betreibt einen Drogengroßhandel, und die Polizei sitzt mir im Nacken.« Irgendwie, um fünf Ecken, hätte ich trotzdem mit ihr reden können, und nachdem ich ihr die Sache erklärt hätte, wäre ich selber darauf gekommen, dass ich bereits die ganze Zeit über gewusst hatte, was ich tun musste.

Als wäre das Frolow-Problem nicht schlimm genug. Nun musste ich auch noch nach Paavo Vatanen suchen, der nur indirekt mit mir verwandt war.

Ich wusste, dass auch Marja wach lag, obwohl sie keinen Laut von sich gab. Sie brauchte Zeit, um ihre Meinung zu ändern. Marja war flexibel, aber manchmal verbiss sie sich in eine

Auffassung und ließ sich nicht von ihr abbringen. Man konnte nur warten, bis sie sich von selbst besann.

Die Mutterschaft hatte Marja noch schroffer gemacht, willensstärker und irgendwie egoistischer. Sie konzentrierte sich auf ihre Familie und betrachtete alles andere als zweitrangig. Ich brachte die Worte »unsere Familie« nicht recht über die Lippen, denn sie klangen wie von einem IT-Assistenten, der Fotos seiner Kinder in der Brieftasche herumträgt.

Für Marja waren die Schwangerschaft und die Vorbereitung auf das Kind ein überdimensionales Projekt, zu dem auch ich herangezogen wurde. Ich musste die Wände im Kinderzimmer mehrmals streichen, bis der Farbton endlich richtig war, bei der Geburtsvorbereitung musste ich allen Ernstes hecheln, und dann erhob sich die Frage, ob wir uns nach dem neuesten Testbericht nicht doch für einen Kinderwagen von Brio entscheiden sollten statt für Emmaljunga. Und wehe, ich hätte gesagt, hallo, ich kriege keine Wehen, und zum Stillen muss man auch nicht zu zweit sein.

»Natürlich hilfst du anderen, und vor allem Wildfremden. Man muss sich um seine Mitmenschen kümmern, das ist schon richtig«, gab Marja überraschend zu.

Sie drehte sich auf die Seite, mit dem Gesicht zu mir. Ich blickte ins Halbdunkel und wusste, dass sie mich mit ernstem Blick ansah, obwohl ihre Augen unter den in die Stirn gefallenen Haaren halb verborgen waren. Marja, wie ein Fuchsjunges, oder vielleicht eher wie eine Fuchsmutter.

»Und diese Xenja macht einen vernünftigen Eindruck. Sie hat mir gleich ihre Hilfe angeboten, wirkt ordentlich und sauber. Die beiden werden ja sicher ein paar Tage hierbleiben, da kann sie vielleicht auf Anna aufpassen. Wo mag wohl ihr Mann stecken? Vielleicht macht er bloß eine Sauftour, dieser Paavo.«

»Pawel trinkt nicht.«

Ich machte mir nicht die Mühe, zu erklären, dass Pawel ein wenig anders oder besser gesagt, simpel war. Aber anständig war er, daran konnte kein Zweifel bestehen. Und auch Xenja schien ihr Leben wieder im Griff zu haben, obwohl sie in früheren Jahren auf die schiefe Bahn geraten war. Irgendein Verwandter hatte sie gerettet, hatte sie von den St. Petersburger Straßen geholt, wo sie gefixt und sich verkauft hatte.

Ich erinnerte mich, dass Mutter mir davon erzählt und später die Vermutung geäußert hatte, Sergej sei womöglich nicht Pawels Sohn. Ist vielleicht auch besser so, hatte Mutter gemeint und hinzugefügt, Vaterschaft sei überhaupt ein relativer Begriff. Pawel hält den Jungen für seinen Sohn, damit basta, und jetzt trinkt eure Milch, Kinder.

»Sie sind beide anständige Leute, Paavo und Xenja«, sagte ich, doch Marja schlief bereits.

•

Am nächsten Morgen hatte ich gerade meinen Kaffee ausgetrunken, als es klingelte. Ich ging zur Tür und öffnete. Auf der Eingangstreppe stand ein alter Opa, die karierte Schirmmütze in der Hand. Unter dem Arm trug er eine braune Ledertasche, der man schon von außen ansah, dass sie säuberlich gestapelte Papiere enthielt, die zur Hälfte überflüssig und zur Hälfte unklar waren.

Der Alte stellte sich vor. Antti Hiisku, ein entfernter Verwandter, er stamme aus Miikkulainen, aus dem Dorf Toksova. Und da er ganz in der Nähe wohne, in Hiekkaharju – schau, der Zug fährt alle naselang – und gehört habe, Kärppäs Sohn Viktor kenne sich mit den Bumagas in diesem Land aus … also, ob ich mir vielleicht einmal diese Staatsbürgerschaftssachen ansehen könnte und den Rentenantrag, und seine Frau habe da so einen seltsamen Brief bekommen …

»Kannst mir helfen?«, fragte der Opa.

»Na, ich guck's mir mal an«, versprach ich.

Antti Hiisku trat ein, schnallte seine Tasche auf und reichte mir sein Mitbringsel, eine Pralinenschachtel.

»Lass es dir schmecken«, sagte er.

Ich öffnete die Schachtel. Die Pralinen waren einzeln eingewickelt, auf den Papierchen prangten Bilder von Iljuschin-Flugzeugen. Ich steckte eine Praline in den Mund und genoss den vertrauten, kratzig dunklen Geschmack.

18

Es gefiel mir überhaupt nicht, dass ich in einen Pistolenlauf starren musste. Aus einem halben Meter Entfernung war es völlig gleichgültig, ob die Waffe ein Kaliber von zweiundzwanzig Zoll oder neun Millimetern hatte. Aus dieser Distanz war die Kugel mit Sicherheit tödlich, unabhängig von ihrem Durchmesser.

Ich hatte keine Waffe dabei. Meine CZ-Pistole lag im Kofferraum, in einem weich gefütterten Etui zwischen dem sonstigen Werkzeug.

Vielleicht ist es besser so, dachte ich. Wjatscheslaw Bursow hatte Angst. Der vor Entsetzen zitternde Mann würde womöglich unvorhersehbar schnell schießen. Wenn sein Zeigefinger sich im Reflex auf meine Bewegungen verkrampfte, konnte ein Schuss losgehen, ohne dass er es wollte. Einem ausgeglichenen, ruhigen Menschen konnte man die Waffe leichter aus der Hand schlagen oder treten als einem furchtsamen Junkie, aber besonnene Musterbürger richteten selten eine Pistole auf mich.

»Hör mal, Slawa. Du hast mehr Angst vor dem Ding als ich«, sagte ich ruhig, gab ihm zu verstehen, dass mich die Waffe nicht kümmerte. »Du bittest mich wohl herein.«

Langsam ging ich an Bursow vorbei.

In der Hütte herrschte Halbdunkel, doch ich sah, dass der Bewohner seine Arbeit nicht mit nach Hause gebracht hatte.

Die Küche starrte vor Schmutz, und Slawa Bursow war Putzmann. Oder war es jedenfalls gewesen. Er hatte die Aufgabe gehabt, meine Wohnungen in der Punavuorenkatu sauber zu halten und zu überwachen, aber als ich ihn zuletzt gesehen hatte, lag er bewusstlos in einer der Buden, auf die er aufpassen sollte.

»Du bist umgezogen«, sagte ich und spähte in die Schlafkammer, die ebenfalls unaufgeräumt und dreckig war. Ich war zu Slawas Adresse in Kontula gefahren, doch die Frau, die mir dort die Tür öffnete, meinte, ich solle in Vuosaari nach ihm fragen. In Slawas neuer Wohnung sehe man vom Balkon aus das Meer, wenn man sich ein bisschen reckte, und sie liege wohl in der Nähe der Kaffeerösterei.

Ich hatte mich nicht auf einen urbanen Orientierungslauf begeben, sondern ein wenig herumtelefoniert. Slawas Handy war abgeschaltet, aber ein Kioskbesitzer in Vuosaari, den ich kannte, hatte versprochen, sich zu erkundigen. Drei Minuten später hatte er zurückgerufen und berichtet, Slawa sei ein bisschen schlecht drauf und wohne jetzt in Vantaa. Ich hatte Fahranweisungen und eine Beschreibung des abbruchreifen Hauses an der äußeren Umgehungsstraße bekommen.

Nach einigen Irrfahrten hatte ich das Holzhaus mit der abblätternden Farbe gefunden. Es stand einsam auf einem Felshügel. Unmittelbar daneben waren Schluchten in den Fels geschlagen worden, auf deren Grund neue Straßen gebaut worden waren, und an einer Seite grenzte das Grundstück an ein Industriegebiet. Bald würde auch hier irgendein Ersatzteilladen errichtet werden.

»Nur vorübergehend … nicht besonders komfortabel, aber billig«, stammelte Slawa, kratzte den Rest seiner Würde zusammen und versuchte zu reden wie einer, der ein ererbtes

Häuschen renoviert. Er deutete mit der Pistole auf Fenster und Wände, kam dann aber doch auf die Idee, die Waffe auf den Tisch zu legen. »Ich konnte ja nicht wissen, wer vor der Tür steht. Hatte keine Gäste erwartet …«, entschuldigte sich Slawa wie eine Hausfrau, die bedauert, dass sie kein frisches Gebäck im Haus hat. Doch ich stoppte ihn, bevor er auch noch anfing, Tee aufzusetzen.

»Halt die Schnauze«, fiel ich ihm ins Wort. »Wie ist die Sache in Punavuori zustande gekommen? Kanntest du Frolow schon vorher? Der hat doch da sein Lager untergebracht.«

Ich hing der vagen Hoffnung nach, dass Slawa meine Hypothese bestreiten würde, ehrlich und überzeugend, und dass hinter dem Drogenhandel jemand anders steckte, ein kleinerer oder ungefährlicherer Ganove.

Slawa setzte sich an den Tisch und rieb sich mit zitternder Hand das Kinn. Er wagte nichts zu sagen, wog zwei Übel gegeneinander ab, mich und Frolow.

»Die Sache ist klar«, erleichterte ich ihm das Abwägen. »Slawa, du machst jetzt den Abgang.«

Slawa zuckte zusammen, sprang auf und streckte die Hand nach der Pistole aus.

»Nein.«

Ich nahm die Waffe in die Hand. Es war eine kleine, abgegriffene FN.

»Du hast sie nicht mal entsichert, du armer Tropf.«

Ich fummelte an der Waffe herum, dann hob ich die Hand und zielte auf Slawa, hielt beide Augen offen wie ein Sportschütze. Slawas Adamsapfel bewegte sich auf und ab, als er leer schluckte.

Ich hob den Lauf um ein paar Grad und drückte ab. Aus der Nähe klang der Schuss fast schrill, doch die Druckwelle ließ ihn in meinen Ohren nachhallen. In der rauen Faserplatte an der Wand erschien ein sauberes schwarzes Loch.

»Ich leg dich nicht um. Diesmal noch nicht«, erklärte ich kalt. »Du machst den Abgang von hier. Aus dieser Stadt. Verdammt noch mal, ich weiß gar nicht, ob wir hier in Vantaa oder in Helsinki sind. Aber geh mal davon aus, dass ich der Bürgermeister der ganzen Region bin, Sipoo mit sämtlichen Einödwäldern eingeschlossen, das restliche Finnland und die nordöstlichen Gebiete Russlands ebenfalls. Du verziehst dich ins tiefe Russland und kommst mir nie mehr unter die Augen. Meine Strategie ist Null-Toleranz.«

Dann erinnerte ich Slawa Bursow daran, dass ich ihm aus reiner Gutmütigkeit einen Job gegeben hatte. Ein gerade erst clean gewordener russischer Ex-Junkie war nicht unbedingt der Wunschkandidat auf dem finnischen Arbeitsmarkt. Ich hatte ihm eine Chance gegeben, ihn Wohnungen und fertige Bauobjekte putzen lassen und ihn bei anderen Hilfsarbeiten auf meinen Baustellen eingesetzt, bei Jobs, denen der schwächliche Slawa gewachsen war.

»Jetzt erzählst du mir alles, was du über Maxim Frolow weißt. Und ich sorge dafür, dass er dir nicht nachspürt«, sagte ich, wusste allerdings nicht, wie ich dieses Versprechen halten sollte. »In wessen Namen operiert Frolow, wer arbeitet für ihn?«

Slawa starrte mich an und ließ sich auf den Stuhl fallen. Er war nur noch ein Häuflein Elend.

»Da weiß ich nicht viel drüber … Der Stoff kommt über Estland. Aber Frolow hat gerade erst angefangen, ist gar nicht lange her, dass er die ersten großen Lieferungen gekriegt hat.« Slawa wirkte direkt erleichtert, als ihm dieser mildernde Umstand einfiel. »Er sucht noch nach Vertriebswegen. Aber reichlich Geld steht dahinter. Er selbst redet immer von Kontakten in Moskau. Ich weiß nicht, vielleicht schneidet er ein bisschen auf. Der Stoff kam jedenfalls aus Estland.«

»Und wer arbeitet für Frolow?«

»Zinaida und Jelena im Moment, Warwara und Rozalina und Inna sind gerade in Russland und kommen in zwei Wochen zurück …«, zählte Slawa eifrig auf.

»Die Huren meine ich nicht«, unterbrach ich ihn unwirsch und merkte selbst, wie mies es war, Frauen so zu nennen.

»Ja, ja, klar, natürlich nicht«, sagte Slawa eilfertig. »Also, fest arbeiten zwei für ihn, erstens Vadim, den Nachnamen weiß ich nicht, er ist Estlandrusse, glaube ich, und dann dieser Kaukasier, Imran Gelajew. Ich hab ihn gefragt, ob er Georgier ist, und da ist er furchtbar wütend geworden. Ich glaub, der ist Tschetschene.«

Nun flüsterte Slawa beinahe.

»Sonst keiner?«

»Nein. Außer Anton natürlich. Aber der ist ja fast noch ein Kind. Der ist eher Frolows Begleiter oder sein Maskottchen. Na ja, und dann vermittelt Frolow ja auch Leute, auf Baustellen und sonst wohin, wo billige Arbeiter gebraucht werden.«

Ich stand auf.

»Verzeih mir, Viktor«, bat Slawa und blickte unterwürfig wie ein Spitz zu mir auf. »Ich habe es nicht böse gemeint. Maxim hat gesagt, er will die Wohnung eine Weile für sich nutzen, weil er keine passenden Mädchen gefunden hat … und er hat mir verboten, es dir zu erzählen.«

Slawa schlug die Augen nieder und biss sich auf die Lippe. Ich erinnerte mich an die russische Lebensweisheit, mit einer Schuld könne man fertig werden, aber an der Scham trage man sein Leben lang. Gleichzeitig fühlte ich mich unwohl, ich hatte den Verdacht, dass ich es genoss, Schwächere zu drangsalieren.

Manchmal lächelte ich insgeheim, wenn ich finnischen Schuldnern hart zusetzte, lachte gelegentlich sogar über ihre Angst und ihre Erklärungen. Aber beim Schuldeneintreiben wurde die Lage nur ausgeglichen oder zurechtgerückt, ich verlangte nur, was mir gerechterweise zustand, plus Verzögerungszinsen natürlich. Jetzt war ich dagegen im Begriff, Slawa Bursow zurück in die Kloake zu stoßen, aus der er sich mühsam herausgestrampelt hatte.

Es klopfte. Ich knurrte ein Herein. Durch die Tür kam eine Frau, dieselbe, die ich in Slawas erster Wohnung in Kontula angetroffen hatte.

»Ich möchte nur … dass du ihn nicht umbringst«, sagte sie halb flehend. Hinter ihr stand ein kleines Mädchen, an den Türrahmen gelehnt, schlenkerte mit dem Fuß und lutschte an seinem Zopf.

Ich steckte die Pistole in die Tasche und suchte auf meinem Handy nach einer gespeicherten Nummer.

»Ich bring ihn nicht um. Setz Slawa in den Zug nach St. Petersburg. Und ruf diesen Mann an.«

Ich schrieb die Nummer auf die Rückseite meiner Visitenkarte. Die Vorderseite wies mich als *President and Chairman of the Board* der VK-Group aus.

»Das ist ein alter Freund von mir. Sag ihm, Slawa kommt zur Kur, und Viktor zahlt zwei Tausender. Das entspricht Slawas ausstehendem Lohn. Großzügig gerechnet. Urlaubsgeld gibt's nicht.«

Die Frau nickte. Slawa Bursow schwor, er werde fahren und sei fest entschlossen, clean zu werden. Ich wollte nichts mehr hören und ging hinaus.

Die Sonne stach mir in die Augen. Ich wusste, dass zweitausend für die volle Behandlung in der Klinik nicht reichten.

»Aber auch mein Maß hat einen Boden und der Eimer einen Rand«, sagte ich laut. Ein Spruch meines Vaters, und deshalb eine Rarität. Meiner Erinnerung nach hatte mein Vater wenig gesprochen und selten gescherzt, zumindest auf Finnisch, obwohl Mutter immer wieder geseufzt hatte, wie lustig ihr Niilo Nikolai gewesen war. An seine Stimme konnte ich mich überhaupt nicht erinnern.

Mit einem Taschentuch wischte ich meine Fingerabdrücke von Slawas Pistole, bevor ich das Magazin in das Weidengebüsch hinter dem Graben warf und den Rest zwischen den Felsbrocken verschwinden ließ.

Auch das Mädchen war aus dem Haus gekommen und lehnte sich an den Kotflügel eines alten roten Nissan.

»Onkel Slawa muss verreisen. Er hat ein paar Dummheiten gemacht und ist krank.«

Selbst in meinen Ohren klang diese Erklärung nach Märchenstunde. Da hätte ich auch gleich trällern können, Wjatscheslaw hat ein bisschen Aua-Aua. Ich wusste nicht, ob ich in vernünftigem Ton weiterreden oder lieber schweigen sollte. Vielleicht war es für das Kind besser, nicht zu lernen, dass auch Männer, die in der Küche schossen und sich drohten, ganz normale Gesprächspartner sein können.

»Der is kein Onkel«, schnaubte das Mädchen und fing an, auf einem Bein von Stein zu Stein zu hüpfen, ohne den Rasen zu berühren. »Der war bloß 'ne Weile als Papa bei uns. Total behämmert, phiuh phiuh, in dem seinem Kopp laufen ganz komische Filme.«

Sie ließ den Finger über dem Kopf kreisen und rollte die Augen.

»Aber Mutti ist trocken«, sagte sie stolz.

»Das ist ja fein«, lobte ich.

Im Wagen merkte ich, dass der Pulvergeruch noch an mir hing. Ein angenehmer, vertrauter Geruch. Aber eigentlich hätte ich mich nach dem Duft von warmem Hefegebäck sehnen sollen.

19

Seit einigen Tagen taten mir die Muskeln weh, sie brauchten Bewegung. Also ging ich joggen. Ich trabte über die Gleise und zwischen den Mietshäusern hindurch zu dem gut fünf Kilometer langen Joggingpfad rund um den Flugplatz Malmi. Dort schlug ich ein Tempo ein, bei dem der Puls niedrig genug blieb.

Auch während meiner Zeit als aktiver Skisportler war ich kein besonders guter Langstreckenläufer gewesen. Trainer und Physiologen hatten den Kopf geschüttelt und die Vermutung geäußert, meine Papiere seien durcheinandergeraten und ich sei deshalb für die falsche Sportart ausgewählt worden. Bei meiner Zellstruktur hätte ich Sprinter, Hochspringer oder Gewichtheber werden müssen, eine Sportart betreiben, bei der die eigentliche Leistung in wenigen Sekunden erbracht wurde und explosive Kraft erforderte.

Trotzdem ließen sie mich Ski laufen, da ich allen Naturgesetzen zum Trotz in dieser Disziplin erfolgreich zu sein schien. Im Gutachten an das zentrale staatliche Sportkomitee wurde allerdings empfohlen, Kornostajew auf Kurzstrecken und im Staffellauf einzusetzen, vor allem dann, wenn die Schneeverhältnisse ungünstig waren und die Strecke starke Steigungen aufwies.

Die Route rund um den Flugplatz war durchweg eben. Ich rannte in meinem eigenen, schweren Takt und versuchte mir nichts daraus zu machen, dass ein schmächtiger junger Mann, der am Rücken eine Wasserflasche unter den Gürtel geschoben hatte, mich mit den weit ausgreifenden Schritten eines Marathonläufers überholte.

Ich joggte die Runde zu Ende und machte dann an der Stelle, wo Holzklötze zum Gewichtheben bereitlagen, sorgfältig meine Dehnungsübungen. Dann beschloss ich, auch noch den kleinen Trimmpfad abzuarbeiten. Ich machte Klimmzüge, stemmte die mit Holzschutzfarbe bestrichenen Baumstämme, die als Gewichte dienten, und trainierte Bauch- und Rückenmuskeln. Dabei hielt ich mich an die bulgarischen Krafttrainingslehren, begann mit langen Serien und verringerte die Zahl der Wiederholungen bei jedem Zyklus. Als ich die Spitze der Pyramide erreicht hatte, führte ich jede Übung nur noch einmal aus, dafür aber mit voller Konzentration, richtig und effektiv.

Auf dem Fahrradweg neben der Straße trabte ich nach Hause. Ein Ford Mondeo bremste ab und fuhr dann im Schritttempo neben mir her. Das Seitenfenster wurde geöffnet.

»Grüß dich, oh sportliche Jugend Finnlands. Hier trainiert Elmo für den Anden-Cup, oder wo findet die nächste Winterolympiade statt? Na, es ist natürlich gut, die Basiskondition jetzt schon aufzubauen. Kurz vor den Spielen dann Blutaustausch, Plasma-Expander in die Adern, neue Zündkerzen und Filter, Kontrolle der Bremsbeläge. So läuft es«, blökte Korhonen, der mit dem ganzen Oberkörper auf dem Lenkrad lag.

»Fahr weiter … Du behinderst … den Verkehr«, keuchte ich.

Korhonen ließ auch auf der Fahrerseite das Fenster herunter, setzte das Blaulicht aufs Dach und schaltete es ein. Auch hinter dem Kühlergrill blinkte blaues Licht. Wie zur Probe ließ Korhonen die Sirene ein paar Mal aufheulen. Aus der Bahnunterführung schallte ein höllisches Echo zurück.

»Wollen wir mit Blaulicht und Sirene bis zu deinem Haus fahren? Deine Nachbarn würden sich bestimmt amüsieren.«

Ich lief auf den kleinen Parkplatz an der Sportanlage von Tapanila. Korhonen ließ den Staub aufwirbeln und fuhr mir beim Wenden fast über die Füße. Er stieg aus, steckte sich eine Zigarette an und drehte die Sonnenbrille zwischen den Fingern, sah mich mit zusammengekniffenen Augen an.

»Gute Brille. Habe ich bei deinem Bruder gekauft, als ich Öl für meinen Wagen geholt habe. Original copy, not fake. In den südlichen Touristenhochburgen werden die bestimmt als Ray-Bans verkauft.«

Er setzte die Brille wieder auf.

»Genug Blickkontakt. Genau nach dem Leitfaden für Polizisten, Teil zwei, Kapitel ›Befragung eines Spitzels‹: Bauen Sie durch kleine Gesten ein Vertrauensverhältnis zu ihrem Gesprächspartner auf. Wenn ich's richtig anstelle, wirst du zur Plaudertasche, Kärppä, zum Plappermäulchen. Oder zur Maultasche. Scheiße, da hab ich schon wieder einen Witz vergeudet, mit den regionalen Spezialitäten kennst du dich ja immer noch nicht aus«, redete Korhonen sich in Fahrt.

»Schönes Wetter heute«, antwortete ich. »Hast du mir irgendwas halbwegs Vernünftiges zu sagen? Wenn ich hier rumstehe, geht die ganze schöne Wärme verloren.«

»Wärme ist wichtig, in zwischenmenschlichen Beziehungen und erst recht für die Muskeln«, alberte Korhonen unbeirrt weiter. »Ich war früher selbst ein ziemliches As im Sport. Die hundert Meter bin ich unter elf Sekunden gelaufen, gestoppt mit Omas frisch aufgezogener Junghans. Der Weitsprung ging in die Binsen, weil ich eine so gewaltige Sprungkraft hatte, dass die Planke an meinen Spikes hängen blieb. Na, immerhin bin ich fast sechs Meter weit gehüpft, obwohl ich ein Stück

Kantholz an der Sohle hatte. Da gab es endlich mal einen deutlichen Abdruck im Sand. Und den Heuspeer hab ich bis in die Mitte des Feldes geworfen, zwischen Klee und Timotheegras, dass es nur so rauschte.« »Bei dir rauscht es höchstens, wenn du pinkelst.«

»Autsch, das tut weh! Mir so eine Retourkutsche zu verpassen!« Korhonen wand sich vor Schmerzen, presste die Hand aufs Herz. »Du darfst mich nicht so aufstacheln, mir gehen sowieso schon ständig neue Witze durch den Kopf. In Bars ist so was übrigens von Vorteil, witzigen Männern liegen die Frauen zu Füßen.«

»Na schön, dann stenografiere ich mit.«

»Sei nicht so ein Miesepeter, Viktor. El Bimbo ist nur ein Mann. Um die Wahrheit zu sagen, als Kind habe ich wirklich Sport getrieben. In unserem Kaff gab es ja keinen anderen Zeitvertreib. Im Radio lief einmal in der Woche Pop gestern und heute, ältere und neuere rhythmische Musik mit Holle Holopainen. Jeden Mittwochabend haben wir in der Bibliothek eine Fuhre Bücher ausgeliehen, im Prosabereich waren wir echte Heavy User. Ansonsten gab es nur Arbeit und Sport. Einmal hatten wir in Tuusniemi Vereinsmeisterschaften, es tut mir heute noch weh, wenn ich daran denke. Mein Vater hat erst fürchterlich gebrüllt, aber dann durfte ich doch teilnehmen. Ich habe beim Hochsprung eins fünfundsiebzig geschafft, mit dem Wälzer, aber dann kam, verdammt noch mal, der Leivonen, Arztsohn, der ging woanders zur Schule und hatte den Flop gelernt. Der Aufsprunghügel war mit Schaumstoff aufgefüllt, und Leivonen hat beim zweiten Anlauf eins achtzig übersprungen. Ich hatte zu Hause auf Sägemehl trainiert und im Winter auf Stroh. Völlig undenkbar, mit dem Kopf voran zu landen. Einen Silberlöffel habe ich gekriegt, das war der zweite Preis. Mein

Alter hat den angeguckt und mich ausgelacht: ›Bloß Zweiter, nachdem du das ganze Jahr trainiert hast.‹«

»Du hattest eine harte Kindheit, ja, ja«, sagte ich vielleicht eine Spur zu unfreundlich. »Die Sauna wartet auf mich. Also, was willst du von mir?«

Durch das offene Autofenster klang das Zeitzeichen aus dem Radio. Korhonen war entzückt.

»Weißt du, wie eine Zenith-Uhr ist? Exakt ist die, genau wie ich. Jetzt fängt meine Schicht an«, witzelte er, setzte dann eine ernste Miene auf. »Du solltest mir dankbar sein, statt zu greinen, weil dir der Schweiß trocknet. Ich bin gekommen, um dich zu warnen, mein lieber Freund. Wieder einmal.«

Korhonen machte eine Pause, sprach dann mit tieferer Stimme weiter.

»Jemand von der Sicherheitspolizei hat mich angesprochen. Er sagt, du feierst zu häufig Verbrüderung mit einem Burschen von der russischen Botschaft. Malkin, Referat Wissenschaft und Kultur. Angeblich. Was zum Teufel treibst du, Viktor?«

»Ich organisiere ein Balalaika-Konzert«, entschlüpfte mir, obwohl ich sah, dass Korhonen ungewöhnlich ernst war.

»Ach, was sind wir schlau … Denk doch mal nach: Ich kann dir nützlich sein. Und du mir, klar, wir haben eine Art Symbiose. Aber ich kann dir nicht helfen, wenn du mit irgendwelchen Spionen herummauschelst.«

Ich stand ganz still und konzentrierte mich darauf, locker zu bleiben und nachzudenken, in aller Ruhe, obwohl Korhonen ungeduldig wartete. Er würde mir tatsächlich helfen können, aber ich wollte selbst entscheiden, wobei.

»Ein Mann ist verschwunden. Ein Verwandter. Russischer Staatsbürger. Wahrscheinlich Schwarzarbeiter«, verriet ich. »Ich habe versucht, ihn zu finden. Seine Familie macht sich Sorgen.

Ein anständiger Kerl, aber es kann sein, dass ihn jemand hinters Licht geführt hat. Er ist nicht gerade der spitzeste Bleistift im Federmäppchen.«

Korhonen hörte mir andächtig schweigend zu, notierte sich dann die Fakten und versprach, sich umzuhören und die Sache weiterzugeben. Ich sei ja keineswegs seine einzige Informationsquelle im grauen Business, das immer dunkler zu werden scheine, je mehr sich der Sommer dem Ende zuneige.

Ich versuchte, Korhonen zu zügeln, damit er sich nicht von seiner eigenen Rhetorik davontragen ließ. Es gehe um Schwarzarbeit auf Baustellen, berichtigte ich, nicht um die herbstliche Düsterkeit. Mittsommer sei gerade erst vorbei, die Hitzewelle dauere an, es sei viel zu früh, Herbstlaub und Weihnachtszeit heraufzubeschwören.

»Vielleicht habe ich bald etwas für dich«, fügte ich zögernd hinzu.

Korhonen beugte sich vor, um besser zu hören.

Ich betonte, dass ich selbst absolut nichts mit Drogen zu tun haben wollte. Nun hätte ich von einer größeren Lieferung erfahren. Und derjenige, der sie bestellt hatte, solle ruhig aus dem Verkehr gezogen werden, denn er störe die Tätigkeit ehrlicher Unternehmer.

Korhonen ließ den Finger kreisen, als wolle er ein Tonband weiterdrehen, und versuchte mir weitere Enthüllungen zu entlocken. Ich schüttelte den Kopf, versprach aber, ihm später mehr zu berichten. Korhonen gab sich damit zufrieden und setzte sich in seinen Wagen.

»Ach übrigens, die Kollegen in der Abteilung Eigentumsdelikte hatten da einen merkwürdigen Fall«, sagte er kopfschüttelnd. »Kam auch bei uns auf den Tisch, weil wir gerade das Baugewerbe unter die Lupe nehmen. Von einer Baustelle in Kulosaari sind Betonblöcke und eine Baracke und Werkzeug verschwunden, Sachen im Wert von einigen tausend Euro. Lauter Luxusvillen in der Nachbarschaft, aber von den Leuten da hat keiner gemerkt, dass gleich nebenan haufenweise Zeug geklaut wurde. Auf den Aufnahmen der Überwachungskameras ist ein dreckiger Scania zu sehen. Da hat doch nicht etwa der Fuhrpark des VK-Konzerns logistische Operationen zum Zweck der Eigentumsaneignung durchgeführt?«

»Keine Ahnung, wovon du sprichst«, sagte ich.

20

»Da will jemand zu dir«, sagte Marja verdrossen. Ich ging zur Tür. Auf der Vortreppe stand Legationssekretär Arkadi Malkin vom Kulturreferat der russischen Botschaft.

»*Dobryj wetscher*«, grüßte er.

»Setzen wir uns auf die Terrasse«, sagte ich, führte den Mann von der Botschaft außen herum hinter das Haus und forderte ihn mit einer Handbewegung auf, sich auf einen der Gartenstühle zu setzen.

Malkin lächelte gutmütig, pries den warmen Abend und den ganzen heißen Sommer. Mir lief es kalt den Rücken hinunter, denn ich wusste, dass sein Geplauder halbautomatisch in einer einzelnen Hirnwindung generiert wurde, während der Rest seines Gehirns tausend Dinge gleichzeitig prozessierte, Wahrscheinlichkeiten berechnete, Einschätzungen vornahm und Beobachtungen registrierte. Wer im Nachrichtendienst arbeitet, muss sich so verhalten, ohne Unterbrechung. Es gibt keine überflüssigen Informationen, sondern allenfalls solche, für die man noch keine Verwendung hat.

»Wie geht es im Bauwesen?«, fragte Malkin, und ich überlegte, ob er mir als Nächstes vorschlagen würde, ein paar überzählige Kabel durch die Zwischenwände eines zu renovierenden Hauses zu ziehen.

»Wenig los«, antwortete ich knapp.

»Den Eindruck habe ich auch«, brummte Malkin und ging

unvermittelt zum nächsten Thema über. »Maxim Frolow. Du hast um Informationen gebeten. Aus Moskau, Mutter Apothekerin, Vater Richter. Gute Schulbildung. Universitätsstudium abgebrochen. Mathematik. Hat sein Geld mit Buntmetall verdient. Anklage wegen Unterschlagung und Diebstahl. Frolow hatte ein paar Waggonladungen Kupfer für sich abgezweigt. Eigentum der staatlichen Kabelgesellschaft, aber Frolows Anwalt konnte nachweisen, dass das Kupfer eigentlich niemandem gehörte. Juristische Unklarheiten, die Anklage wurde abgewiesen.«

Malkin schloss die Augen und schien die Wärme der tief am Himmel stehenden Abendsonne zu genießen.

»Der Scheißkerl hat den Staatsanwalt bestochen. Fünftausend Dollar plus eine Woche in Rimini mit einer gut riechenden Frau«, fuhr er mit geschlossenen Augen und in nur ansatzweise missbilligendem Ton fort.

»Du bist genau informiert«, sagte ich, obwohl ich besser nur schweigend zugehört hätte.

Malkin hob den Kopf von der Rückenlehne. »Meine Männer haben sich umgehört und die Computer befragt. Manchmal wundert man sich, wie viel man über einen Menschen erfährt, wenn man Querverbindungen zwischen verschiedenen Datenbanken herstellt. Gut, dass die Sache ans Licht gekommen ist. Der Mann klagt keinen mehr an. Außer sich selbst.«

Malkin wieherte genau drei Sekunden lang. Mir war nicht zum Lachen. Ich dachte an Archive hinter dicken Türen, an Regale mit Mappen und Ordnern und Kuverts, und auf allen stand: *Kornostajew, Viktor Nikolajewitsch*. Ich hatte mich darauf verlassen, dass die Vergangenheit in grauen Ordnern abgelegt wurde, die man mit weißen Stoffbändern zuband und allmählich vergaß. Aber es schien immer wieder jemanden zu geben, der in den alten staubigen Papieren herumwühlte, und zudem war mir gerade klar geworden, dass die Archive auf Computer übertragen wurden. Die Vorstellung gefiel mir nicht.

»Frolow treibt sich schon eine ganze Weile in Finnland herum«, fuhr Malkin gut gelaunt fort. »Eine Aufenthaltsgenehmigung hat er nicht, er reist mit einem Touristenvisum ein, den Unterlagen nach alle zwei Monate. In Wirklichkeit reist jemand anders für ihn. Frolow hält sich ständig hier auf. Er hat zwei Kumpane: Wadim Korsakow, der mit einem estnischen Pass, ausgestellt in Kohtlajärvi, herumläuft, obwohl er Russe ist, und Imran Gelajew aus Wladikawkas in Tschetschenien, Bürger der russischen Föderation, hat unseren Informationen nach Asyl in Finnland beantragt. Ein Terrorist, wenn man uns fragt.«

Ich wartete. Unter dem, was ich bisher gehört hatte, war nicht viel Neues oder jedenfalls nur wenig Nützliches.

»Maxim Frolow ist ein mittelklassiger Gauner.« Malkin dämpfte die Stimme. Aus seinem Tonfall schloss ich, dass Frolow eine verzichtbare Größe war, ohne Nutzen für die Botschaft. »Aus Moskau. Jude. Keine politischen Verbindungen«, fasste Malkin zusammen. Er überließ es mir, zu erkennen, dass Frolow dem falschen Lager angehörte: Er stammte nicht aus St. Petersburg, war nicht orthodox und kein Anhänger Putins.

Noch bevor ich all das verdaut hatte, nahm Malkin die nächste Stufe.

»Wir schlagen vor, dass du Frolow erledigst, endgültig. Er hat einen falschen Ehrgeiz, der nur Schwierigkeiten und Probleme bringt. Er hat sogar für einige Wohnungen unserer Handelsvertretung Mieter besorgt. Freudenmädchen, ein bisschen Rauschgift. Und sein Geschäft expandiert, auch über deine Wohnungen«, wusste Malkin zu berichten, und ich fragte nicht, woher er seine Informationen hatte. »Es gefällt uns gar nicht, was der Bürger Frolow treibt. Jetzt importiert er Arbeitskräfte aus der Ukraine, aus Weißrussland, Estland … und er hat ganz falsche Kontakte.« Malkin redete erschreckend offen.

»So was tue ich nicht. Das habe ich früher nicht getan, und ich tue es auch jetzt nicht.«

»Es ist nicht schwierig. Frolow hat keine Armee«, versuchte Malkin mich zu überreden.

»Darum geht es nicht. Ich mache so was nicht, basta.«

Malkin beugte sich vor und sah mir in die Augen. »Selbst wenn Mütterchen Russland dich bittet?«

»Das ist nicht mehr mein Land«, sagte ich in gewollt leichtem Ton und dachte dabei, dass es nie meins gewesen war. »Ich war Offizier der Sowjetunion.«

»Manche Schwüre sind weiterhin gültig.«

»Ich habe das Schwören an den Nagel gehängt.«

»Vitjuha, Vitjuha«, sagte Malkin freundlich tadelnd, als wäre ich ein kleiner Junge in kurzen Hosen. »Du kannst alles kaufen und verkaufen, nur deine Vergangenheit nicht.«

Er sprang auf, als sei die Sache klar und abgemacht.

»Ich hatte dich so verstanden, dass du ein Problem zu klären hast. Wir stellen fest, dass wir dasselbe Problem haben. Du hättest davon profitieren können. Aber tu, was du willst. Ich wiederhole: Wir haben nichts dagegen, wenn das Frolow-Problem von der Tagesordnung verschwindet.«

Noch bevor ich versichern konnte, dass ich verstanden hatte, überraschte Malkin mich erneut.

»Du hast Besuch von Verwandten.« Er spähte durch das Wohnzimmerfenster.

Xenja Wadajewa saß mit untergeschlagenen Beinen auf dem Sofa und las. Sergej lag bäuchlings auf dem Fußboden, das Kinn auf die Arme gestützt, und starrte auf den Fernseher.

»Hatte Xenja Fjodorowna nicht irgendwann einmal Schwierigkeiten, mit Narkotika und auch sonst?«

Malkin wartete meine Antwort nicht ab.

»Der Onkel war ein Russe«, sagte Serjoscha mit heller Stimme. Er war leise aus dem Haus gekommen.

»Stimmt. Woher weißt du das?«, fragte ich und überlegte, was der Junge gehört haben mochte.

»Solche habe ich schon gesehen«, erklärte Serjoscha in wissendem Ton. »Vater sagt immer, Herren sind Herren, die Troika fährt, und der Bauer kriegt den Dreck ins Gesicht.«

Sergej vergrub die Hände in den Taschen und trat ein Loch in den Rasen. Ich brachte es nicht über mich, ihn zurechtzuweisen.

»Hast du etwas … von meinem Vater gehört?«, fragte der Junge wie nebenbei.

»Nein. Aber ich versuche ihn zu finden, ganz bestimmt.«

Ich überlegte, ob ich Sergej den Schopf streichen, ihm auf die Schultern klopfen oder ihn in die Arme nehmen sollte.

»Wollen wir Fußball spielen? Wir könnten beide Torwart sein«, rettete er mich aus meinem Dilemma.

21

Auf dem alten Ackerland am Flussufer im Stadtteil Tammisto in Vantaa wurden dutzende von langen, niedrigen Etagenhäusern gebaut. Ich hatte gehofft, bei diesem Projekt Aufträge zu bekommen, aber entweder hatte Jaatinen, mein ehemaliger Geschäftsführer, die Angebote falsch berechnet, oder man war einfach nicht bereit, meiner Firma größere Arbeiten zu übertragen.

In der Hitze waren das Gras und sogar die Weidenbüsche an der Uferböschung vertrocknet. Das Gebiet nördlich des Flusses kannte ich eigentlich nur von Katasterkarten und aus den Bauplanzeichnungen der Angebote. Am Südufer, auf Helsinkier Gebiet, war ich umso öfter unterwegs gewesen, auf den Joggingpfaden und im Winter auf den Loipen, die man, wenn genug Schnee lag, zu Rundstrecken von an die zwanzig Kilometer kombinieren konnte.

Ich vermutete, dass bald auch einer der Stadtväter in Helsinki auf die Idee kommen würde, die Äcker am Fluss zu bebauen. Er würde argumentieren, dass Mangel an Bauland herrschte, du liebe Güte, dieses Areal muss genutzt werden, Verkehrsverbindungen und Dienstleistungen gleich nebenan. Natürlich müssen wir Grünzonen erhalten und urbane Parks anlegen, aber hallo, in einer Stadt gibt es nun einmal Häuser und Siedlungen, wer in der Einöde leben will, soll gefälligst nach Nurmijärvi ziehen.

Mir wäre es nur recht, wenn die Gegend bebaut würde. Ich würde mit Freuden im Wohnzimmer in die Pedale treten und in Hakunila Ski laufen, wenn der Helsinkier Wohnungsbau Aufträge für den VK-Konzern abwarf. Und wieder spürte ich eine leise Verbitterung, als ich das Gewimmel auf der Baustelle beobachtete, zu der meine Leute keinen Zutritt hatten. Ja, weißt du, das ist eine patriotische Angelegenheit, hatte ein Bauleiter mir zugeflüstert und mich schwören lassen, die Information vertraulich zu behandeln. Deshalb müsse man darauf achten, dass die großen Aufträge an finnische Unternehmen gingen. Ich wies ihn darauf hin, dass auf den Baugerüsten ziemlich viele Esten und Russen herumkletterten, und er flüsterte, na also, jetzt kapierst du es, Viktor. Du besorgst billige Leute für die Arbeit, dann reicht das Geld für alle. Der Lohn richtet sich nicht unbedingt nach der geleisteten Arbeit, aber alle sind zufrieden, und das große Geld bleibt in Finnland.

Ich hatte unverbindlich genickt und mich zurückgezogen. Dabei hätte ich dem Mann zu gern erklärt, dass ich, verdammt noch mal, schon seit Jahren finnischer Staatsbürger war und dass auch meine Arbeiter in Finnland Steuern zahlten und damit rechneten, im Alter hier eine Rente zu beziehen. Ich versuchte, mein Unternehmen legal zu führen, zumindest annähernd.

Doch jetzt war ich nicht hier, um nach Arbeit zu fragen oder über schlechte Behandlung zu meckern, obwohl die Männer, auf die ich wartete, daran gewöhnt waren, Beschwerden anzuhören und die Behebung von Missständen zu fordern. Ich sah auf die Uhr und fragte mich, wo die Funktionäre Kääriäinen und Minkinen von der Baugewerkschaft blieben.

Ein kleiner blauer Pkw kurvte auf den Parkplatz. Das Logo der Gewerkschaft an der Tür des Wagens bestand aus Dreiecken und Parallelogrammen, die ein Haus bildeten. Ich überlegte, dass an der Geometrie oder Perspektive der Figur irgendetwas nicht stimmte. Sie wirkte irreal wie die Beispielzeichnungen im Lehrbuch für Gestaltpsychologie.

Ich winkte. Kääriäinen und Minkinen nickten nur kurz, bevor sie die roten Jacken und Schirmmützen der Gewerkschaft anzogen. Ich kannte beide, hatte aber kaum Kontakt mit ihnen, nicht einmal mit Minkinen, der immerhin Spätaussiedler war.

Ich ging auf die beiden zu.

»Hallo. Ich hab schon gewartet. Weil wir am Telefon abgemacht hatten, dass wir uns hier sehen …«

»Teufel noch mal, wir haben auch noch was anderes zu tun. Bloß weil wir nicht auf die Sekunde dann eintreffen, wenn es dem gnädigen Herrn genehm ist, brauchst du uns noch lange nicht anzupflaumen … Wir sind dazu da, unseren Mitgliedern zu helfen, den zahlenden Genossen«, fauchte Kääriäinen, während er versuchte, den Reißverschluss wenigstens ein Stück über dem Bauch zu schließen.

Ich dachte bei mir, dass ›Genosse‹ sich auch auf Finnisch altmodisch anhörte.

»So war es nicht gemeint«, begütigte ich. »Ich wollte euch nur um Hilfe bitten, weil ein Mann verschwunden ist. Ein Verwandter von mir, Pawel Wadajew. Ich habe den Verdacht, dass er sich zu einem Sklavenjob hat überreden lassen. Seine Familie ist vor Sorge außer sich. Und ich wundere mich auch, ein anständiger Kerl ist spurlos verschwunden.«

»Schau an, der Bock macht sich zum Gärtner. Und junge Konservative kämpfen für das Proletariat. Was für ein Quark, verdammt noch mal!« Kääriäinen schüttelte angewidert den Kopf.

»Arvo will damit sagen, über die Firmen, die die Eurigen beschäftigen, weißt du wohl besser Bescheid«, erklärte Minkinen.

Andrej Minkinen war ein agiler junger Mann, der schon als Junge mit seinen Eltern aus Ingermanland gekommen war und in Finnland die Berufsschule für Bauarbeiter besucht hatte. Trotzdem hatte er sein Russisch nicht verlernt, und die Bauarbeitergewerkschaft hatte gemerkt, dass ein Mann wie er hilfreich war, wenn man die Mitgliederzahl wenigstens annähernd auf dem früheren Stand halten wollte. Minkinen verstand sich darauf, auf den Baustellen Männer jeden Kalibers anzusprechen und als Gewerkschaftsmitglieder zu ködern. Leicht war das nicht, schon gar nicht bei denjenigen, die aus der ehemaligen Sowjetunion stammten. Gewerkschaft, Bezirk, Betriebsrat, Tarifvertrag … Die Worte klangen fremd, oder eher auf fatale Weise vertraut, sie erinnerten an die alte Zeit und das Sowjetreich, an alles, wovon man loskommen wollte.

»Frag doch deinen Bruder. Und deinen Geschäftsfreund, wie heißt der noch gleich, der Kranich, dieses verdammte Langbein … Wroloff.«

Kääriäinen streifte das Achselband über den Kopf und ächzte, als müsse er sich dabei schwer anstrengen.

»Komm schon, Antsu. Auf in den Kampf für das Wohl der Arbeiterschaft. Verdammt noch mal, die ist heute so international, dass man an jeder Ecke einen Dolmetscher braucht. Früher hat es gereicht, wenn man die Internationale singen konnte und aus dem Gerede der Kapitalisten schlau wurde«, meinte Kääriäinen fast nostalgisch, wandte sich ab und ging zur Baustelle.

»Die Solidarität mit dir ist im Bezirk minimal«, erklärte Minkinen. »Von deinen Leuten kriegen wir kaum Beiträge. Und Bestechung mag man bei uns überhaupt nicht.«

Verdammter Jaatinen, das Unheil, das dieser Spargeltarzan angerichtet hat, muss ich noch lange ausbügeln, schimpfte ich.

»Ich habe meinen Geschäftsführer geschasst. Er hat nicht in meinem Auftrag gehandelt. Kommt schon mal vor, dass ich Dampf mache, wenn ich irgendeine Genehmigung brauche, aber ich würde nie im Leben die Gewerkschaft oder Leute vom Arbeitsschutz bestechen.«

Kääriäinens runder Rücken verschwand bereits in einem der halbfertigen Gebäude, aber Minkinen stand immer noch neben mir.

»Mein Opa war zusammen mit deinem Großvater als Kriegsgefangener in Finnland. Pekka Pietari Kärppä, von dem hat Opa manchmal erzählt«, sagte er überraschend.

Ich sah Minkinen an und überlegte, wie die Vergangenheit meines Großvaters sich auf meine Vertrauenswürdigkeit auswirken mochte. Die Geschichte eines sowjetisch-finnischen Kriegsgefangenen ließ sich aus allzu vielen Perspektiven betrachten, im heutigen Russland ebenso wie in Finnland.

»Ich habe meinen Großvater nie gesehen«, gab ich zurück. »Er ist Anfang der 1960er Jahre als Pjotr Kornostajew gestorben. Sie haben ihn so weit rehabilitiert, dass mein Vater Offizier werden konnte. Ansonsten wurde nicht viel über ihn geredet.«

Minkinen nickte verstehend.

»Opa hat immer gesagt, der Kärppä war ein harter Bursche, der hat nie eine Miene verzogen. Hat den Wächtern und denen, die ihn vernommen haben, bloß in die Augen geguckt, oder über ihren Kopf weg, weil er größer war. Als mein Opa halb am Verhungern war, hat er ihm ein Stück Brot zugesteckt«, beendete er seine Familienerinnerungen und ging zu einem härteren Ton über. »Ich schicke dir eine Liste von einigen Baustellen und eine Kontrollkarte der Gewerkschaft. Lass den Matti Kiuru nach diesem Wadajew fragen. Mit dem reden die Leute eher als mit dir«, riet er.

Wir schüttelten uns die Hand. Minkinen ging Kääriäinen nach, kam noch einmal zurück und rief:

»Du suchst doch nicht etwa aus anderen Gründen nach diesem Wadajew? Wegen irgendwelcher Schulden?«

»Nein. Er ist wirklich mein Verwandter. Und verschwunden.«

An der Ampel warf ich einen Blick in den Rückspiegel, betrachtete meine grauen Augen und meine gerade Nase und erinnerte mich, wie meine Verwandten die Hände zusammenschlugen und ausriefen, mein liebes Gottchen, der Viktor ist das Ebenbild seines Opas.

Plötzlich zerriss es mir das Herz vor Heimweh nach Karelien und Sortavala. Auch nach Mutter sehnte ich mich. Ich fühlte die von der Sonne hartgebackene Erde auf dem Hof unter meinen Fußsohlen. Ich spürte die feuchte Hitze des Gewächshauses, das vielfarbig duftende Reifen der Tomaten und Gurken. Und ich trauerte darüber, dass Mutter ihre kleinen Freuden nicht mehr genießen durfte, die Blumen, die auf den Beeten der Reihe nach in schüchterner Pracht aufblühten, oder die Sanftheit des Abends, wenn sie auf dem Hof auf der Schaukel saß und keine Eile hatte. Und jetzt hatte ich sie nicht mehr, meine Mutter.

Ich versuchte mich mit dem Gedanken zu trösten, dass ich Menschen hatte, um die ich mich kümmerte, Anna und Marja und auch die Männer in meiner Firma. Ich hatte ein gutes Haus und ein Auto, das surrte wie eine feine Uhr.

Die Ampel sprang auf Grün, und hinter mir hupte jemand.

22

Dorf Porajärvi, Bezirk Suojärvi, Republik Karelien, Russland

Warwara Wadajewa drehte vorsichtig den Schlüssel um, öffnete die Tür und schlüpfte hinein. Sie schlug das Kreuz und murmelte ein Gebet. Es machte ihr ein wenig Angst, das leere Haus zu betreten. Ich bin doch kein dummes junges Mädchen mehr, versuchte sie sich Mut zuzusprechen. Und das Haus kenne ich ja, das Zuhause meines Sohnes.

Wenn doch mit Pawel nur alles in Ordnung wäre, sorgte sich Warwara zum tausendsten Mal. Freilich hatte sie protestiert, als Xenja ihrem Mann nachreisen und obendrein noch den Jungen, den kleinen Serjoscha, mitnehmen wollte.

Männer bleiben manchmal ein Weilchen aus, hatte Warwara die Sache heruntergespielt. Sie erinnerte sich noch gut an all die Male, als Jefim mit dem Motorrad zu einer Stippvisite ins Dorf gefahren und erst nach einer Woche zurückgekommen war und dann eine zweite Woche jammernd und klagend in der Sauna gelegen hatte.

Friede deiner Seele, möge dir die Erde leicht sein, bekreuzigte sich Warwara, sie wollte ihren verstorbenen Mann nicht verleumden. Aber ein Trinker war mein Jefimka, dachte sie. Das war er, und wenn er noch so beteuerte, nur zum Aufwärmen, weil einem bei der Waldarbeit die Kälte bis in die Knochen kriecht. »Und warum trinkst du jetzt, frierst du etwa?«, hatte Warwara im Sommer gestichelt. Doch dann hatte er ihr leidgetan, als er die Schultern hängen ließ, als wolle er aufgeben. Warwara hatte begriffen, dass Jefim genug gequält worden war. Zuerst hatte er sich jahrelang im Krieg fürchten müssen und danach auch noch bei den Verhören. Die Verhöre damals, die haben seine Männerwürde gebrochen, seufzte Warwara. Sie wusste, dass ihr Mann unter Zwang gegen Nachbarn und Verwandte ausgesagt hatte. Jefim war dem Lager entgangen, aber er hatte sich selbst zu lebenslänglich verurteilt.

Warwara schöpfte Wasser aus dem Eimer, füllte es in die Kanne mit der angeschlagenen Tülle und begann die Blumen ihrer Schwiegertochter zu gießen. »Ai jai jai … die Eberesche wächst am Ufer heran, ein junges Mädchen hübsch und fein … doch einem andern gehört sie an«, sang sie auf Finnisch, während sie von einem Blumentopf zum anderen ging.

In Pawels und Xenjas Schlafkammer konnte Warwara nicht an sich halten. Sie schaute in die Kommodenschubladen. Sie schnaubte verächtlich über Xenjas Unterwäsche, eine verheiratete Frau aus dem Dorf, Mutter eines kleinen Kindes, und trägt solch frivole Dessous. Aber so war Xenja eben. Pfui! Warwara tat, als spucke sie aus, und schlug die Hände zusammen.

Zwischen Slips und Strümpfen lagen auch die Dinger, deren Namen Warwara nie über die Lippen gebracht hätte. Als sie jünger war, fragte man in der Apotheke danach, unter der Produktbezeichnung »Gummiobjekt Nummer 2«. Oder man hätte danach gefragt, wenn es welche gegeben hätte, kicherte Warwara. Jefim und sie hatten ohnehin keine gebraucht, nur einen einzigen Sohn hatten sie zustande gebracht, obwohl sie mehr Kinder gewollt hatten.

Aber Pawel und Xenja hätten sich mehr Kinder zulegen sollen. Pawel war so ausgeglichen und anständig und trank nicht. Und Xenja hielt das Haus in Ordnung. Auch Sergej immer sauber gekleidet und die Haare ordentlich gekämmt, auf meine

Schwiegertochter lasse ich nichts kommen, revidierte Warwara ihr Urteil. Ein Junggeselle wäre Pawel geblieben, wenn er Xenja nicht gefunden hätte. Er hat sie bekommen, weil sie kein anderer genommen hätte, nickte Warwara einsichtig.

Die Katze war auf den Hof gekommen. Warwara goss die mitgebrachte Milch in die Katzenschüssel und wickelte das Futter aus, ein wenig Bratenrest und einen gebratenen Barsch. Dann prüfte sie noch einmal nach, ob die Tür abgeschlossen war. Die Katze schlich über den Rasen, kam aber nicht näher, obwohl Warwara nach ihr rief.

Es hängt so an meinem Pawelka, das Kätzchen, dachte Warwara. Immer schon hatte der Junge seine Katzen verwöhnt und mit Leber gefüttert, hatte die Arme vor dem Körper zum Kreis geschlossen und der Katze beigebracht, hindurchzuspringen, wieder und wieder.

Wie steht es wohl um dich, Pawelka, dachte Warwara besorgt. Es ist nicht alles in Ordnung, das hatte mein Traum zu bedeuten. Ohne Grund wäre Xenja doch nicht so überstürzt nach Finnland gereist. Zum wer weiß wievielten Mal schlug Warwara das Kreuz, *Gospodin.*

23

Tapanila, Helsinki

»Matti ist da«, verkündete Marja und bot meinem Vertrauensmann im selben Atemzug Abendessen an. »Magst du etwas essen? Wir sind gerade fertig geworden. Spaghetti mit Hackfleischsoße. Es ist noch warm.«

Matti Kiuru stand schüchtern an der Tür.

»Ja, er mag«, entschied ich für ihn und fügte hinzu, in einem Junggesellenhaushalt stünden doch meist nur Fertiggerichte auf dem Speiseplan, deren oranger Rabattpreiszettel vor dem bevorstehenden Verfallstag warnte. Frisches, selbstgekochtes Essen sei eine gesunde Abwechslung.

Marja deckte für Matti, und Xenja eilte herbei, um ihr zu helfen. Matti setzte sich mir gegenüber an den Tisch. Ich las Zeitung, während Matti die Nudeln aufgabelte, Salat und Brot dazu nahm, geriebenen Käse auf die Pasta streute. Xenja lehnte sich an die Spüle und Marja stand wartend neben ihr.

Matti bedankte sich für das Essen und trank sein Saftglas leer.

»Ich wollte Zwischenbericht erstatten, über Ihren Mann«, wandte er sich höflich an Xenja. »Ich habe ihn noch nicht gefunden.«

Xenja holte tief Luft und nickte, wandte uns dann den Rücken zu und wischte nicht vorhandene Krümel weg, während sie gegen die Tränen ankämpfte.

»Aber es gibt viele Baustellen. Und da arbeiten viele Männer aus Russland und Estland, auch einige aus der Ukraine und aus Moldawien. Die Klempner sind Polen«, zählte Matti optimistisch auf. »Der Gewerkschaftsausweis hat magische Kräfte. Fast wie ein Zauberstab. Zuerst herrscht ein fürchterliches Gewimmel, aber wenn man den Ausweis schwenkt, fährt ein Windstoß über die Baustelle. Plötzlich ist keiner mehr zu sehen. Der Mörtel trocknet ein, weil die Maurer plötzlich dringend zum Baumarkt müssen«, versuchte er zu witzeln.

In der Küche wurde es still. Niemand wusste etwas zu sagen. Auch ich hatte ein schlechtes Gewissen. Ich wusste, welche Sorgen sich Xenja machte, aber ich hatte mich auf meine eigenen Geschäftsprobleme konzentriert.

»Du suchst weiter, Matti. Das ist jetzt deine Hauptaufgabe. Ich schicke jemand anderen, der die restlichen Fliesen legt. Vielleicht deinen Vater, der macht das ordentlich«, sagte ich. »Wir finden Pawel. Ganz bestimmt«, wandte ich mich tröstend an Xenja.

Marja legte ihren Arm um Xenjas bebende Schulter.

»Ihr könnt so lange hierbleiben, wie ihr wollt und wie es nötig ist. Das macht gar keine Umstände. Es ist schön, dass ihr da seid«, versicherte sie.

Xenja schnäuzte sich die Nase und lächelte unter Tränen über das trötende Geräusch, das dabei entstand.

»Mein Pawelka ist noch nie so vom Boden verschwunden. Irgendwas ist passiert. Er ist krank oder hat einen Unfall gehabt«, sagte sie düster. »Ich danke euch, ihr guten Menschen. Wie kann ich das je vergelten.« Nun flossen die Tränen wieder. »Wenn ihr irgendeine Arbeit habt, wenn ich irgendwo helfen kann. Ich tu alles, und auch Serjoscha tut, was er kann.«

»Nicht nötig«, wehrte ich ab, und auch das klang hohl.

Wieder wurde es quälend still am Tisch. Sergej ging zu

seiner Mutter, fasste sie am Rocksaum und sah mit altkluger Besorgnis zu ihr auf. Anna kam jauchzend angelaufen, stürzte sich auf mein Bein und versuchte, auf meinen Schoß zu klettern.

»Vitto äppä«, sagte sie. In meinen Ohren klang es jedenfalls so.

»Viktor Kärppä. Anna hat Viktor Kärppä gesagt«, triumphierte ich, fasste das Mädchen unter den Armen und stemmte es hoch.

»Die ersten richtigen Worte«, nickte Marja.

Anna hatte sich mit dem Sprechenlernen Zeit gelassen. Die Füße überrennen die Zunge, vor lauter Herumlaufen kommt das Mädchen nicht zum Reden, hatte ich alte Volksweisheiten zitiert, denn Marja machte sich bereits Sorgen.

»Viktor Kärppä«, wiederholte ich und blies dem Mädchen prustend auf den Bauch.

Marja sah zufrieden aus. Aber auch neidisch.

»Der Kerl ist untergetaucht. Oder nach Schweden abgehauen. Vielleicht plant er einen Einbruch. Oder einen Mord?«, überlegte Matti Kiuru.

Er setzte seinen Wagen vom Grundstück auf die kleine Straße zurück und fuhr den steilen Hügel hinunter. Wir hatten noch eine Tasse Tee getrunken, doch dann hatte ich gesagt, bei der Halle treffe bald eine Lieferung ein, die heute Abend noch unter Dach und Fach gebracht werden müsse. Daraufhin hatte Matti sich verabschiedet und war hinausgegangen. Marja hatte spitz gefragt, was denn das für eine Fuhre sei, die nicht direkt bis in die Halle gefahren werden könne, in das hektargroße Ding! Außerdem sei für die Nacht trockenes und warmes Wetter vorhergesagt, folglich sei nicht zu befürchten, dass die

Ware nassgeregnet wurde. Ich hatte entgegnet, ich sei kein Experte für Meteorologie, aber diese spezielle Ware würde unter freiem Himmel höchstwahrscheinlich verschwinden und müsse deshalb in Sicherheit gebracht werden. Marja war ein wenig freundlicher geworden, hatte mich nur noch gebeten, vorsichtig zu sein, als Vater eines kleinen Kindes.

»Pawel ist kein Ganove«, sagte ich zu Matti. »Frag nur weiter herum. Du findest bestimmt etwas heraus.«

Was ich Marja erzählt hatte, entsprach fast der Wahrheit. Ich erwartete tatsächlich eine Lieferung, die in Sicherheit gebracht werden musste, aber sie sollte nicht vor meiner neuen Produktionshalle abgeladen werden, sondern in Tattarisuo, hinter meiner ehemaligen Halle, die ich zusammen mit meinen früheren Geschäften an Alexej abgetreten hatte. Anfangs hatte auch ich dort noch Waren gelagert, doch Alexejs Business blühte, und er brauchte alle Regale und jeden Quadratmeter des Betonfußbodens. Unmittelbar hinter dem Grundstück lag ein Schrottplatz, dessen Tore immer geschlossen und mit einem Vorhängeschloss gesichert waren. Ich hatte den Besitzer ausfindig gemacht und die alte Bogenhalle gemietet. Als Erinnerung an die Zeit des Metallsammelns lagen hier und da noch Kupferrohre und Stahlstücke herum. Den Rest der Halle hatte ich mit Dingen gefüllt, deren Entsorgung problematisch war und die ich nicht in meinen neuen Räumlichkeiten aufbewahren wollte.

Der Fahrer des Schnapslasters hatte angerufen, sobald er die Grenzkontrollen in Torfjanowka und Vaalimaa hinter sich hatte, und erklärt, er werde zwischen acht und neun Uhr abends ankommen. Uns blieb also reichlich Zeit, Platz für die Ware zu schaffen.

»Wie viel Schnaps erwartest du?«, fragte Matti.

»Zehntausend Liter.«

»Ziemlich viel.«

»Wenn er in Vierliterkanistern geliefert wird, sind es genau zweieinhalbtausend.«

Matti schwieg eine Weile, er schien nachzudenken. »Für wen ist das Zeug? Du wirst es doch wohl nicht selbst verkaufen?«

»Nein. Rudi übernimmt die ganze Ladung. Er hat viele Lokale.«

Ich fragte mich, ob Matti wohl begriff, dass ich ihm mehr erzählte als nötig und ihm sogar eine eigene Meinung zugestand.

»Eigentlich geht es mich ja nichts an«, meinte er.

»Das darf es aber«, sagte ich.

Matti sah mich an und nickte.

Als wir gerade von der schmalen Wohngasse auf die größere Straße einbogen, schnitt uns ein dunkler Cityjeep den Weg ab. Matti trat voll auf die Bremse, musste aber zum Straßengraben ausweichen, sodass die Schnauze unseres Wagens über dem Nichts hing.

Dem Jeep entstiegen zwei Männer. Der Fahrer hatte ein gutmütiges, fast kindliches Gesicht; er trug eine Brille, ein hellblaues Kurzarmhemd und eine Hose, die etwas zu hoch über den Schmerbauch gezogen war. Der zweite Mann hatte millimeterkurze dunkle Haare und war klein und kompakt wie ein Ringer. Die tiefen Furchen neben seinem Mund zeigten senkrecht nach unten und ließen ihn aussehen, als sei er grundsätzlich unzufrieden.

Den untersetzten Typen hatte ich schon einmal gesehen, aber mir war ohnehin klar, wer die beiden waren: Frolows Handlanger Wadim Korsakow und Imran Gelajew.

Meine Pistole war weit weg, sie lag immer noch gut verstaut

im Kofferraum des Mercedes. Ich stieg aus und lächelte dem Duo zu.

»Da schau her! Korsakow und Gelajew, nicht wahr? Euer Fahrstil ist ein bisschen hektisch. Meiner Meinung nach kamen wir von rechts. Seid ihr auf dem Weg zu Jaskas Grillbude? Der Knoblauch-Jaska ist längst in Rente. Die Buden führen jetzt andere Leute«, pflaumte ich die beiden an.

»Nicht reden«, erwiderte Gelajew. Das überraschte mich. Ich hatte angenommen, dass Korsakow das Reden übernehmen und sein tschetschenischer Kumpan allenfalls ein gelegentliches Grunzen beisteuern würde.

»Ach, versteht der sogar unsere Sprache?« Die Bemerkung entschlüpfte mir unwillkürlich. Ich versuchte mich zu erinnern, wie tief der Graben hinter mir war. Würde ich es schaffen, in den Durchlass zu kriechen, oder würden Frolows Männer mich auf offener Straße erschießen?

»Nicht reden«, brummte Gelajew erneut. Schon bei diesen zwei kurzen Worten wurde sein kaukasischer Akzent hörbar.

»Wir sind nicht gekommen, um uns zu unterhalten. Wir bringen nur Grüße«, mischte sich Korsakow ein. Seine Stimme klang so gutmütig, wie er aussah. Er machte ein paar Schritte auf mich zu, beugte sich vor und hielt mir einen kleinen durchsichtigen Plastikbeutel mit Verschlussrillen hin. »Grüße von Zinaida.«

Ich erkannte das Schmuckstück in dem Beutel. Zinaida, die schläfrige junge Frau aus der Punavuorenkatu, hatte an dem Ohrring gespielt, hatte die dünnen Kettchen, die daran hingen, bis zum Mund gezogen, während sie mir von ihrem Arbeitgeber Frolow erzählte.

»Hängt ein bisschen Knorpel und Haut vom Ohr dran. Pass auf, dass es nicht von irgendeinem Hund geschnappt wird. Wäre doch schade, wenn sich ein unschuldiges Geschöpf den Magen verdirbt und Bauchweh kriegt«, sagte Korsakow teilnahmsvoll. »Ein nettes Mädchen, die Zinja. Nett, aber geschwätzig«, fügte er hinzu. Die Männer stiegen ein und schlugen die Türen zu. Korsakow manövrierte den Wagen auf die Straße. Bei jeder der heftigen Wendungen schienen die tief profilierten Reifen des Jeeps die Straßendecke aufzureiben.

Ich starrte auf den Ohrhänger im Beutel. Am Stecker hing ein dunkelbrauner Fetzen, der durchaus von Zinaidas Ohrläppchen stammen konnte.

Ich nahm mein Handy und tippte Oksanas Nummer ein. Sie meldete sich sofort, zwitscherte fröhlich drauflos, sie habe gerade an mich gedacht, das sei ein Vorzeichen für meinen Anruf gewesen, und ...

»Oksanka, ich kann es dir jetzt nicht genauer erklären, aber du musst die Schlüssel für die Wohnungen in der Punavuorenkatu aus dem Büro holen, hinfahren und nachsehen, ob die Mädchen dort sind. Wenn ja, nimm sie mit. Ob du befiehlst, überredest oder flehst, egal, Hauptsache, sie gehen mit. Bring sie heute Nacht bei dir unter«, kommandierte ich. »Und entschuldige, Oksanka, aber es ist wichtig: Sei vorsichtig!«

Ich verspürte ein leises Schuldgefühl, auch deshalb, weil Oksana womöglich etwas anderes vorgehabt hatte.

»Mach dir keine Sorgen, Viktor«, sagte Oksana, und ich wusste, dass die Sache geregelt war. Für ein, zwei Tage.

24

»Grüß dich, Bruderherz. Wir sind bereit«, meldete Alexej und nahm Haltung an. Er trug den Tarnanzug russischer Soldaten, mit einem wirren Muster in Grau, Schwarz, Weiß und zwei verschiedenen Grüntönen. Vom Sofa an der Wand seines Büros erhoben sich zwei schwarze Männer und nickten eifrig.

»Aljoscha, was hast du denn an?«, fragte ich. »Ich meine, warum zum Teufel? Bist du auf dem Weg ins Pfadfinderlager? Oder zum nächtlichen Fischstechen?«

»Zum Speerfischen sind die Nächte doch viel zu hell«, erklärte mein Bruder. »Ich dachte, bei so einem leicht dubiosen Geschäft … da muss man sich entsprechend kleiden.«

»Du dachtest, aha. Und was sind das für Gestalten? Völlig unbekannte Größen. Ich hatte dich gebeten, zwei vertrauenswürdige Männer zu besorgen.«

»Viktor, Viktor, bist du etwa ein verkappter Rassist? Die Jungs sind aus Gambia. Ich habe sie als Putzmänner vermittelt. Der eine hat Betriebswirtschaft studiert, der andere ist Automechaniker. Und sie haben ganz legale Papiere.« Alexej bemühte sich um einen empörten Ton.

Die Afrikaner hörten sich unser Geplänkel mit ernster Miene an und drehten den Kopf jeweils zu dem, der gerade sprach, als verfolgten sie ein Tennismatch.

»Und da hast du dir gedacht, für Schwarzarbeit sind Schwarze am besten geeignet, weil man sie nicht sieht.« Ich holte tief

Luft. »Ach zum Teufel, was soll's. Von mir aus hättest du auch gelbe Atomphysiker aus Neuseeland anheuern können, Hauptsache, sie sind stark genug zum Schnapsschleppen. Die Fuhre kommt bald. Also nehmen wir die beiden, da sie einmal hier sind. Aber lass dir eins gesagt sein, Brüderchen: Wenn du etwas tun willst, ohne aufzufallen, mach es am helllichten Tag, mit ordentlich Lärm und gut sichtbar. Dann achtet keiner drauf. Wenn du klammheimlich in der Dunkelheit herumschleichst, fragt sich jeder, was da wohl Spannendes passiert. Und irgendwer sieht dich immer.«

»Es ist doch noch hell draußen«, entgegnete Alexej und setzte das Barett auf.

Der Inder Rudi stapfte zur Tür herein. Eine kleine alte Frau folgte ihm wie ein Schatten, versteckte sich fast hinter seinem Rücken. Sie machte komische Trippelschritte, schlenkerte einen Fuß nach vorn und setzte die Ferse knapp vor den Zehen des anderen auf.

»Ich dachte, du brauchst vielleicht Unterstützung.« Rudi verbeugte sich höflich und legte die Handflächen vor der Brust zusammen. »Meine Schwester hilft auch beim Tragen.«

Wieder ging die Tür. Der Polizist Korhonen betrat Alexejs Büro. Ich nahm mir vor, mich nicht zu wundern, selbst wenn als Nächster Leonid Breschnew hereintänzeln und sagen würde, Kossygin suche noch nach einem Parkplatz.

Korhonen stolzierte durchs Büro und blickte sich mit übertriebener Verwunderung um.

»Ich bin zufällig vorbeigekommen und habe mich gewundert, was für ein Andrang in Kornostajews Einkaufszentrum herrscht. Wird hier der Friedenspreis von Tattarisuo verteilt oder einfach nur das multikulturelle Finnland gefeiert? So viele Farben wie auf dem Fächer des Spielführers beim Pesäpallo in

Pattijoki! Aber wo steckt denn die Filmcrew von der Basar-Serie? Die Hottentotten fangen sicher gleich mit ihrem Volkstanz an, und Nehru trommelt den Rhythmus. Oder ist das Gandhis Bruder, der Star von Bollywood, Hauptdarsteller in dem Film ›Für eine Handvoll Rupien‹? Zum Donnerwetter, das ist überhaupt die Idee: Tandoor-Western. ›Nimm die Sitar und spiel mir das Lied vom Tod‹ und ›The Good, the Bad and the Hindu‹, in der Hauptrolle Ravi Shankar, Indiens berühmtester Schankwirt.«

Korhonen hüpfte rastlos hin und her, während er schwafelte.

»Das Tantchen hier ist bestimmt Golda Meir, oder vielleicht doch eher Tyyne Leivo Larsson. Mosche Dajan schwingt den Zauberstab und sagt, da Hamas Problem«, deklamierte er und fuchtelte dabei mit dem Arm in der Luft herum. »Aber mal im Ernst, ihr kleinen Eichhörnchen, was ist das für eine Konferenz?«

»Ähm … guten Abend, Korhonen.« Alexej hüstelte verlegen wie ein Schuljunge im Apfelbaum und sah mich hilfesuchend an.

Ich atmete tief durch und lächelte Korhonen unbefangen an. Im selben Moment hörte ich den Laster hupen.

Korhonen war viel zu ungeduldig, um auf meine Erklärung zu warten.

»Ich hatte mit Viktor eine Kleinigkeit zu bereden. Bei ihm zu Hause hieß es, der Papi ist zur Halle gefahren. Na, die ganze Fabrik war dunkel, die Türen verriegelt. Da hab ich mir in den Kopf gesetzt, den guten Mann ganz allein aufzuspüren. Hat mich fast eine Viertelstunde gekostet«, erklärte er stolz.

Ich versuchte so zu tun, als hätten wir alle Zeit der Welt. Plaudern wir ein wenig, und dann kochen wir Kaffee, oder möchte jemand Tee?

»Wir sind zum Arbeiten hier. Vorhin ist eine Ladung Schmuggelware aus Russland angekommen, Schnaps, Zigaretten und Raubkopien. Zwei Gangster sind gerade weggefahren, wahrscheinlich bist du ihnen sogar begegnet«, erklärte ich gleichmütig. Aus den Augenwinkeln sah ich, dass Alexej vor Schreck die Knie zitterten und seine Gesichtsfarbe zwischen grau und violett changierte.

»Ach ja, und wenn ihr fertig seid, spielt Sakari Kukko zum Tanz auf«, witzelte Korhonen, und ich lachte mit.

»Zur Sache. Es macht zwar Spaß, Witze zu reißen, aber ich hab nicht den ganzen Abend Zeit«, mahnte ich dann. »Komm, wir gehen nach draußen.«

Korhonen hatte seinen Wagen direkt vor dem Eingang zu Aleksejs Geschäft abgestellt. Es war sein Privatauto, ein alter Renault Kombi. Er stand vor der breiten Betontreppe, der Vorderreifen berührte das Gestell, aus dem zwei feste Bürsten für die Schuhe ragten. Sie erinnerten an die Vergänglichkeit der Sommerhitze wie eine alte Oma, die den ganzen Sommer hindurch lamentiert, bald werde es wieder Herbst und Winter, dann würden Wind und Frost einem durch die alten Glieder fahren.

Korhonen kramte in den Fächern am Armaturenbrett und neben dem Schaltknüppel, fand seine Zigarettenschachtel, wiederholte die ganze Operation auf der Suche nach Streichhölzern.

»Die Mädchen sind zur Bandprobe in Siltamäki. Ich muss sie gleich abholen«, sagte er, als seine Marlboro endlich brannte.

»Wie alt sind deine Zwillinge jetzt? Zwölf? Leenu und Liinu?«, erkundigte ich mich.

»Vierzehn. Färben sich die Haare und verarschen ihre Mutter. Die Schule ist uninteressant. Und zum Glück spielen Zeugnisse keine Rolle, denn die Zukunft liegt in der Rockmusik«, spottete Korhonen ein wenig kraftlos. »Ich hab solche Früchtchen ja zur Genüge gesehen, mir fällt es nicht schwer, ihnen zu sagen, don't fuck with me, aber für ihre Mutter ist es schwierig, Berufsehre und so.« Korhonens Frau war Psychologin.

»Ellen. Stimmt's?«

»Jawollja. Stell dir mal vor, ich würde Allan heißen. Die Leute würden sagen, da geht Allans Ellen.«

»Witzig«, sagte ich trocken. Korhonen ließ sich davon nicht beirren.

»Eigentlich heißt sie Ellen Birgitta Helander-Korhonen. Aber die Finnlandschweden von der Küste haben alle einen Kosenamen, ihrer ist Bibi. Die Mädchen legen es neuerdings darauf an, sie nur noch Ellen oder Mutsch zu nennen. Und Bibi ärgert sich, weil sie weiß, dass die beiden das absichtlich machen. Na ja, eine Sekunde später sind sie dann wieder so klein und harmlos und Mamas Schätzchen und brauchen ein klitzekleines bisschen Geld für den Bus.«

Korhonen zog noch einmal an seiner Zigarette und trat sie mit dem Absatz aus, sah sich dann besorgt nach einem Mülleimer um und entdeckte die für Kippen vorgesehene Blechdose an der Treppe.

»Und du, junger Vater, bist auch nicht zu Hause. Fühlst du dich nutzlos, oder bist du gar im Weg? Frauen sind grausam. Sie hüten ihr kleines Babylein, und in ihrem Leben ist kein Platz mehr für andere. Mal abgesehen davon, dass du das Essen ins Haus bringst. Ach ja, ab und zu muss man auch gemeinsam stillen. Aber das hat bloß den Zweck, dir zu zeigen, dass du nicht gebraucht wirst, jedenfalls aber nicht zum Stillen fähig bist. Und die Windeln wickelst du auch irgendwie falsch.

Husch, raus mit dir aus der Höhle, sobald du das Lagerfeuer angezündet hast.«

Korhonen entdeckte eine halbleere Limoflasche unter dem Beifahrersitz, hielt sie gegen das Licht und betrachtete die Flüssigkeit, trank dann gierig. »War wohl noch kein Schimmel drauf«, grinste er. »Ja, ich weiß, meine Einstellung ist ziemlich vorsintflutlich. Bibi würde das nicht unbedingt unterschreiben. Aber ich bin halt selber ein lebendes Beispiel. Mir soll keiner erzählen, so könnte ich das nicht empfinden.«

Ich wusste nichts zu sagen, obwohl mir klar war, dass Korhonen es bei all seinem Getöne ernst meinte. Mitunter war ich ihm aus dem Weg gegangen, wenn er sich in seiner Midlife-Qual gesuhlt hatte, aber jetzt sprach er ohne jeden Genuss über seine Traurigkeit. Ich hörte ihm zu und lauschte gleichzeitig auf die Geräusche vom Hinterhof, rechnete mir aus, dass bei sechs Leuten jeder gut vierhundert Mal in die Bogenhalle gehen musste, jedes Mal mit einem Kanister. Aber es gab ja Stechkarren, oder vielleicht waren die Kanister auch in Rollcontainern geliefert worden oder auf Paletten, die man mit dem Gabelstapler transportieren konnte …

»Natürlich bin ich selbst bloß halb erwachsen, das geb ich zu«, sagte Korhonen leise. »Bibi kann das sogar erklären, sie sagt, es liegt daran, dass meine Mutter gestorben ist, bevor wir uns ausgesprochen hatten. Und mit meinem Vater habe ich auch nichts geklärt. Das sind dann Dinge, die man nicht unter Kontrolle hat, wenn man selbst Vater wird. Ich weiß nicht. Es ist die reine Hölle, sich mit seinen Kindern rumzuschlagen. Und verdammt traurig, wenn es vorbei ist. Du kannst kaum gucken, schon sind sie groß. Mein Sohn ist ja schon erwachsen, und die Mädchen habe ich auch nicht mehr lange am Hals.«

»Dazu kann ich noch nichts sagen. Anna ist noch nicht mal zwei.«

»Ich schon«, sagte Korhonen. »Natürlich kann man immer erklären, wieso man nicht perfekt ist. Armut und Hunger, als Kind in der Einkaufstasche rumgeschleppt und nie in die Arme genommen worden. Aber sag mir mal, Viktor, warum hast du dir ein Kind zugelegt, eine Familie?«

»Das musste eben sein«, antwortete ich, bevor ich Zeit hatte, nachzudenken, wie sich dieser Satz anhörte. Zu Marja hätte ich das nicht sagen dürfen. »Es gehört irgendwie dazu.«

Korhonen nickte zustimmend.

»Vater werden? Alles klar. Darüber braucht man keine großen Worte zu verlieren. Und ein erwachsener Mann ist ja sowieso die ganze Zeit eine Art Vater. Bei der Arbeit gibt er Ratschläge oder sagt, wo's langgeht, bei der Nachbarin repariert er das Scharnier am Schrank, und auf dem Hof schimpft er anderer Leute Kinder aus. Und in den Sportvereinen? Zwanzigtausend Männer, die fremde Kinder erziehen. Spiel zum Rand rüber, gut gemacht, Niko-Jonas-Jalmari, nicht aufgeben. Mütter lassen sich da nicht blicken, die kümmern sich nur um ihre eigene Brut.«

Korhonen kramte seinen Autoschlüssel aus der Tasche. Die Sonne glitt bereits hinter die Birken am Rand des Industriegebiets, doch es wurde kein bisschen kühler. »Ich muss los«, sagte Korhonen plötzlich, stieg ein und ließ den Motor an. Er zog die Handbremse, gab reichlich Gas und wendete fast auf dem Punkt.

»Ach ja, was ich dir sagen wollte«, fiel ihm in letzter Minute ein. »Erkundige dich mal nach einem gewissen Luoma. Veikko Luoma. Ein altes Schlitzohr, steht unter Geschäftsbetriebsverbot, annonciert aber fröhlich, er hätte demnächst acht Zimmerleute an der Hand. Vielleicht findest du da deinen verschwundenen Verwandten.«

»Luoma ist wieder da? Ich kenne ihn.«

»Weiß ich. Sonst würde ich dich ja nicht auf ihn hetzen.« Korhonen schüttelte den Kopf über meine Begriffsstutzigkeit. »Ich will Informationen über den Burschen. Er hatte früher Ostkontakte, und zwar nicht nur zu dir. Und im Süden ist er auch gewesen, in Estland. Von da schickt er Leiharbeiter nach Finnland. Ich interessiere mich für diesen Luoma und für alle Himmelsrichtungen seiner Tätigkeit. Wir sind auf seinen Namen gestoßen, als wir uns nach deinem Vetter erkundigt haben. Eine schwache Spur, aber vielleicht interessiert sie dich.«

»Ja, das tut sie«, brummte ich, doch Korhonen hörte mich nicht mehr. Er bog bereits mit quietschenden Reifen um die Ecke.

Ich dachte bei mir, dass er ein trauriger Mann war.

Der Laster stand nicht mehr auf dem Hinterhof. Matti Kiuru war mit dem Gabelstapler in der Halle zugange, während Alexej wachsam an der Tür stand. Sein Tarnanzug spannte über der Brust. Aljoscha sah aus wie ein politischer Offizier an der Heimatfront, der die Stimmungslage beobachten und das Sammeln von Schrott organisieren soll.

»Ist dein Polizistenfreund endlich weg? Mich hätte fast der Schlag getroffen, als er ins Büro spazierte.«

»Das habe ich gemerkt.«

»Wir haben alles ins Lager geschafft. Ich hatte schon überlegt, ob ich einen von den Kanistern präparieren sollte. Ein bisschen Pril unter den Fusel mischen und ein paar Bröckchen Wunderbaum wegen der Duftnote. Hätte sich problemlos aufgelöst. Die Etiketten auf den Dingern sind genau richtig: ›Clean Window

Skandinavia Special‹. Kein schlechter Name. Autozubehör verkauft sich umso besser, je schriller es aussieht«, plapperte Alexej. Allmählich erholte er sich von seinem Schock.

»Und was hättest du mit dem Kanister gemacht?«

»Den hätte ich Korhonen gegeben und gesagt, das ist ein neues Scheibenputzmittel, soll ich deine Waschanlage damit auffüllen? Und dann hätte ich ihm einen Vortrag über Kohlenwasserstoffe, synthetische Tenside und kationaktive Polymerverbindungen gehalten. Ich hätte ihm klargemacht, dass Lasol im Vergleich zu diesem Zeug Pipikram ist. Entschuldige, Viktor, ich bin immerhin Ingenieur und verstehe etwas von organischer Chemie, auch wenn mein Hauptfach die Tribologie ist.«

Offenbar war Aljoscha über meine skeptische Miene beleidigt. Ich rechnete damit, dass er gleich noch etwas über seine Position als großer Bruder sagen, mich daran erinnern würde, dass ich noch im Gitterbettchen strampelte, als er bereits Gleichungen dritten Grades löste, und zwar mit dem Füller.

»Wollen wir die Sudokus in der Zeitung lösen, um die Wette? Ich nehme den schwierigsten Grad und du den mittleren«, forderte er mich heraus.

Das halbdunkle Treppenhaus in der Punavuorenkatu 21 roch trocken und sauber. Ohne Licht zu machen, ging ich mit langsamen, gleichmäßigen Schritten hinauf, Stufe für Stufe. Im zweiten Stock stellte ich die leeren Taschen ab. Ich atmete ein paar Mal durch, zog die Handschuhe zurecht und steckte den Schlüssel langsam in das Schloss an der dunklen Tür, die Waffe in der rechten Hand.

Eine Sekunde lang fragte ich mich, ob ich Matti nicht doch hätte mitnehmen sollen. Während wir die Schnapslieferung verstauten, hatte ich über meinen nächsten Schachzug nachgedacht und war zu dem Schluss gekommen, dass Frolows Drogen die optimale Lebensversicherung für mich waren. Im nächsten Moment hatte mich wieder das Schuldbewusstsein gepackt, weil mir klar wurde, dass ich Matti wahrhaftig kein gutes Vorbild lieferte. Ich hatte meine Zweifel beiseitegeschoben und mir vorgenommen, später über meine Verantwortung nachzudenken. Diese Operation würde ich allein durchführen, und zwar unverzüglich.

Die Wohnung war leer und ein wenig sauberer als bei meinem vorherigen Besuch. Die Reklamesendungen waren aufgestapelt, Pizzaschachteln und Bierdosen in einen Müllsack gesteckt und die schmutzigen Teller vom Tisch geräumt worden. Ich schüttelte meine großen Einkaufstaschen auf. Marja hatte sie vom Einkaufen bei Ikea mitgebracht, und ich hoffte, dass sie sie nicht gleich vermissen würde.

Ich öffnete den Gefrierschrank und warf Frolows Drogenvorräte in die Taschen, bunt durcheinander, ohne sie zu sortieren. Obenauf legte ich eine alte Zeitung zum Schutz vor neugierigen Blicken. Dann schob ich die Pistole in den Hosenbund und hängte mir die Kälte ausstrahlenden Taschen über beide Schultern. Leise zog ich die Tür hinter mir zu. Im Treppenhaus war es so still wie bei meiner Ankunft.

25

»Könnte schon passen … allerdings eine ziemliche Baumasse … das Fassadenmaterial muss sich natürlich in die Umgebung einfügen. Und die Dachneigung. Kein übertrieben hoher Sockel, wie sie neuerdings Mode sind.« Esko Helminen, der Ingenieur vom Bauamt, drehte sich hin und her und zeigte mit dem freien Arm die Richtungen an; unter den anderen Arm hatte er eine altmodische braune Aktentasche geklemmt.

»Helminen, red keinen Stuss!«, unterbrach ich ihn. »Ich habe die Papiere schon vor einer Ewigkeit eingereicht. Wo zum Teufel hakt es? Früher war keine Ortsbesichtigung nötig.«

Helminen sah mich an wie ein Grundschullehrer im Vollgefühl seiner Macht. »Aber jetzt ist sie nötig. Und das ist noch nicht alles.« Er lächelte triumphierend. Ich war der ABC-Schüler, der grundlos in der Ecke stehen musste.

Wir befanden uns auf einem tiefliegenden Grundstück in Tapanila. Am Nordrand führte ein kleiner Abhang zu einer feuchten Senke. Mitten auf dem zweitausend Quadratmeter großen Karree stand ein wackliges Haus aus den 60er Jahren, und der Garten war in diesem Jahrtausend noch kein einziges Mal gepflegt worden. Ich hatte den Verdacht, dass auch nie Schnee geschippt worden war. Trotzdem war das Grundstück hervorragendes Bauland. Und es gehörte mir. Ich hatte die Bauzeichnungen für zwei Doppelhäuser und separate, überdachte Autostellplätze. Aber keine Bauerlaubnis.

»Dein Geld hast du auch schon gekriegt, verdammt noch mal. Alles ist in Ordnung. Und ich will gar keine Überschreitung der Nutzungsmaße und keine Sonderrechte, sondern nur eine ganz normale, mir ganz normal zustehende Baugenehmigung«, meckerte ich.

Helminen schwieg. Seine Augen waren hinter den kleinen, ovalen Brillengläsern verborgen, die sich in der Sonne dunkel färbten. Er trug eine helle Sommerhose und ein helles kurzärmliges Hemd, hatte dünne helle Haare, die er bestimmt sorgfältig kämmte, obwohl sie dadurch auch nicht fülliger wurden. Helminen drehte sich langsam zu Matti Kiuru um und sah dann wieder mich an.

»Matti weiß alles über meine Geschäfte«, übertrieb ich, und Matti korrigierte mich nicht.

»Du bekommst die Genehmigung, daran besteht gar kein Zweifel«, nickte Helminen. »Aber das kann dauern. Es kann immer mal passieren, dass ein Satz Kopien fehlt. Oder dass die Zeichnungen falsch gefaltet sind. Ach ja. Du hast dir hoffentlich die Diariennummern notiert? Manchmal wandern die Papiere einzeln durchs Amt. Vielleicht musst du eine neue Bescheinigung über die Grundstückshöhe einreichen. Und die Oberflächennivellierung, für das ganze Grundstück ... Man weiß nie, was der Oberarchitekt sagt, und die Kommission ist völlig unberechenbar, wenn der Antrag nachlässig begründet wird«, erklärte Helminen und schien auf seine Durchtriebenheit stolz zu sein. »Ich nehme also noch zehn Riesen. Als Antrieb oder Bonus oder Schnelligkeitsprämie. Ganz wie du willst«, beendete er seine Darbietung.

»So sieht dein Plan also aus.«

Helminen nickte zufrieden.

Ich trat zu ihm, so nahe, dass er meinen Atemgeruch und

den warmen Schweiß auf meiner Haut roch, die Kälte in meinen Augen sah. Helminens Lächeln gefror, seine Mundwinkel zuckten, er wich meinem Blick aus.

»Du bist ein kleiner Mann und wirst nicht mehr größer«, sagte ich leise. »Kleine Männer bekommen kleine Honorare, weil große ihnen den Kopf verdrehen würden. Und kleine Männer haben kleine Schwänze und kleine Autos und kleine Familien. Aber sie können trotzdem glücklich sein. Weil sie auch kleine Sorgen haben.«

Helminen blinzelte mit den Augen. Auf seiner Nase erschienen Schweißtropfen, als ob sich ein Druckventil geöffnet hätte und die Poren das leckende Wasser durchließen.

»Und ich helfe dir, glücklich zu sein, genau in deiner Größenordnung«, fuhr ich in gleichmütigem Ton fort. »Du hast ein Zuhause und eine Frau und Kinder. Ich brauche bloß deinen Namen oder deine Telefonnummer bei Fonecta Finder einzugeben, und schon klärt sich vieles. Erinnerst du dich an Gennadij aus meiner Firma, an den Burschen, dem man vor Jahren in Leningrad alle Zähne mit Metall überkront hat? Dieses Krokodil namens Genja könnte auf dem Schulhof deinem Söhnchen oder deiner Tochter über den Weg laufen oder deiner Frau am Arbeitsplatz seine Aufwartung machen. Und dann kannst du zu Hause erklären, der Onkel hätte nur Spaß gemacht. Aber deine Gören machen nachts ins Bett oder fangen an zu stottern, und deine Frau glaubt dir auch nicht, sondern erinnert sich plötzlich, dass sie sich über die komischen Einzahlungen auf deinem Konto gewundert hat und über das Geld für die Yacht, und nun fragt sie, hör mal, Esko, was geht hier vor?«

Der Klingelton war irgendeine Marschmelodie. Ich erinnerte mich, dass im Text von Grabhügeln die Rede war, unter denen die Väter lagen und ihre Söhne beobachteten.

»Helminen«, hauchte der Bauaufseher. »Du, im Moment ist es schlecht, bin in einer Besprechung … ich rufe dich zurück«, sagte er hastig, unterbrach die Verbindung und steckte das Handy ein.

Ich sah ihm immer noch in die Augen. Helminen hob die Aktentasche wie einen Schild vor die Brust und klackte das Schloss auf und zu. Ich zog mich ein paar Zentimeter zurück, ließ ihm Platz zum Atmen.

»Ist zwischen uns alles klar? Dann will ich dich nicht länger aufhalten.«

»Ja. Du kannst mit den Arbeiten anfangen, aufgrund meiner mündlichen Erlaubnis. Frag in zwei Wochen nach den Papieren.« Helminen räusperte sich. »Verdammte Scheiße, das hat man davon, wenn man mit den Iwans Geschäfte macht.«

Damit drehte er sich um und eilte zu seinem Wagen.

Matti Kiuru trat zu mir. »Eine komplette Memme ist er aber nicht, sonst hätte er sich nicht getraut, so zu reden.«

»Nein. Außerdem hat er leider nicht unrecht.«

Ich fühlte mich überhaupt nicht wohl. Auf das, was ich als Nächstes zu erledigen hatte, passte Helminens Ausspruch nur allzu gut.

»Matti, du machst dich jetzt auf die Suche nach dem Bauunternehmer Veikko Luoma. Das heißt, mittlerweile betreibt der wohl eine Leiharbeiterfirma. Ich besuche inzwischen Maxim Frolow.«

»Allein?«, fragte Matti halb besorgt, halb warnend.

»Allein«, bestätigte ich.

Ich brauchte keine Karte, um Frolows Haus zu finden. Die letzte Straße am hintersten Ende von Kulosaari endete in einer Sackgasse, was die stumpfsinnige Zurückgezogenheit und Wohlsituiertheit, die die selbstbewusst aufragenden Häuser ausstrahlten, noch zu betonen schien.

Ich kam mir vor wie der Hase im Märchen, der gleich beim Wolf anklopfen wird. Um mich aufzumuntern, malte ich mir aus, ich würde das Fenster herunterdrehen und laut rufen, passt auf eure Sachen auf, Herrschaften, sonst nehme ich sie mit. Daraufhin hätten sich vielleicht ein paar Leute blicken lassen, die Blinklichter der Autos wären aufgeflackert, weil die Alarmanlagen sicherheitshalber noch einmal eingeschaltet wurden, und die teuersten Mountainbikes wären ins Haus geholt worden, hinter feste Türen mit drei Schlössern. Doch ich fuhr schweigend weiter, bugsierte den Mercedes durch das Tor und hielt direkt hinter der Stoßstange von Frolows Chrysler. In der schmalen Einfahrt stand auch der dunkelblaue Cityjeep, den ich bereits kannte.

Der Junge öffnete mir die Tür. Ich überlegte, ob ich ihn als Gehilfen oder als Gespielen bezeichnen sollte, erinnerte mich dann jedoch, dass Matti Kiuru seinen Namen genannt hatte: Anton. Statt der Baseballkappe trug der Junge nun eine Wollmütze. Wenn ich ihn besser gekannt hätte, wäre mir sicher eine flapsige Bemerkung entschlüpft, irgendetwas über Gehirnverkühlung, die besonders in der Sommerhitze droht und zu rheumatischen Beschwerden führen kann, vielleicht hätte ich ihm auch vorgeschlagen, sich bei einer der Reality-Shows zu bewerben, deren Existenz mich mit unendlicher Verwunderung erfüllte. Doch bevor ich auch nur einen Gruß herausbrachte, winkte der Junge mich herein, trat stumm zur Seite und wies mir mit ausgestrecktem Arm den Weg zu dem hell erleuchteten Wohnzimmer am Ende des dämmerigen Flurs. Er selbst flitzte die Treppe hoch und verschwand in der oberen Etage.

»Viktor Nikolajewitsch, wie nett, dass du dir die Zeit nimmst, mich zu besuchen«, begrüßte mich Frolow, schüttelte mir die Hand und bat mich gleich weiter in den Garten. Auf dem Gartentisch standen eine Kanne Saft und zwei Gläser bereit. Wadim Korsakow und Imran Gelajew saßen in der Hollywood-Schaukel. Korsakow hob grüßend sein Glas und lächelte freundlich, während Gelajews schwarze Augen mich finster anstarrten.

»Natürlich komme ich, wenn du mich rufst«, wies ich die höfliche Floskel zurück.

»Vitjuscha, Vitjuscha! Ich habe dich doch nicht herzitiert. Ich habe dich gebeten, zu kommen«, stellte Frolow richtig.

Seine Stimme klang wie das Krächzen eines großen Vogels. Sie kam knarrend unter seiner Hakennase hervor und würde wohl auch dann nicht wärmer klingen, wenn Frolow angetrunken und in sentimentaler Stimmung wäre und mit einem Kleinkind plapperte, das eine Mütze mit Tierohren trug.

»Lass mich offen mit dir reden, ohne Umschweife, wie es unter alten Geschäftsfreunden üblich ist«, begann Frolow.

Ich sagte nichts, ermutigte ihn nicht, machte keine Einwände, trank nur einen Schluck von dem Moosbeerensaft und lutschte am Eiswürfel.

»Du hast offenbar aus der Wohnung in Punavuori … etwas mitgenommen, was dem Mieter gehört …«, wand sich Frolow, obwohl er gerade erst erklärt hatte, offen reden zu wollen.

»Ja.«

»Ich weiß, dass du vorher schon einmal in der Wohnung warst. Und dass dir nicht gefallen hat, was du dort gesehen hast. Slawa Bursow ist verschwunden. Man sagt, du hast ihn … entfernt.«

»Es wird so viel geredet, und das meiste ist dummes Zeug.

Ein kluger Mensch überlegt genau, was er hören will und was nicht«, wandelte ich alte russische Volksweisheiten ab und sah zum Himmel auf, als hätte ich meinen rückfällig gewordenen Putzmann tatsächlich umgebracht. Ich fühlte mich äußerst unbehaglich in Frolows Haus, obwohl ich mir meine Taktik genau zurechtgelegt hatte. Beim Auswärtsspiel musste man auf Nummer sicher gehen, und auf feindlichem Boden war es ratsam, sich zu verstecken, so lautete das Motto im Sport und in der Kriegskunst.

Oder man musste den Gegner überraschen, ihn mit einem skrupellosen Angriff überrempeln.

Ich wusste, dass Angst mich dazu brachte, kalt, selbstsicher und aggressiv zu handeln. Kornostajew, Sie fürchten sich vor Feigheit, hatte man mir nach den psychologischen Tests bei der Spezialausbildung gesagt. Die Vorstellung, vor Furcht wie gelähmt zu sein, ist Ihnen unerträglich, Sie wollen um jeden Preis handlungsfähig bleiben und die Kontrolle behalten. Der Wissenschaftler, ein Kahlkopf mit dicker Brille, war über seine Schlussfolgerung geradezu begeistert gewesen und hatte mich von allen Seiten gemustert, als wäre ich ein exotischer Schmetterling, den er mit einer Pinzette vorsichtig hin und her wendete.

Ich massierte mir das Gesicht, versuchte mich auf die Hartholzplatten in Frolows Garten zurückzuholen, hinaus aus den grauen Ziegelgebäuden der zweiten separaten Speznaz-Brigade der 7. Armee des Leningrader Militärbezirks. Mein Gesicht würde mich nicht verraten, das wusste ich, aber ich durfte nicht zu viel erklären. Am wirksamsten war das, was ungesagt blieb.

»Ich handle nicht mit Drogen, aber irgendeine Sammelstelle für Giftmüll wird das Zeug schon annehmen. Wozu hat man Bekannte bei der Müllabfuhr.«

»Halt, halt«, rief Maxim Frolow besorgt. »Wir sind Geschäftsleute. Wir finden einen Kompromiss. Und ich darf dich daran erinnern, dass die Ware mir gehört. Auf die Frauen soll es mir nicht ankommen, für die finde ich schon Ersatz. Wenn du die Mädchen für dich laufen lassen willst, handeln wir einen Prozentsatz aus. Aber ich hoffe, du weißt es zu schätzen, dass ich gesprächsbereit bin.«

»Mein lieber Maxja, brav zu sein ist das Klügste, was du tun kannst«, gab ich zurück. »Wenn du auch nur ein Gramm von deinem Stoff wiedersehen willst. Ich wiederhole: Ich verkaufe keine Drogen. Ich behalte sie vorläufig als Sicherheit, als Pfand, als Garantiefonds. Bis wir alles geklärt haben und bis du die ausstehende Miete gezahlt und meine Wohnungen geräumt hast.«

Ich stand auf und bedankte mich für den Saft, für nichts anderes.

»Und vergiss nicht, Maxja, nur ich allein weiß, wo die Ware liegt. Es bringt dir gar nichts, anderen zuzusetzen. Aber sollte mir oder irgendwem aus meinem Umfeld etwas zustoßen, wird man dich und deine Verwandten ausfindig machen. Den Auftrag habe ich schon vergeben«, drohte ich. An sich hatte ich damit gerechnet, ähnliche Drohungen von Frolow zu hören. Ich sah zu Korsakow und Gelajew hinüber. Die Schaukel hielt an, doch dann setzte Korsakow sie wieder in Bewegung.

Frolow stand auf und streckte Gelenk für Gelenk seine langen Glieder.

»Viktor, Viktor ... Du solltest besser an meiner Seite bleiben. Wir haben hier viel in Gang gebracht. Große Sachen. So groß, dass ich nicht darüber reden darf, und wenn ich es doch täte, würdest du mir nicht glauben.«

Frolow kam näher, legte den Kopf in den Nacken, obwohl er

größer war als ich und beim Sprechen merkwürdig schief nach unten gucken musste.

»Denk doch mal nach. Nehmen wir zum Beispiel die Renovierung einer Tankstellenkette. Dutzende von Tankstellen. Und wir haben Geld im Rücken. Es lohnt sich, mitzumachen. Sommerwohnungen. Feriendörfer. Geschäftsstellen großer Firmen. Gasrohre. Stromleitungen. Und jedes Mal wird ein zuverlässiger Bauunternehmer gebraucht.«

»Ich muss los, hab noch einiges zu erledigen, kleinere Sachen. Und ich will dir und Anton nicht länger den Abend verderben«, sagte ich höflich.

»Lass das«, erwiderte Frolow. »Ich wiederhole, es lohnt sich, zu mir zu halten. Und es gibt keine Alternative. Es ist sinnlos, mir zu drohen. Gegen mich kommst du nicht an. Und niemand wird dir helfen. Wenn du mir Ärger machst, töte ich dich«, sagte er kühl, ohne jede Regung.

Ich wandte ihm den Rücken zu und ging durch das Haus zu meinem Wagen. Als ich auf die Straße zurücksetzte, dachte ich, dass ich vermutlich dankbar sein musste, weil ich das Haus lebend und aus eigener Kraft verlassen konnte. Ich überlegte, wen Frolow eigentlich repräsentierte. Wen meinte er, wenn er von ›uns‹ sprach?

Am Abend las ich meine Mails. Frolow hatte mir eine Nachricht geschickt.

Viktor, die Probe, die du geliefert hast, ist erstklassig. Mein Freund sagt, er nimmt so viel, wie du importieren kannst. Er bietet dasselbe wie für die vorige Lieferung. Ich übermittle dir diese Nachricht, weil er mich darum gebeten hat. Maxja.

Frolow war schlau. Die Nachricht war auf seinem Computer und in der Mailbox auf dem Server seines Providers gespeichert.

Die Zeilen brachten mich mit dem Drogenvorrat in Verbindung und ließen mich obendrein als Haupttäter erscheinen, als Schmuggler und Großhändler. Auch unter Frolows Telekommunikationsdaten würden sich genügend Verbindungen zu mir finden, ganz zu schweigen von dem Mietverhältnis und dem sonstigen Geldverkehr, trotz aller Decknamen.

Es lag auch in meinem Interesse, dass Frolow am Leben und auf freiem Fuß blieb und die Polizei keinen Grund hatte, seinen Computer zu untersuchen.

26

Träskmossa, Sipoo

Was für eine Bruchbude, schimpfte Pawel Wadajew und kratzte an den Mückenstichen am Arm. Die verdammten Biester kommen durch irgendeinen Spalt herein und sirren pausenlos, sodass man nicht schlafen kann. Na, wenigstens friert man nicht, die Nächte sind noch warm, murmelte er dann. Der Mensch darf nicht zu anspruchsvoll sein und über alles meckern, das Häuschen ist doch gut genug für mich …

Aber gleich morgen oder übermorgen frage ich nach, wann der Lohn gezahlt wird und ob ich ein Handy kriegen kann. Wir sind hier doch nicht im Arbeitslager, und ich will ja nur zu Hause anrufen, versuchte Pawel sich in Wut zu reden und spürte doch nur Heimweh.

Er wusste, dass er nicht den Mut haben würde, entschiedene Forderungen zu stellen. Und wen sollte er überhaupt ansprechen? Andrej Gawrilow, der die Fahrt nach Finnland organisiert hatte, war gleich nach der Ankunft verschwunden, und Chefs und Baustellen wechselten ständig. Man hatte kaum Zeit, den Namen seines Nebenmannes zu lernen.

Von den Renovierungsarbeiten in der Schule war Pawel mit zwei Esten auf eine andere Baustelle geschickt worden, wo sie helfen sollten, das Fundament einer Industriehalle zu legen. Er wusste nicht genau, wo die Baustelle war, sie waren jedenfalls mindestens eine Stunde gefahren, von Helsinki in Richtung Osten, da war er sich ziemlich sicher. Mitten im finsteren

Nadelwald war eine Lichtung geschlagen worden, zu der eine breite, gerade Asphaltstraße führte. Pawel nahm an, dass in der Einöde ein ganzes Industriegebiet entstehen sollte. Doch die Arbeiten hatten gerade erst begonnen, und die Baustelle war nur ein einsamer Betonguss.

Als Chef lief hier ein großer junger Mann herum, der so brutal wirkte, dass Pawel schon zusammenzuckte, wenn er nur an ihn dachte. Die Haare millimeterkurz geschoren, auf dem Kopf eine hässliche Narbe. Pawel hatte versucht, mit ihm zu reden, hatte gefragt, bist du Finne oder woher kommst du, ich versuche es an deiner Sprache zu erkennen. Der Mann hatte ihm keine Antwort gegeben, hatte nur geschnaubt und ihm befohlen, die Verschalung zu entfernen und anschließend die Entwässerungsgräben zuzuschaufeln. Das Einzige, wofür du zu gebrauchen bist, hatte er boshaft hinzugefügt, und dagegen gab es keinen Einspruch, keine Verteidigung. Pawel war kein Zimmermann, das wusste er selbst.

Gelegentlich hatte Pawel auch einen etwas älteren Boss gesehen, einen Finnen.

Der schien Leute aus allen möglichen Ländern zu beschäftigen, sprach Estnisch und Englisch, auch einige Worte Russisch. Vielleicht konnte man es wagen, mit ihm zu sprechen. Obwohl auch dieser Mann kalte Augen hatte. Pawel hatte sich seinen Namen gemerkt. Luoma, Veikko Luoma. Pawels Großmutter hatte gern und oft eine finnische Wendung gebraucht, die so ähnlich klang: *Luojan luoma*, vom Schöpfer geschaffen sei der Mensch, hatte sie gesagt. Das hatte sich in seinem Kopf festgesetzt, während ihre übrigen finnischen Geschichten oft an ihm vorbeigerauscht waren.

Unsereins darf die Herren nicht einfach so belästigen, überlegte Pawel. Und vor zwei Tagen waren zwei neue Mänädscher oder Bosse aufgetaucht. Ein fetter Russe und ein zweiter Mann, wer weiß was für ein Mohr, mit stechenden Augen und einem breiten Nacken wie ein Ringer. Sie waren in einem teuren Jeep gekommen. Ein alter Kleintransporter war hinterhergezockelt. Pawel hatte sich ein wenig gewundert, als ein halbes Dutzend Männer, dem Aussehen nach Chinesen, aus der alten Karre gesprungen waren. Der Vorarbeiter hatte lediglich gesagt, das seien Steinmetze, und sie blieben über Nacht.

Na, Raum ist in der kleinsten Hütte, hatte Pawel gedacht. Die fremden Männer hatten in einer unverständlichen Sprache miteinander geredet und sofort begonnen, ihre eigenen, seltsam riechenden Speisen zuzubereiten. Der Vorarbeiter hatte für sie den Strom der Baustellenanlage angezapft und gelacht, er habe die Kabel nur so lala verlegt, aber es regne ja nicht, und hier liefen ja auch keine Kinder herum, die an den Leitungen spielen und sich einen Stromschlag holen konnten.

Am nächsten Morgen waren die Steinmetze wieder eingesammelt und weggebracht worden.

Pawel blieb allein in der Baracke und auf der ganzen Baustelle. Die Fundamentplatte der Halle musste regelmäßig angefeuchtet werden, damit der Beton nicht zu schnell trocknete, und im Schuppen lagen teures Werkzeug und Baubedarf, auf die er nebenbei ein Auge haben sollte. Die estnischen Bauarbeiter wurden zur nächsten Baustelle gebracht.

Jetzt war in der Baracke reichlich Platz zum Schlafen. Die Lebensmittel reichten noch für ein paar Tage, dann würde der Chef Nachschub bringen. Pawel zog die schmuddelige Decke hoch bis zu den Ohren. Das Laken auf der Matratze war immerhin beinahe sauber. Er machte die Augen zu und versuchte, an etwas Angenehmes zu denken, malte sich aus, wie er zum Angeln auf den See fuhr und dicke Barsche aus dem Wasser zog. Einen

Augenblick lang mischte sich Verdruss in das friedliche Bild, als ihm einfiel, dass der Außenbordmotor sich festgefressen hatte, das elende Ding. Doch er schob den Ärger so mühelos beiseite wie Pulverschnee, den man vom Gartenweg fegt. Von dem Geld, das ich hier verdiene, kaufe ich einen neuen, vielleicht einen Evinrude oder einen Honda, die Japaner bauen gute Motoren …

Pawel glitt in einen Zustand tiefen Friedens und schlief ein.

Im Schlaf ging Pawel nach Hause. Er heizte die Sauna an, spürte alles wie im richtigen Leben, bis hin zum Geruch. Mit einem brennenden Streifen Baumrinde zündete er die Birkenscheite an, die knisternd Feuer fingen. Einzelne Scheite von der verdorrten Fichte brannten krachend. Das Feuer im Saunaofen erhitzte ihm Stirn und Hände, versengte ihn beinahe.

Und dann knallte es. Pawel lag rücklings zwischen Weidenröschen und der Rücken tat ihm weh und im Kopf rauschte es. Er fuhr sich mit der Zunge über die Lippe und erkannte an dem salzigen Geschmack, dass die Feuchtigkeit auf seinem Gesicht Blut war. Seine Ohren waren wie verstopft, es war, als ob er einen Stummfilm betrachtete, allerdings in Farbe.

Die Baracke, oder was davon noch übrig war, stand in Flammen. Pawel reimte sich zusammen, dass ein Feuer ausgebrochen und anschließend irgendetwas explodiert war. Vielleicht haben Sprengkapseln im Schuppen gelegen oder Dynamit, Anit oder was es sonst noch für Sprengstoffe gibt, überlegte er und bestätigte sich selbst, dass er die Kochplatten der Chinesen nicht angerührt hatte. Sogar das Teewasser habe ich im Freien über offenem Feuer heiß gemacht, und dabei ist kein einziger Funke geflogen, beteuerte Pawel halblaut, denn er war daran gewöhnt, dass man ihm die Schuld gab, auch wenn andere einen Fehler machten.

Der Schmerz biss ihn heftig in den Rücken, und auch Hals und Brust taten weh. Pawel rollte sich auf die Seite und versuchte sich von der Hitze des Feuers fortzuschleppen. Er zog sich mit Ellbogen und Händen vorwärts, ohne zu merken, dass sich seine Fingernägel von den Kuppen lösten.

Schließlich ließ er sich in den flachen Graben fallen. Das Wasser war verdunstet, doch selbst die geringe Feuchtigkeit auf dem Grund streichelte ihn kühlend. Pawel schloss die Augen und dachte wieder an sein Zuhause, an Xenja und Serjoscha.

27

Kluuvi, Helsinki

Ich habe eine Aversion gegen Bankbesuche. Die Angestellten fragen zu viel, bemühen sich freundlich, aber zielstrebig, alles über meine finanziellen Angelegenheiten in Erfahrung zu bringen. Ich war keiner von denen, die Bonuspunkte oder Stammkundenrabatte sammelten. Ich wollte nicht, dass irgendwer ein Register darüber führte, bei welcher Gesellschaft ich versichert war, wo ich tankte oder wie viel ich für Kleidung ausgab. Vielleicht litt ich unter Verfolgungswahn, jedenfalls war es sinnlos, mir Bonuskarten aufschwatzen zu wollen. Zudem lagen viele meiner Spareinlagen, Investitionen und Schulden außerhalb der etablierten Finanzinstitute. Für diese Gelder gab es nicht unbedingt Belege oder Sparbücher, doch die Zinsen wurden auf den Cent genau berechnet und die Fälligkeitstage eingehalten.

Allerdings war ich gezwungen, einen Teil meiner Rechnungen und Zahlungen über die Bank laufen zu lassen, und beim gegenwärtigen Zinssatz hatte ich es sogar gewagt, einen nicht unbeträchtlichen Firmenkredit aufzunehmen. Und den musste ich nun aufstocken, um die Bauzeichnungen für das Grundstück in Tapanila in zwei verkäufliche Doppelhäuser verwandeln zu können.

Für Firmenkunden waren mit dunklem Plexiglas ein paar separate Logen abgetrennt worden. Mein Verhandlungspartner war ein junger Mann. Er trug einen dunklen Anzug und ein tadellos gebügeltes Hemd, dessen Kragen die Partie zwischen Kinn und Adamsapfel einzuschnüren schien. Seine schräg gestreifte Krawatte hatte einen breiten Knoten.

»So sieht also unsere Kalkulation aus. Und das Geld wäre dann Ende der Woche verfügbar, wenn die Kreditsicherung geregelt ist. Das lässt sich mit einer Hypothek auf Ihre Wohnimmobilie erledigen, wir können den Inhaberschuldschein gleich hier ausstellen, dann haben Sie keine zusätzlichen Umstände damit«, salbaderte er.

»Mein Haus verpfände ich nicht«, sagte ich in einem Ton, der keinen Spielraum für Verhandlungen ließ. »Ich besorge Ihnen eine Pfandeinlage. Dreihunderttausend, die eine Hälfte für zwei Jahre, die andere für vier. Sie zahlen drei Komma fünf Prozent Zinsen.«

»Drei Komma zwei fünf«, feilschte der junge Mann und merkte im selben Moment, dass er seine Befugnisse überschritt. »Das muss ich zuerst mit meinem Vorgesetzten besprechen. Und ein so hoher Betrag muss der Finanzaufsicht gemeldet werden …« Er wurde rot und biss sich auf die Zunge, denn beinahe wäre ihm eine Bemerkung über Geldwäsche herausgerutscht.

»Natürlich. Das Geld wird von Partnern bereitgestellt, die in Finnland tätig sind … Ich komme übermorgen wieder«, erklärte ich und ließ meinem Gegenüber keine Möglichkeit zu Einwänden.

»Dann machen wir es so …«, murmelte der Angestellte.

Ich stand auf und lächelte zum Abschied.

An der Ecke Aleksanterinkatu standen Straßenmusikanten. Ich rechnete mir aus, dass meine Parkzeit noch reichte, warf einen Fünf-Euro-Schein und ein paar Münzen in den aufgeklappten Geigenkasten, stellte mich bequem hin und hörte zu. Das Streichquartett spielte mit voller Konzentration irgendein vage bekanntes klassisches Stück, die Köpfe der Musikanten nickten im Takt.

Ich merkte, dass ich an Lena dachte, zum ersten Mal seit langer Zeit. Lena war damals in Leningrad meine Geliebte gewesen, sie war die erste und deshalb bedeutsam. Ich hatte sie verlassen, hatte geglaubt, sie verletzt zu haben, doch sie war noch einmal in mein Leben zurückgekehrt, hatte mich überrascht und dann mehrfach betrogen. Ich vermutete, dass auch die Straßenmusikanten am Konservatorium in Sankt Petersburg studierten, suchte in ihren Gesichtern nach vertrauten Zügen und schmunzelte, als mir klar wurde, dass sie viel jünger waren als Lena und ich. Der gleiche Irrtum unterlief mir bei jedem Besuch zu Hause in Sortavala. Mein Blick suchte unter den von der Schule heimkehrenden Jugendlichen nach Freunden und Bekannten, weil ich mich selbst dort nur in diesem Alter sah.

Die Musiker beendeten ihr Spiel, dehnten die Arme und rollten mit den Schultern. Der schnurrbärtige Geiger trank einen Schluck aus seiner Wasserflasche, sah mich an und grüßte höflich auf Russisch. Ich wünschte ihm alles Gute und ging.

Oksana saß im Büro an ihrer Maschine, redete halblaut vor sich hin und trällerte zwischendurch einzelne Zeilen aus einem Lied. Ich lauschte ihr, während ich belanglose Post durchsah. Oksana war grundsätzlich nicht fähig, länger als ein paar Sekunden still zu sein. Stets war ihr geschäftiges Treiben von Gemurmel, Klagen und Gejammer, dem Klappern von Absätzen und Stoffgeraschel begleitet, von einer Art melodischem kleinen Lärm. Doch jetzt war Oksana lauter als sonst. Der Krach hatte einen fiebrigen Rhythmus und die Melodien, die sie trällerte, schraubten sich immer höher. Meine Sekretärin machte sich bemerkbar wie ein Kuckuck auf dem Ast.

»Oksanka, was ist denn?«, fragte ich. »Probleme mit den Mädchen?«

Oksana hatte mir haarklein und immer wieder erzählt, wie sie, Gottstehmirbei, voller Angst zur Wohnung in der Punavuorenkatu gegangen war, an der Tür geklingelt, freundlich gerufen und schließlich aufgeschlossen hatte. Am Küchentisch hatte sie zwei Frauen vorgefunden, mucksmäuschenstill. Die eine hatte einen Verband am Ohr gehabt, die andere hatte verschreckt Tee gekocht. Oksana hatte lange beruhigend auf die beiden Mädchen, Zinaida und Jelena, einreden müssen. Schließlich waren sie bereit gewesen, mit ihr zu gehen, nachdem sie ihnen geschworen hatte, Viktor Kärppä sei ein Gentleman und verteidige die Ehre einer Frau, auch dann, wenn die Frau einen schlechten Ruf habe, hatte Oksana leicht verlegen berichtet. Schon am nächsten Tag hatte sie für die beiden Mädchen eine Zweizimmerwohnung in Suurmetsä gefunden, jemand aus ihrem Bekanntenkreis hatte zufällig eine freie Wohnung und besaß zudem eine Putzfirma, in der gerade fleißige Hände gebraucht wurden.

»Was ist denn, mein kleiner Buchfink?«, drängte ich, denn Oksana blieb zögernd an meinem Schreibtisch stehen.

Sie rang die Hände und spitzte die Lippen, schaffte es ein paar Sekunden lang, harmlos und verwundert auszusehen.

»Ach Viktor ... diese Bekanntschaft ... ist ein Mann«, gestand sie dann. Die letzten Worte hauchte sie nur noch.

»Ein Mann?«, wiederholte ich und bereute im nächsten Moment meinen verdutzten, ungläubigen Tonfall.

»Ein Mann, ein finnischer Mann. Esko. Ehrbar, ernst. Wir

sehen uns öfter. Seit einiger Zeit«, fuhr Oksana fort, ohne beleidigt zu sein.

Ich bemühte mich, interessiert zu wirken.

»Wir haben … über die Zukunft gesprochen, über eine Familie … auch über Kinder«, wisperte meine Sekretärin mit glühenden Wangen.

»Aha, so so«, stammelte ich.

Vielleicht sollte ich dem Mann auf den Zahn fühlen, überlegte ich. Bestimmt ein heimlicher Trinker oder ein latenter Sadist, der Oksana verprügeln würde, wenn sie erst einmal verheiratet waren. Oder seine Verwandten würden sie schlechtmachen, eine Ausländerin, obendrein eine Russin, zumindest hinter ihrem Rücken. Ich sah Oksana an, die über den Fußboden schwebte und vor Träumen und glücklichen Zukunftsbildern triefte, auch wenn sie versuchte, sich zurückzuhalten.

»Natürlich muss man vorsichtig sein. Und sich nicht Hals über Bein hineinstürzen. Ich bin ja kein schwarmiger junger Bratfisch mehr.« Oksana vergriff sich hier und da im Vokabular, machte aber unmissverständlich klar, dass sie vorhatte, bei klarem Verstand zu bleiben. Ich fühlte mich, als hätte sie mich beim Lesen ihrer Liebesbriefe ertappt oder bei irgendeiner anderen eifersüchtigen Spitzelei, die sich als wohlmeinende Fürsorge tarnt.

»Nun geh schon, mein Quarkbällchen«, sagte ich milde. »Ich muss ein paar Telefongespräche führen, die du besser nicht mit anhörst.«

Oksana strahlte, als hätte ich ihr meinen väterlichen Segen erteilt. »Ich habe etwas in der Stadt zu erledigen.«

»Geh in Kruunuhaka bei Rothovius vorbei«, schickte ich sie zu meinem Anwalt. »Du bringst ihm ein paar Vollmachten und Aufträge, er muss einige Firmen umstrukturieren und Gelder umschichten.«

Ich hatte mir einige Schubladenfirmen zugelegt, die über eine lange und Vertrauen erweckende Unternehmensgeschichte in Finnland verfügten. In einer ehrlichen Firma konnte man gelegentlich Gelder zum Abkühlen parken. Diese Firmen konnten zudem brauchbare Quittungen über Ausgaben produzieren, die ich in Rechnung stellen wollte, und andererseits Entschädigungen für geleistete Arbeiten an den VK-Konzern zahlen, wenn ich eine Erklärung für die Geldbewegungen brauchte.

Die Bank würde ihre Kautionseinlage über eine geschlossene und haltbare Firmenkette erhalten. Nur musste ich zuerst das Geld auftreiben.

28

Ich wählte eines der Handys in meiner Schreibtischschublade und schloss es an das Ladegerät an. Zur Sicherheit hatte ich mir einige Reservetelefone angeschafft, die ich nur gelegentlich verwendete, mit wechselnden Anschlüssen und an verschiedenen Orten. Ich schob eine ungebrauchte, im Voraus bezahlte Sim-Karte hinein. Die Nummer wusste ich auswendig, obwohl ich selten in Sankt Petersburg anrief.

»Sprich«, meldete sich ein Mann nach dem ersten Rufzeichen. Ich hatte eine gedehnte Frauenstimme erwartet, im Hintergrund das leise Geräusch von gelangweiltem Nägelfeilen.

»Ich versuche, Onkel zu erreichen«, sagte ich höflich.

»Natürlich, sonst hättest du nicht hier angerufen«, entgegnete der Mann besserwisserisch und unvermindert unfreundlich.

»Für Spielereien habe ich keine Zeit, mein Junge. Ist Onkel da oder nicht?«

»Wer?«

»Onkel.«

»Nein, wer fragt?«

»Sag ihm, Vitja, der Skiläufer.«

Ich hörte gedämpftes Murmeln, offenbar lag eine Hand auf dem Hörer, dann wurde die Verbindung wieder frei, und Onkel begrüßte mich in aller Ruhe, als wäre er gerade vom Dorfbrunnen zurückgekehrt.

»Vitjuha, mein Junge, bist du hier in Petersburg? Komm doch ins Hauptkontor. Und zwar nicht nur für eine Stippvisite, bring Zeit mit. Komm jetzt gleich.«

Ich musste lächeln, als ich mir vorstellte, wie er seine Worte mit ausladenden Gesten auf den Weg schickte.

Onkel sprach vom Hauptkontor, aber am Dach des Wohnhauses aus der Zarenzeit hätte man vergeblich nach einer Lichtreklame gesucht, und am Eingang wies kein protziges Messingschild den Weg ins Büro. Kaum jemand gab zu, dass das Unternehmen überhaupt existierte, jedenfalls nicht, wenn er selbst dort arbeitete. Der eine oder andere sagte vielleicht, er gehöre zur *semja*, zur Familie, und meinen Gesprächspartner nannten alle Onkel, doch das machte die Firma nicht zum Familienunternehmen. Eher war es ein Zusammenschluss, eine lockere Organisation.

Doch über diese *assosiatsija* lief ein beträchtlicher Teil der organisierten Kriminalität in Sankt Petersburg, und Onkel war ihr unangefochtener und respektierter zweiter Mann.

»Es tut mir leid, ich bin in Finnland.«

Onkel wartete schweigend darauf, dass ich mein Anliegen zur Sprache brachte.

»Ich habe einen Geschäftsvorschlag. Oder Finanzierungsbedarf. Gleichzeitig biete ich euch die Möglichkeit, eine gute Rendite zu erzielen und eventuell problematisches Geld legal zu machen.«

»Sprich weiter. Im Prinzip sind wir an dem Angebot interessiert«, sagte Onkel. Seine bäuerliche Sprechweise war verschwunden, wie immer, wenn er über geschäftliche Dinge sprach.

Ich erzählte ihm offen von meinem akuten Geldmangel, der behoben wäre, sobald ich die Häuser auf meinem leeren

Grundstück hochgezogen und verkauft hätte. Bei der günstigen Marktlage seien die Wohnungen problemlos zu verkaufen, versicherte ich, es würde auf jeden Fall ein Gewinn dabei herausspringen. Das Bauland koste nichts, Kapital werde nur für Arbeit und Material gebraucht. Kurz und präzise schilderte ich mein Kautionsproblem und die Konstruktion, mit der ich es lösen wollte. Mit Unterstützung aus Sankt Petersburg, fügte ich höflich hinzu.

»Ich rufe dich in zehn Minuten zurück«, unterbrach Onkel meinen Vortrag. »Ich muss deinen Vorschlag mit dem Boss besprechen.«

Ich lehnte mich in meinem Bürostuhl zurück, legte die Füße auf den Schreibtisch und betrachtete den Marktplatz von Hakaniemi, auf den die Nachmittagssonne brannte.

Dabei dachte ich an Pawel Wadajew, den ich wahrscheinlich nicht wiedererkennen würde, wenn er neben mir an einer Marktbude stände und Erdbeeren kaufte. Ich erinnerte mich an meine Kusine, das kleine Mädchen mit den baumelnden Zöpfen, das eines Sommers urplötzlich zur jungen Frau heranwuchs und dann etwas wurde, worüber Mutter mit den Verwandten tuschelte, wovon sie mir aber nichts erzählen wollte. Und ich dachte an den kleinen Serjoscha, für den Xenja trotz allem die beste und einzige Mutter war und Pawel der liebste Vater, und fühlte mich schuldig, weil ich nur herumsaß und meine Firmenangelegenheiten regelte.

Ich versuchte mir einzureden, dass ich getan hatte, was ich konnte. Irgendwann würde Pawel sich schon finden, sicher hatte er sich nur verlaufen, oder er hatte Mist gebaut und traute sich nicht aus seinem Versteck. Und wenn er auftauchte, würde ich ihm für eine Weile Arbeit geben, versprach ich meinem Gewissen.

Wenn ich nur Arbeit zu vergeben hätte. Um anderen helfen zu können, musste ich meine Geschäfte ankurbeln.

Ich wusste, dass ich genauso argumentierte wie die Industriebosse im Fernsehen, wenn sie Kündigungen rechtfertigten und erklärten, nur ein gesundes Unternehmen könne seinen Arbeitern den Lebensunterhalt garantieren, vorzugsweise möglichst wenigen, die man vielleicht doch lieber nicht fest anstellte, damit man sie je nach Auftragslage beurlauben oder in drei Schichten rund um die Uhr beschäftigen konnte.

Auch an Maxim Frolow und an meine Wohnungen in Punavuori dachte ich, und an Frolows Fangarme, die überall zu sein schienen. Plötzlich war ich mir ganz sicher, dass Frolow mir gefährlich werden konnte und dass ich ihn loswerden musste. Doch wie ich das anstellen sollte, blieb unklar.

Das Handy schnurrte.

»Ja?«, meldete ich mich.

»Der Boss ist einverstanden«, erklärte Onkel. »Du bekommst ein paar Überweisungen auf deine Firmenkonten. Und den Rest bringt dir einer unserer Kompagnons in Euroscheinen.«

Ich bedankte mich, während in meinem Kopf bereits ein Plan entstand, nach dem Oksana Rechnungen fabrizieren und sie in diversen Bankfilialen bezahlen sollte, damit das Bargeld in Umlauf kam und sich auf dem Konto ansammelte, von dem ich zum Schluss die Kautionssumme überweisen würde.

»Eine Frage noch ... hier tummelt sich ein Moskauer, Maxim Semjonowitsch Frolow, er beteiligt sich an vielerlei Geschäften ... und schadet und stört bei allen. Hat Petersburg etwas mit ihm zu tun?«

»Sag das noch mal, ich schalte auf Lautsprecher.«

Aus Onkels Tonfall war nicht zu erkennen, ob er mich gerade aufgefordert hatte, ein Urteil über mich selbst zu fällen oder über Frolow. Ich wiederholte meine Frage einschließlich der untertänig unschlüssigen Pausen.

»Wir kennen den Mann. So ein Stelzvogel, ein Langbein. Mach mit ihm, was du willst. Wie das Sprichwort sagt, uns bereitet er weder Sorgen noch Schaden, aber er ist auch kein Verwandter von uns, eher im Gegenteil. Du kannst ihn getrost abschlachten. Er ist ein Moskauer …«

Onkel legte lachend auf, bevor ich richtigstellen konnte, dass ich nicht die Absicht hatte, Frolow zu töten. Vermutlich nicht.

Ich war in Sankt Petersburg. Doch selbst im Traum protestierte ich, die Stadt heiße Leningrad, würde für mich immer so heißen. Ich war irgendwo hoch oben und sah zum Fenster hinaus. Die Autos fuhren als leise schnurrendes Band am Ufer der Newa entlang. Auf der zur Brücke abzweigenden Spur kam der Verkehr zum Stillstand, weil ein Lkw mit kurzer Ladefläche auf der Kreuzung stand und der rotbraunen Straßenbahn den Weg versperrte.

Es war ein wolkenloser Tag, doch in der Luft schwebten dünne, fast graue Rauchschwaden. Ich roch sie und malte mir das Hitzeflimmern auf der Straße aus, denn die Wärme strahlte nicht bis nach oben.

Das Fenster ist doch zu, wunderte ich mich. Da schwoll der Verkehrslärm plötzlich an, und ich stand draußen. Die Sonne brannte auf den Asphalt und weichte ihn auf, sodass man beinahe in ihm versank. Auch die Gerüche passten zu einem heißen, sommerlichen Werktag, der stechende Schweißgeruch, den die Menschen verströmten, die miefige Arbeitskleidung und die Abgase, das nur halb verbrannte Benzin mit niedriger Oktanzahl ließ sich zum Motor eines Wolga-Taxis zurückverfolgen, der Hauch von Petroleum zu einer knatternden Maschine.

Viktor, sagte Lena hinter mir. Sie sprach mich mit meinem offiziellen Vornamen an, statt einen Kosenamen zu benutzen. Lena wirkte gealtert wie eine Filmschauspielerin, die für die letzte Szene zur Greisin geschminkt wird. Ihr Gesicht war runzlig, die Haare waren zu harten Locken aufgedreht. Sie trat vor, stark hinkend und auf einen Stock gestützt, ging in der gleichen Art, wie Menschen mit angeborenem Hüftschaden es taten, früher, heute behandelt man sie ja schon als Säuglinge, fixiert die Hüfte mit Gips ... Aber warum humpelt Lena, fragte ich meinen Traum, ich habe doch nicht auf sie geschossen, sondern auf ihren Freund. Meinen ehemaligen Freund ...
Die hellen Vorhänge, die das Schlafzimmer kaum verdunkelten, wehten in der ein wenig kühleren Morgenluft. Ich stand auf und ging durch das Wohnzimmer nach draußen. Marja saß auf der Terrasse mit einem untergeschlagenen Bein, trank Kaffee und las Zeitung. Ich sagte guten Morgen und war froh, dass Marja keine Unterhaltung anfing.

So leicht würde ich mich dort einfügen, immer noch?, fragte ich mich verwundert. Und sehnte ich mich immer noch nach Russland und nach Lena und auch nach Walerij, meinem Freund, mit dem ich aufgewachsen war und der mich betrogen hatte? Ich konnte mir nur immer wieder sagen, dass man seine Vergangenheit weder kaufen noch verkaufen kann, nicht einmal verändern oder verleihen.

»Was?« Ich schrak aus meinen Gedanken und merkte, dass Marja etwas gesagt hatte.

»Es riecht nach Rauch«, wiederholte sie.

»Waldbrände, weit hinter der Grenze, in Karelien und auf der Landenge«, erklärte ich.

29

»Na, tritt näher, mein Junge. Ein seltener Gast, ich muss mir den Tag im Kalender anstreichen«, frotzelte Onkel Olavi und verbeugte sich in gespielter Verwunderung und Hochachtung. Er ließ mich ein und komplimentierte mich in die gute Stube seiner kleinen Wohnung, hielt mich am Arm fest, als ich einfach in die Küche gehen wollte.

Onkel Olavi war tatsächlich mein Onkel. Meine Großeltern mütterlicherseits waren Ende der 20er Jahre aus Finnland gekommen, voller Optimismus, um den Leninschen Sozialismus mit aufzubauen. Oma lebte noch bei uns, als ich ein Schuljunge war. Ich machte abends im Licht der gelblichen Lampe meine Hausaufgaben. Oma flocht ihren zum Knoten hochgesteckten langen Zopf auf, bürstete sich mit langsamen Strichen die Haare und sang leise auf Finnisch.

Mutter und Olavi waren in Olonetz geboren worden, in der Autonomen Sowjetrepublik Karelien. Gemeinsam hatten sie ihre Jugendjahre im Stalinismus verbracht, hatten die Säuberungen erlebt, die Kriegszeit … Ich kannte den Lebenslauf meiner Eltern und Verwandten in groben Zügen, aber allzu viel war unklar geblieben. Vater war gestorben, bevor ich alt genug war, um Fragen zu stellen, und Mutter hatte viele ungehörte Geschichten mit ins Grab genommen.

Aber Onkel Olavi war am Leben und geistig rege und in Finnland.

»Ein kleines Mitbringsel«, sagte ich und reichte ihm eine in Geschenkpapier gewickelte Flasche. Olavi bedankte sich, echter französischer Kognak, dabei hätte es armenischer doch auch getan. Er wollte uns beiden unbedingt davon eingießen. Ich lehnte ab und sagte, er solle ruhig ein Gläschen trinken, aber ich würde höchstens eine Tasse Tee zu mir nehmen. Mein Onkel eilte in die Küche und deckte den Tisch.

Ich betrachtete die spärliche Möblierung des kombinierten Wohn- und Schlafzimmers. Nur einige Fotos und Bücher auf dem Furnierholzregal und die langsam tickende Wanduhr erinnerten an Onkels Vergangenheit. Olavi war erst vor zwei Jahren von Sankt Petersburg nach Finnland gezogen, und sein Umzugsgut hatte in zwei Koffern Platz gefunden. Gleichzeitig war aus Oleg Melnikow wieder Olavi Mylläri geworden.

Onkel Olavi war schon vor mehr als zehn Jahren pensioniert worden, hatte aber auch danach kaum über seine Arbeit gesprochen. Er war Offizier gewesen, im Majorsrang, hatte jedoch keine Uniform getragen. Stattdessen hatte er ein kleines Büchlein in der Tasche gehabt, das ihm mehr Respekt verschaffte als eine Uniform mit Sternen auf dem Kragenspiegel. Auf dem Pappeinband prangten die Worte *Komitet Gosudarstwennoj Bezopasnosti* und die Abkürzung KGB.

Nach dem Ende der Sowjetunion hatte mein Onkel noch eine Weile im Dienst des FSB gestanden, doch als Rentner war er durch das Raster von Staaten und Systemen gefallen. Die paar hundert Rubel, die er bekam, waren so gut wie wertlos. Olavi hatte versucht, im Privatsektor ein Zubrot zu verdienen, und war einige Jahre in Sankt Petersburg als Sicherheitsberater für finnische Firmen tätig gewesen. Schließlich hatte er eine Einreisegenehmigung als Rückwanderer bekommen und war nach Finnland gezogen, wo er mehr schlecht als recht von der

Grundrente und der Unterstützung der Freundschaftsvereine lebte. Von mir wollte er nichts annehmen. Auch zu Besuch kam er nur selten, wollte nie bei uns essen, wollte seine Würde und seine Selbständigkeit nicht aufgeben.

Vor Jahren hatte ich meinen Onkel um Hilfe gebeten, als der russische Geheimdienst sich allzu sehr für mich interessiert hatte. Olavi hatte leise gepfiffen und dann gemurmelt, seine Befugnisse und Beziehungen reichten nicht aus, um offiziell Einfluss zu nehmen, aber es sei durchaus möglich, dass auf meiner Akte eine falsche Registriernummer auftauchen könnte. Oder sie würde im Archiv zufällig falsch eingeordnet, in großen Organisationen könne man Fehler ja nie ganz ausschließen.

»Na, was hast du diesmal für Sorgen?«, erriet Olavi meine Gedanken. »Zum heutigen Amt habe ich keine Kontakte mehr.«

»Es geht um alte Dinge, um Familiengeschichten und so.«

»Aha, aha«, sagte Olavi und stellte sein Hörgerät ein.

Ich merkte plötzlich, wie sehr mein Onkel gealtert war, und rief mir ins Gedächtnis, dass er bereits auf die achtzig zuging. Ich wartete schweigend, registrierte die abgestandene Atmosphäre einer Alte-Leute-Wohnung, ein wenig zu warm, schlecht gelüftet, eine Tüte Pfefferminzdrops auf dem Nachttisch.

»Aber glaub ja nicht, dass mein Kopf nicht mehr funktioniert, mein Junge«, rief Olavi dröhnend. Wieder schien er meine Gedanken gelesen zu haben. Ich wollte mir nicht vorstellen, wie er bei Vernehmungen in diesem Ton mit Verdächtigen gesprochen hatte, in voller Manneskraft, ein großer, massiger Kerl, dessen Pranken immer noch stark waren. »Na, lass uns Tee trinken«, sagte er.

»*Bolschoje spasibo*«, dankte ich und beschloss, ihm in aller Ruhe zuzuhören.

Ich überquerte gerade in Tikkurila die äußere Umgehungsstraße, als das Handy in meiner Hosentasche vibrierte. Ich musste mich verrenken, um es hervorzuholen. Auf dem Display stand *Korhonen ruft an*.

»Tag Teppo«, grüßte ich jovial. Ich wusste, dass Korhonen seinen Taufnamen nicht mochte.

»Kannst du schlecht reden?«, fragte Korhonen seltsam sachlich.

»Ich bin in der Firma.«

Das war nur leicht gelogen, denn zu meiner Halle hatte ich nur noch einen halben Kilometer zu fahren.

»Du sitzt im Auto, das höre ich. Und bestimmt ohne Freisprechanlage. Gegen alle Gesetze und Vorschriften«, wies Korhonen mich zurecht und redete gleich weiter. »In die Poliklinik in Malmi ist ein Russe eingeliefert worden. Unters Auto gekommen oder zusammengeschlagen worden oder im Suff verunglückt. Keine Papiere, mittlere Größe, mittleres Alter, dunkle Haare, spricht Russisch, hat auch ein paar finnische Worte gesagt, aber bisher ist er noch nicht vernommen worden. Könnte das dein Verwandter sein?«

»Durchaus möglich. Ist er schlimm zugerichtet?«, fragte ich und spürte, wie mir der Schreck die Kehle zuschnürte.

»Genaues weiß ich nicht, aber er atmet aus eigener Kraft. Ich bin gerade auf dem Weg nach Malmi. Die Schupo hat uns informiert, weil Verdacht auf Körperverletzung besteht und es möglicherweise eine Verbindung zur Schwarzarbeit gibt. Die bei uns ja neuerdings der Schwerpunkt ist«, sagte Korhonen bissig. »Bin mit Parjanne unterwegs. Ein dummer Kriminalhauptwachtmeister schafft so was ja nicht allein …«

Im Hintergrund war Parjannes verdrossenes Stöhnen zu hören.

Ich kurvte auf den Hof vor der Halle und trat auf die Bremse, ließ den Motor laufen, um gleich weiterfahren zu können.

»Ich hole seine Frau. Wir kommen hin und sehen uns den Mann an. Fünfzehn Minuten«, erklärte ich.

Matti Kiuru trat aus der Halle. Er trug einen blauen Overall und eine Baseballkappe, mit dem Schirm im Nacken, und hatte einen Zettel in der Hand.

»Man hat Pawel Wadajew gefunden«, rief ich ihm zu. »Er ist in der Poliklinik in Malmi, in schlechter Verfassung. Hast du es eilig?«

»Nicht besonders … Vater hat mich gerade losgeschickt, ich soll bei Etola und Starkki Material besorgen. Oder ist die Eisenwarenhandlung in Malmi besser?«

»Das kann warten. Fahr mir nach, zu uns und dann zur Klinik. Kann sein, dass wir einen zweiten Wagen brauchen, wenn Pawel zum Beispiel in die Uniklinik gebracht wird, weil er operiert werden muss. Ich weiß noch nicht, was ihm passiert ist, aber für alle Fälle.«

Damit brauste ich davon.

Ich schaute nicht in den Rückspiegel, während ich nach Hause fuhr. Matti kannte den Weg und war fähig, selbständig zu handeln.

Marja hängte gerade die Wäsche auf. Sie sah mir am Gesicht an, dass etwas passiert war.

»Pawel ist vielleicht gefunden worden«, antwortete ich, bevor sie fragen konnte.

Marja hob warnend die Hand. Erst jetzt sah ich, dass Sergej hinter ihr stand und stolz wie ein Postillon Wäscheklammern anreichte, aus einem Stoffbeutel, der ihm um den Hals hing.

»Serjoscha, hol deine Mutter«, sagte ich. Es war zu spät, um die Sache herumzureden, der Junge hatte meine Worte gehört und verstanden.

Xenja kam aus dem Haus und trocknete die nassen Hände an der Schürze, sah aus wie eine Hausfrau auf den scheinbar spontanen Küchenfotos der Illustrierten, mit sorgfältig frisierten Haaren, im Sommerkleid, zierliche Sandalen an den Füßen.

»Herr im Himmel«, rief sie. »Stimmt es, dass Pawelka gefunden wurde?«

»Man hat einen Mann gefunden, der wahrscheinlich Russe ist und Pawel sein könnte«, schränkte ich ein. »Er lebt, ist nur ein wenig verletzt. Wir fahren zur Klinik und schauen nach. Es ist nicht weit.«

Xenja und Sergej setzten sich auf die Rückbank, als wäre ich ein Taxifahrer, doch irgendwie schien das der Situation angemessen. Kies flog auf, die Hinterreifen drehten durch und am Armaturenbrett flammte ein gelbes Dreieck auf, weil die Sensoren festgestellt hatten, dass der Wagen keine Bodenhaftung hatte. Matti Kiuru hatte seinen dunkelroten Mazda weiter unten am Hang geparkt und folgte uns.

Ich war schon ein paar Mal in der Ärztestation und der Klinik in Malmi gewesen. Einmal war mir irgendetwas ins Auge geflogen, einmal hatte ich einen estnischen Zimmermann, der sich mit der Kreissäge in die Hand geschnitten hatte, zum Nähen hingebracht. Dennoch musste ich genau aufpassen, wo es zur Praxis ging und wo der Weg zur Poliklinik abzweigte.

Ich fand einen freien Parkplatz. Matti suchte noch. Ich winkte ihm zu und führte Xenja und Serjoscha zum Eingang. Die Tür glitt auf, ich hörte, wie Xenja tief Luft holte.

Gleich hinter dem Eingang zweigte links und rechts der Krankenhausflur ab. Auf der linken Seite befand sich ein kioskartiger Empfangsschalter, dessen Fenster mit Notizzetteln und Anweisungen zugepflastert waren. Ein Sanitäter stützte sich auf den niedrigen Schaltertisch und wartete darauf, dass die an einer Schreibunterlage befestigten Blätter abgezeichnet wurden. Auf einer Krankenbahre lag eine alte Frau. Sie drehte ihren grauen Kopf hin und her wie ein verschreckter Vogel und blinzelte langsam mit den Augen, stellte dann mit leiser Stimme eine Frage. Der Sanitäter antwortete erst nach einer Weile, ja, so ist es, Tantchen bleibt jetzt eine Weile hier, bis die Schwindligkeit sich legt.

Xenja sah sich aufgeregt um. Über den Flur gingen Pfleger in grünen Anzügen.

Ich fasste Xenja am Arm, führte sie zu einer kleinen, offenen Wartezone und bat sie, mit Serjoscha hierzubleiben, bis ich sie holte. Im Wartebereich standen ein Kunstledersofa und ein paar Stühle, der Fernseher war so hoch an der Wand befestigt, dass man kaum etwas sehen konnte. In der Ecke saß ein Mann mit einem weißen Kopfverband, der nur die Augen und die schon vor Jahren krumm geschlagene Nase frei ließ. Der Mann hatte die Beine gesittet übereinandergelegt, wischte sich aber die triefende Nase am Handrücken ab, der von Tätowierungen gesprenkelt war.

Ich ging den Flur entlang. Zwei grau gekleidete Wächter standen an der Wand und starrten mir nach. Am Schalter wurde offenbar immer noch darüber diskutiert, wohin die alte Frau gebracht werden sollte. Mir schoss der beunruhigende Gedanke durch den Kopf, dass auch ich eines Tages alt sein würde, doch ich verbannte ihn in weite Ferne, wo sich hoffentlich auch das Alter befand. Ich wusste, dass die Besorgnis zurückkehren würde und nahm mir vor, sie dann zuzulassen.

Auf dem Flur standen zwei Krankenbetten, nur durch einen kleinen Stoffschirm voneinander getrennt. Im einen lag ein junger Mann unter einer Wolldecke, neben dem Bett standen Pantoffeln. Der Mann, fast noch ein Junge, atmete mühsam durch den Mund, in den Augenwinkeln und auf den Backen waren die Spuren von Schlägen zu sehen. Im nächsten Bett lag eine Frau in mittleren Jahren, ein Bein geschient und hochgezogen. Sie hielt eine große Handtasche mit Schottenmuster umklammert.

Ich kehrte zum Eingang zurück. Auf Xenjas fragenden Blick antwortete ich mit einem Kopfschütteln. Serjoscha saß auf einem der Stühle und schlenkerte mit den Beinen. Am Ende des Flurs öffnete sich eine Tür. Korhonen und Parjanne traten heraus, sahen uns und kamen in die Wartezone.

»Wenn die gnädige Frau sich den Mann ansehen würde«, sprach Parjanne Xenja an, untertänig, als zerknautschte er seine Dienstmütze zwischen den Händen, und blickte auf den Fußboden, irgendwo in Richtung Ecke.

Xenja ging und blieb eine Weile in dem Zimmer. Wir standen schweigend auf dem Flur. Ich versuchte Korhonens Blick aufzufangen und hob fragend die Augenbrauen. Korhonen seufzte und schüttelte den Kopf, machte eine flatternde Handbewegung. Die Wächter kamen langsam auf uns zu, strafften sich und klemmten die Daumen unter den Gürtel, an dem ihre Ausrüstung hing.

»Geht mal draußen nachgucken, ob da nicht ein armer Schlucker steht, den ihr rumschubsen könnt«, kommandierte Korhonen.

»Kripo Helsinki, alles in Ordnung«, beschwichtigte Parjanne. »Benimm dich, Teppo«, fauchte er Korhonen an.

»Ich kann diese Nazis überhaupt nicht leiden«, sagte Korhonen, schien aber nicht wirklich wütend zu sein. Ich wusste, dass er ganz besonders unberechenbar war, wenn er so aussah wie jetzt, mit einem amüsierten Lächeln auf den Lippen, aber einem harten Blick in den grauen Augen. Die einzelnen Teile seines Gesichts passten nicht zueinander, wie bei dem Kinderspiel, in dem man Ober- und Unterteil verschiedener Gesichter zusammenfügt.

»Benimm dich«, wiederholte Parjanne ein wenig lauter und ernster.

Xenja kam mit hängenden Schultern auf den Flur. Sie warf sich in meine Arme, fühlte sich kompakt und warm an.

»War es Pawel?«, fragte ich in ihre Haare.

»Nein«, schluchzte Xenja. »Ein ganz fremder Mann.«

»Entschuldigen Sie, gnädige Frau, sind Sie ganz sicher?«, hakte Parjanne nach. »Bei den schweren Verletzungen?«

»Ich kenne doch meinen Mann«, fuhr Xenja ihn an. Sie tupfte sich die Augen mit einem kleinen Taschentuch und steckte es in ihre Schürzentasche. Sergej trat zu ihr. Xenja strich dem Jungen über den Kopf und versuchte zu lächeln.

Wir gingen hinaus. Matti Kiuru saß auf dem Geländer vor meinem Mercedes. Korhonen und Parjanne hatten ihren weißen Golf gleich daneben geparkt. Ich drückte auf die Fernbedienung, und Matti hielt Xenja und Serjoscha höflich die Tür auf.

»Der Herr Direktor hat seinen Sekretär mitgebracht. Oder eher seinen Waffenträger, wenn man dem fleckigen Overall traut«, dröhnte Korhonen, während er die Sonnenbrille aufsetzte. »Pass nur auf, dass die Plüschsitze in deinem Führungsstern nicht dreckig werden. Na ja, man kriegt ja auf Bestellung neue Bezüge aus Deutschland. Aber die sind teuer, du gibst dem Autohändler fünf Riesen und kriegst ein paar lumpige Hunderter zurück. Und angepflaumt wirst du gratis. Obendrein prahlt neben dir ein Taxifahrer, er hätte die Leichtmetallfelgen seines Kumpels von der Steuer abgesetzt. Die Kerle machen einem wirklich Laune.«

»Jetzt hast du dich mal ein paar Minuten anständig benehmen müssen, und schon drehst du durch. Hat der arme Teppo die falschen Pillen genommen?« Korhonens leeres Gerede wurde mir allmählich zu viel. Wenn er so weitermachte, würde ich ihn unmissverständlicher zu seelischer Harmonie und geistigem Gleichgewicht anhalten.

»P-R-O pro, F-I fi, H-E-L hel … so schreibt man Profihelfer. Ich kann das schon, brauchst mir nichts mehr beizubringen.« Korhonen sprach mit mir, sah dabei aber Matti an. »Ich denke nur laut darüber nach, in welcher Beziehung ihr zueinander steht, weil ihr dauernd gemeinsam unterwegs seid. Ist das dein Leibwächter? Hat er eine Waffe?«

»Er hat keine Waffe. Die Kalaschnikows sind verkauft, das Maschinengewehr liegt hinter Schloss und Riegel in einem Container in der alten Halle und die Pistole steckt im Reservereifen im Kofferraum. Quatsch, sie liegt natürlich vorschriftsmäßig im Waffenschrank, das weißt du doch«, erläuterte ich gelangweilt, sagte so ernsthaft die Wahrheit, dass sie sich wie ein Witz anhörte.

»Was redest du da?«, fragte Parjanne dennoch interessiert.

»Der liebe Viktor verarscht uns«, mischte sich Korhonen ein und ließ nur mich erkennen, dass er sich amüsierte. »Der Bubi hat höchstens eine Spielzeugpistole in der Hose. Und das ist wahrscheinlich auch bloß eine Billigkopie oder so eine Ballerbüchse mit Gasantrieb. Ha-haa, Viktor schießt im Horizontalkampf mit Farbkugeln.«

»Korhonen, zum Teufel!« Parjanne zuckte zusammen, als er sich beim Fluchen ertappte. »Es sind Kunden in der Nähe, Frauen und Kinder. In dieser Situation könntest du ein bisschen mehr Respekt zeigen«, fauchte er.

»Jawollja, sagt Olga. Wir sind hier wohl fertig, *Chef.*« Korhonen betonte das letzte Wort so, dass man eine Beleidigung dahinter vermuten konnte. Er setzte sich ans Steuer, ließ den linken Arm locker aus dem Fenster hängen, während er den Wagen aus der Parklücke lenkte, und sang mit lauter Stimme. »*Eilt euch, ihr Seelen, unsre Zeit nimmt ein End …*«

Sein Vibrato hallte nach.

»Lied 408«, sagte Matti.

»Woher weißt du das denn?«, wunderte ich mich.

»Mutter ist eifrig zur Kirche gegangen, als sie bei uns in Kolppana eine Gemeinde gegründet haben, und uns Kinder hat sie mitgenommen. Da haben sich die Lieder eingeprägt.«

30

Marja sagte, sie werde das Abendessen zurechtmachen, die Kinder müssten längst im Bett liegen, du lieber Himmel. Und du, Xenja, setzt dich hin und ruhst dich aus, legst die Beine hoch und trinkst ein Glas Wein, ordnete sie fürsorglich an.

Matti Kiuru und ich waren draußen geblieben. Sergej hätte uns gern zugehört. Er stand neben Matti, hatte die Hände genau wie er in die Gesäßtaschen gesteckt, und versuchte, mannhaft auszuspucken. Als Xenja ihn ins Haus rief, gehorchte er widerstrebend.

Matti war uns nach Tapanila gefolgt, obwohl ich ihn nicht darum gebeten hatte. Nun stand er verlegen auf dem mit Steinmehl bestreuten Gartenweg.

»Na, Matti, was hast du auf dem Herzen?«

»Mir geht die Waffensache nicht aus dem Kopf«, begann er zögernd. »Sollte ich nicht eine haben? Wenn ich mir überlege, wozu du mich … sozusagen ausbildest … oder anleitest.«

Matti holte sein Rollbandmaß aus der Tasche und zog das dünne Stahlband vor und zurück, ließ es ab und zu ganz in das Gehäuse zurückschnellen. Ich betrachtete ihn und überlegte. Ich selbst vermied es nach Möglichkeit, eine Waffe bei mir zu tragen, denn dabei bestand immer die Gefahr, dass ich sie auch benutzen musste. Aber manchmal brauchte ich sie, zur Abschreckung oder als Lebensversicherung, um die Angriffsschwelle zu erhöhen.

Bei gefährlichen Situationen hatte ich Matti nicht mitgenommen, bisher jedenfalls noch nicht. Ich dachte auch an seinen Vater Antti, der bereits einen Sohn verloren hatte. Er würde sich sorgen und grämen, wenn er wüsste, was Matti trieb. Aber ich versuche ja, meine Geschäfte in Richtung Legalität zu entwickeln, und ich werde Matti nirgendwo hinschicken, wo auf ihn geschossen wird, beruhigte ich mich selbst. Und Antti brauchte ich nicht alles zu erzählen. Es war ganz unnötig, ihn zu beunruhigen. Väter waren nur dann sorglos und gut gelaunt, wenn sie nicht zu genau über das Treiben ihrer Sprösslinge informiert waren.

»Warte mal.«

Ich ging ins Arbeitszimmer. Marja folgte mir, sie lehnte sich an den Türrahmen. Neben dem Schreibtisch stand ein mit Ordnern und Büchern gefülltes Regal, auf dessen oberstem Brett sich Videokassetten aufreihten. Ich nahm die dritte Kassette von rechts, auf dem Rücken stand *Karelien, Land der Erinnerung*. Aus der untersten Schreibtischschublade holte ich ein paar Schachteln Munition.

»Den Film habe ich noch gar nicht gesehen«, bemerkte Marja trocken.

»Den will ich Matti leihen«, knarzte ich.

»Seid vorsichtig, Jungs«, sagte Marja, als würden wir zum nächtlichen Eisangeln aufbrechen. »Aber Pawel müsst ihr finden. Xenja bricht bald zusammen.«

»Soll ich mich etwa in einen russischen Bauarbeiter verwandeln?«, giftete ich. »Na schön, wenn ich ein bisschen übe, schaffe ich es schon«, fügte ich dann hinzu, als hätte ich nur einen Witz gemacht. »Ich suche ihn. Matti hat Pawels Arbeitgeber schon gefunden. Wahrscheinlich.«

Marja kehrte in die Küche zurück. Beim Hinausgehen sah

ich, dass sie selbst und Anna, die in ihrem Hochstuhl saß, mich mit derselben ernsthaften Miene anschauten.

Matti stand rauchend im Garten. Ich hatte ihn selten mit einer Zigarette gesehen. »Hier.« Ich reichte ihm die Videokassette. Matti wog sie in der Hand und lächelte, als er begriff.

»Eine Walther PPK, alt, funktioniert aber noch. Ein zuverlässiges Ding. James Bond hatte auch so eine.«

Dann gab ich ihm die Schachteln mit den Patronen. Matti öffnete die Videohülle, bewunderte die schwarze Pistole, nahm sie in die Hand und zielte im Schutz des Dachs über dem Autostellplatz, sodass keiner der Nachbarn sah, was er tat. Plötzlich erstarrte er, ließ die Waffe sinken und versuchte sie in der Tasche seines Overalls zu verstecken. Ich drehte mich um. Xenja war lautlos hinter mich getreten.

»Ich wollte nicht stören«, sagte sie.

»Alles in Ordnung. Ich habe Matti nur eine Pistole gegeben, für alle Fälle.« Ich hatte keine andere Wahl, als offen zu sprechen. »Steck sie in einen Stoffbeutel und leg sie in den Kofferraum. Neben dem Reservereifen oder unter ihm liegen wahrscheinlich Ringschlüssel, Wagenheber, Schraubenzieher und so weiter. Da kannst du sie aufbewahren, lieber dort als in der Tasche. Außer natürlich, wenn du sie brauchst.«

Matti nickte, legte die Pistole in die Videohülle und murmelte, er führe jetzt los, denn er müsse noch zur Eisenwarenhandlung und habe auch sonst noch einiges zu erledigen.

»Ja, und hör mit dem Rauchen auf. Das ist ungesund«, gab ich ihm noch auf den Weg.

Xenja wartete, bis Matti gegangen war.

»Pawel ist etwas zugestoßen. Ich weiß es«, sagte sie.

Sie kam näher, ein wenig zu nah. Ich erinnerte mich, wie sie in der Pubertät plötzlich eine unruhige Glut ausgestrahlt hatte.

Sie hatte die Jungen in Verwirrung versetzt, sie dazu gebracht, sich an sie zu drängen und auf der Toilette des Pionierhauses schmutzige Geschichten zu erzählen. Und ich erinnerte mich, dass auch mir heiß geworden war, obwohl Xenja eine entfernte Verwandte und jede Berührung deshalb doppelt verboten war.

»Danke, Viktor, für alles, was du bisher schon getan hast. Ich weiß nicht, wie Sergej und ich ohne dich zurechtgekommen wären.«

Sie umarmte mich leicht. Ich hatte ein schlechtes Gewissen, das noch ärger pochte, als ich den unergründlichen heißen Frauenduft wahrnahm, der von Xenjas Haut aufstieg.

Am Abend lag ich lange wach im Bett. Ich versuchte meine Gedanken zu ordnen, Aufgaben und Befürchtungen in Einzelteile zu zerlegen, die ich dann in Ordnung bringen konnte, Stück für Stück, die eiligsten und wichtigsten zuerst.

Ich schob die Bau- und Genehmigungssorgen für einige Tage beiseite und beschloss, dass auch das Frolow-Problem warten konnte. Ich musste Pawel Wadajew finden, sonst hatte ich keine Ruhe und kam auch mit den anderen Angelegenheiten nicht weiter.

Aber danach hielt mich immer noch etwas wach. Das, was Onkel Olavi mir aus der Vergangenheit erzählt hatte. Und alles schien mit dem Heute in Verbindung zu stehen.

Olavi hatte langsam erzählt, in seinem Gedächtnis gekramt und auch berichtet, was er von anderen gehört hatte. Der Vater meines Vaters war im Herbst 1937 abgeholt worden, ein schwarzes Auto war in der Nacht vorgefahren und unbekannte Männer hatten an die Tür gehämmert. Opa wurde zu Lagerhaft verurteilt, kehrte aber schon im Sommer des nächsten Jahres zurück, abgemagert und schweigsam, mit zwei zerquetschten Fingern, doch er kam zurück, lebendig. Böse Zungen tuschelten, Pekka Kärppä habe Leute verraten, habe andere denunziert, um seine eigene Haut zu retten, so seien die Finnischstämmigen immer schon gewesen, hielten sich für schlauer.

Aber so einfach war es nicht, fügte Olavi hinzu, änderte die Perspektive. Es wurden ja nicht alle Unschuldigen verschleppt. Und schon nach dem achtzehnten Parteikongress wurden die Urteile über zigtausend Menschen aufgehoben und einige angeblich übereifrige Mitarbeiter des NKWD verhaftet. Um eine echte Rehabilitation handelte es sich damals noch nicht, erklärte Olavi. Es war nichts als ein Trick, der es Väterchen Stalin ermöglichte, wenigstens vorübergehend als gerechter Führer zu posieren, der die ungerechten Entscheidungen untauglicher Leute rückgängig machte.

Während des großen Krieges wurde Großvater dann als Spion nach Finnland geschickt, aber er wurde erwischt. Und wieder tratschten die bösen Zungen, verbreiteten das Gerücht, Kärppä habe sich absichtlich abgesetzt, habe davon geträumt, sich dem Stammesbataillon anzuschließen und an der Seite der Faschisten zu kämpfen. Er wurde im Gefangenenaustausch in die Sowjetunion zurückgeschickt und bekam sofort eine Lagerstrafe, zehn Jahre Workuta ohne das Recht, Briefe zu schreiben oder zu bekommen. Auch seine Familie hätte nach Mittelasien ziehen müssen, doch Großmutter und ihre Söhne machten auf der Zugreise kehrt und gingen heimlich nach Karelien zurück, wagten sich schließlich nach Sortavala und konnten sich Papiere verschaffen, die überall akzeptiert wurden.

Nach Sortavala kehrte dann auch Opa zurück, nach einigen Jahren Zwangsarbeit. Über sein Schicksal sprach er nie. Er lächelte nur mit ernsten Augen und sagte, er habe in seinem

Leben manch Böses getan, aber keine der Taten begangen, für die er verurteilt worden war.

Alte Geschichten, was vorbei ist, ist vorbei, hatte Olavi geseufzt, nachdem er mir das alles erzählt hatte. Was dein Großvater wirklich getan hat, kann niemand mehr feststellen. Und irgendjemanden haben wir doch alle schon betrogen, hatte er traurig hinzugefügt.

Es war heiß, obwohl das Fenster offen stand. Ich versuchte, den Schlaf herbeizulocken, ihn mit den sanften Phantasien einzufangen, die ich immer wieder vor meinen Augen abrollen ließ. Ich dachte an Sortavala, dort hatte ich ein Haus, von gleicher Art wie dieses, auch eine Industriehalle, in der Leute arbeiteten. Die Kinder spielten auf dem Hof, in der Sonne, radelten zum Schwimmen an den Ladoga-See …

Ich glitt in einen süßen Halbschlaf. Da begann Anna heftig zu schreien.

»Ich gehe schon«, sagte ich leise.

Ich suchte Annas Schnuller und setzte mich neben ihr Gitterbettchen, beruhigte sie, streichelte den vom Weinen nachbebenden Rücken. Dann ging ich wieder ins Bett. Marja lag in ihrer üblichen Stellung, den Kopf unter dem Kissen.

Ich dachte wieder über Großvater nach, und über Vater und mich selbst. Großvater war im Auftrag der Sowjetunion nach Finnland gekommen, aber hatte er sein Land verraten und sich mit den Finnen verbündet? Und mein Vater, wen hatte er verraten, als er Offizier der Roten Armee wurde, seine Muttersprache aufgab und sich nach dem Willen anderer richtete, die Ungerechtigkeiten vergaß, die man seinem eigenen Vater zugefügt hatte? Und ich, dem das Geburtsland unter den Füßen zerbröckelt war, bevor ich reif genug war, alles zu überdenken, und der dann einfach wegging, alles hinter sich ließ?

Auch ich war dabei, zu betrügen und zu denunzieren, Frolow zu verraten.

Marja gab knarrende Schnarchtöne von sich. Ich ließ sie schlafen, rüttelte sie nicht an den Schultern.

Morgen rufe ich Marjatta an und sage ihr, dass ich nicht mehr komme.

31

Veikko Luoma saß in seinem Büro in Pitäjänmäki und blätterte im Katalog eines Autozubehör-Supermarktes. Genaugenommen war es schwer zu sagen, ob das Büro wirklich seins war. An der Tür stand kein Name, und die Fenster waren mit gelbschwarzer Folie fast ganz zugeklebt. Ich vermutete, dass sich in dem ebenerdigen Raum früher ein Fotogeschäft befunden hatte. Matti hatte die Adresse mühelos herausgefunden. Er hatte die Nummer in Luomas Inserat angerufen, und der Personalvermieter hatte ihm bereitwillig Audienz gewährt.

»Der Herr Unternehmer unternimmt fleißig weiter, obwohl er unter Geschäftsbetriebsverbot steht«, grüßte ich und setzte mich Luoma gegenüber auf einen orangen Plastikstuhl. Matti blieb an der Tür stehen.

Das einzige Möbelstück außer dem Schreibtisch und zwei Stühlen war ein leeres Lundia-Regal, das in krummer Haltung an der Wand stand wie ein zu schnell aufgeschossener Jugendlicher. Das Metallkreuz zwischen den Seitenteilen fehlte, und die Regalbretter machten das Gebilde schief.

»Grüß dich«, sagte Luoma.

Er wirkte nicht im Geringsten überrascht oder erschrocken, obwohl ich ihm bei unserer letzten Begegnung nachdrücklich geraten hatte, sich aus der Baubranche und aus Finnland zurückzuziehen. Ich hatte strikt über meine Interessen wachen müssen, als Luoma einen kontrollierten Konkurs vorbereitete und sich überlegte, welche seiner Gläubiger am schlechtesten davonkommen sollten.

»Ich betreibe in Finnland keine Geschäfte, meine Firmen sind in Estland registriert. Und dort sind sie ganz legal. Es ist erfreulich, wenn man als Unternehmer eine neue Chance bekommt.«

Luoma gab sich alle Mühe, würdevoll zu sprechen, konnte das mit Raucherhusten vermischte Lachen jedoch nicht lange unterdrücken und musste schon bald die Pilotenbrille absetzen, um sich die Tränen aus den Augen zu wischen.

»Meine Tochter hat hier in Helsinki eine Personalvermittlung«, fuhr er fort. »Und soweit ich mich erinnere, hatten wir per Handschlag abgemacht, dass zwischen uns alles geklärt ist.«

»Die alte Geschichte ist in Ordnung«, versicherte ich.

Veikko Luoma sah mich besorgt an, hatte wohl den Verdacht, ich wolle doch noch irgendwelche alten Schulden eintreiben. Luoma war ein Geizhals, der jeden Cent festhielt und sogar leere Flaschen vom Straßenrand aufsammelte.

»Ein Verwandter von mir arbeitet irgendwo in der Helsinkier Gegend. Ich vermute, du hast ihn verkauft«, fügte ich rasch hinzu.

Luoma lächelte erleichtert.

»Welche Branche? Und woher?«

»Er heißt Pawel Wadajew, wird aber auch Vatanen genannt. Aus Russland, aus Karelien. Bauarbeiter, ich glaube nicht, dass er Fliesen verlegen kann«, sagte ich mit einem raschen Blick auf Matti Kiuru.

»Wie soll ich all die Namen behalten? Kann sein, dass er auf meinen Baustellen gewesen ist, ich meine, auf Baustellen, für die ich Männer geliefert habe.«

»Veikko, arbeitet Pawel für dich?«, fragte ich ein wenig schärfer.

Luoma seufzte, zog ein kleines Heft aus der Tasche seiner Khaki-Weste und blätterte die Seiten um, die mit Notizen in winziger Schrift gefüllt waren.

»Ja, der Name kam mir gleich bekannt vor. Ein schlechter Mann«, sagte er und verzog unzufrieden den Mund. »Nicht direkt faul, aber gedankenverloren, irgendwie abwesend. Ich musste ihn weiterleiten.«

»Wohin?«

»Das steht hier nicht. Die Männer kommen auf so vielen Wegen und landen bei vielen verschiedenen Kunden. Dieser Vatanen hat mir wahrscheinlich absolut nichts eingebracht. Ich muss mich erkundigen.«

»Dafür brauchst du doch wohl keinen Computer. Wohin hast du Vatanen geschickt? Und zu wem?«

»Ist in Excel nicht vermerkt«, äffte Luoma mich nach. »Er ist eben weitergereicht worden. Wohin, muss ich klären. Ich erkundige mich, obwohl ich auch daran nichts verdiene«, wiederholte er hartnäckig, ärgerte sich über die unproduktive Arbeit. »Ich rufe dich morgen an. Versprochen.«

Die Tür ging. Eine junge Frau wehte herein. Sie rief zuerst nur Hallo, gab mir dann aber doch die Hand und sagte, sie sei Susanna. Sie benahm sich ein bisschen zu normal, wie es Frauen, die um ihre Schönheit wissen, manchmal tun: geben sich locker und zwanglos, klagen vor dem Spiegel scherzhaft über ihre Falten, wenn die Frau neben ihnen hässlicher ist. Und in Gesellschaft von Männern bewegen sie sich, als wüssten sie nicht, dass man ihnen zuschaut.

»Bei uns findet gerade ein Generationswechsel statt. Das heißt, Susanna hat ja die ganze Zeit hier in Finnland ihre eigene Firma geführt«, erklärte Luoma mit unverhohlenem Stolz.

»Ja, und wir beabsichtigen, stark zu expandieren«, sagte Susanna Luoma. Gutmütig lächelnd betrachtete sie das schäbige Büro ihres Vaters und gab zu verstehen, dass sie eine neue Zeit verkörperte. »Das Seniorenheimkonzept ist bald so weit, dass wir es den Kommunen anbieten können. Da wird reichlich Pflegepersonal gebraucht. Wir haben Rekrutierungsstellen in Bulgarien und Rumänien. Aus den neuen EU-Ländern kommt gutes Material, das man frei importieren kann. Die Leute fordern nicht gleich Urlaub, wenn ihre Kinder mal krank sind.«

Die Tochter ihres Vaters, dachte ich. Sklavenhandel in der zweiten Generation.

32

Träskmossa, Sipoo

Die Frau und der Mann waren sich bereits im Herbst begegnet, hatten gemerkt, dass sie sich auf denselben Wanderwegen in Vantaa dem Nordic Walking widmeten, die Stöcke im selben Takt schwangen. Zuerst hatten sie nur ein paar gleichgültige Worte gewechselt, wahrscheinlich über den Nieselregen, vielleicht sogar über ihre Sehnsucht nach der prasselnden Farbenpracht des Herbstlaubs im Norden. Nachträglich erinnerten sie sich nicht mehr genau, doch Lapplandsehnsucht wäre wohl ein zu kühnes Thema für das erste Gespräch gewesen.

Während sie auf den Winter und den Schnee warteten, waren sie immer öfter gemeinsam gegangen und hatten immer mehr miteinander gesprochen, mühelos und über alles. Auf dem Parkplatz hatten sie sich auf ihre Stöcke gelehnt, den Kies aufgescharrt und sich gewünscht, noch nicht wegfahren zu müssen, obwohl beide ein Zuhause hatten und alles in Ordnung war.

Die Frau war Finanzchefin in einem Familienunternehmen, war mit der Firma gewachsen. Sie hatte einen Ehemann, der Fett angesetzt hatte, eine Kuhle ins Sofa drückte, Formel-1-Übertragungen anguckte und in jeder Hinsicht anständig, aber ganz und gar nicht so war, wie die Frau es sich gewünscht hätte. Das konnte sie einzig und allein sich selbst vorwerfen. Sie hatte die Entwicklung ihres Mannes vollkommen falsch vorhergesehen, oder genau genommen war sie nicht fähig gewesen, ihr eigenes Leben langfristig zu durchdenken, sie hatte bis zur

Hochzeit gedacht, zum Kauf der ersten Wohnung, zur Geburt der Tochter … immer nur ein Stückchen weiter. Nach ihrem vierzigsten Geburtstag merkte die Frau, dass die kurzen Striche zu langen Linien geworden waren und sich als unumgängliche Vektoren fortzusetzen schienen, ein Perspektivbild der Zukunft schufen, ohne Kurven oder neue Richtungen.

Und die Frau wollte die dreidimensionale Zeichnung nicht zerstören. Auch ein Freund passte hinein, als eine Art Innenröhre oder Parallelogramm. Er bewegte sich im selben Raum, in einem begrenzten Universum, in derselben Richtung, und die Frau wollte nicht nach dem Ende des Musters Ausschau halten.

Der Mann war Projektleiter in einem Bauunternehmen, wurde häufig ins Ausland geschickt, was nach dem fünften Einsatz jeden exotischen Reiz verloren hatte. Hätte man ihn früher danach gefragt, hätte er gesagt, seine Ehe und sein Familienleben seien in Ordnung. Aber vor zwei Jahren hatte er seine Frau von der Yogastunde abgeholt, und als sie auf seinen Wagen zugegangen war, hatte er begriffen, dass dieser Mensch ihm vollkommen gleichgültig war, nett zwar, aber das war auch alles.

Der Mann und die Frau waren im Februar zum ersten Mal miteinander ins Bett gegangen, und im März hatten sie einige Tage Skiurlaub in Saariselkä machen können, wo sie allerdings darauf achten mussten, nicht von Geschäftsfreunden des Mannes gesehen zu werden. Dort hatten sie auch ihren ersten Streit gehabt, ein heftiges Gewitter. Nachdem die Blitze verschwunden waren, hatten sie beschlossen, sich die seltenen gemeinsamen Stunden nicht zu verderben, diese hohlen und doch bedeutsamen Momente.

Heute hatten sie beide zu Hause gesagt, sie würden einen Abendlauf machen. Der Mann hatte die Route auf der Karte markiert, hatte sich an den Teich erinnert, den er der Frau zeigen wollte, zwanzig Meter unter einem schroffen Felsen. Die Frau hätte gern am Ufer des moorig duftenden Teichs mit dem Mann geschlafen, hatte aber nicht gewagt, es ihm vorzuschlagen. Eine Ablehnung hätte ihr wehgetan, und der Mann war manchmal schamhaft und auf Reinlichkeit bedacht.

Sie kehrten aus dem Wald zurück, gingen auf die an einem Fichtenwäldchen endende neue Straße zu, auf der sie ihre Wagen abgestellt hatten. Die Frau klagte über die Bauwut, sogar hier im Urwald entstand ein Industriegebiet, die Bäume waren doch bestimmt dreißig oder vierzig Jahre alt. Über hundert Jahre, korrigierte der Mann liebevoll, konnte den Ingenieur nicht verleugnen. Naturwissenschaftliche Fehler musste er immer richtigstellen, und sei es mit einem Lachen.

Der alte Pfad führte sie zu einer Stelle, die einige hundert Meter südlich von ihrem Ausgangspunkt lag. Die Frau stellte verwundert fest, dass es nach Rauch roch, und der Mann erkannte an der bitteren Geruchsnote, dass es sich um frischen Rauch handelte. Er sagte, da sei wohl kürzlich ein Haus abgebrannt. Zwischen Weidenröschen und hohem Gras tauchte überraschend eine gelbliche Lichtung auf, in deren Mitte ein Haufen Asche schwach nachglühte, durchsetzt von Metallteilen, die von verbrannten Möbeln übriggeblieben waren.

Die Frau meinte, man müsse die Feuerwehr alarmieren, aber der Mann argumentierte durchaus vernünftig, es sei nichts mehr zu machen, das Gebäude, eine Hütte oder Baracke, sei restlos verbrannt. Und es bestehe auch keine Gefahr mehr, denn die Umgebung habe erstaunlicherweise kein Feuer gefangen und auch das Gras schwele nicht. Sinnlos, sich einzumischen, am besten gingen sie einfach weiter.

Sie näherten sich dem ovalen Wendeplatz am Ende der

Straße. Die Frau sprang über den Graben und schrie auf. Auf dem Grund der Aushebung lag ein Mensch, mit dem Gesicht nach unten. Der Mann schreckte vor dem Geruch versengten Fleisches zurück, doch er musste es anfassen und sich vergewissern, dass in dem Körper kein Leben mehr war.

Der Mann holte sein Handy hervor, sprach ruhig, in fast alltäglichem Ton mit dem Polizisten. Die Frau und der Mann wussten, dass ihre Affäre vorbei war.

33

Tapanila, Helsinki

Die Haustür war offen. Korhonen und Parjanne traten ein, ohne zu klingeln, klopften in der Diele an die Wand und kündigten ihre Ankunft durch Rufe an. Ich wusste sofort, dass die Polizisten eine traurige Nachricht brachten. Sie gingen wie bei einer Beerdigung, langsam und steif, als wären normale Bewegungen irgendwie beleidigend.

»Zu Frau Wadajew …«, sagte Parjanne heiser, und Korhonen hielt dieses eine Mal den Mund.

Ich brauchte Xenja nicht zu rufen, sie kam von selbst. Als sie die Männer sah, stieß sie einen kleinen, entsetzten Laut aus, wie das Miauen einer Katze.

»Man hat Pawel gefunden«, hauchte sie und atmete gleichzeitig ein, die Hand vor dem Mund. Sie suchte nach Hoffnungszeichen in den Gesichtern der beiden Beamten.

»Leider haben wir allen Grund zu der Annahme, dass Ihr Mann gefunden wurde, und zwar tot«, sagte Parjanne ohne Umschweife. »Mein Beileid. Aber wir brauchen natürlich eine Bestätigung. Das heißt, der Tote muss identifiziert werden. Es könnte ja auch der falsche Mann sein, so wie letztes Mal«, ließ er ein wenig Hoffnung aufschimmern.

»Allerdings hatte dieser Papiere in der Tasche. Denen zufolge wäre er Pawel Wadajew, es tut mir leid«, fügte Korhonen hinzu.

Marja kam und legte Xenja von hinten die Arme auf die Schulter.

»Ich begleite Xenja, damit sie nicht ganz allein ist«, sagte sie. »Bleib du mit Serjoscha und Anna hier, Viktor.«

Ich brummte zustimmend. Xenja gegenüber brachte ich kein Wort heraus, nicht einmal eine Beileidsfloskel. Insgeheim war ich Marja dankbar. Ich hatte einen Horror vor Toten. Leichen ansehen oder auch nur mit einem Toten im selben Raum sein war etwas, was ich nicht konnte, trotz allem, was ich gelernt hatte.

Xenja legte sich eine Strickjacke um, nachdem Parjanne zuerst vor der Kälte inmitten der Sommerhitze gewarnt und dann verlegen gehüstelt hatte, weil in dieser Situation selbst vernünftige Ratschläge unangebracht erschienen. Korhonen hielt den Frauen die Türen auf und erklärte, er werde fahren. Parjanne wollte protestieren, gab ihm dann aber doch den Autoschlüssel. Der Mondeo verschwand beim Zurücksetzen hinter dem Stellplatz, kam dann noch einmal kurz zum Vorschein und brauste davon. Ich winkte.

Niemand winkte zurück.

Serjoscha stand auf der Treppe und wollte wieder Fußball spielen. Wir wechselten uns zwischen den Birken als Torwart ab. Sergej wehrte den Ball mit solchem Einsatz ab, dass seine Hosen bald braungrüne Flecken an den Knien hatten. Ich brachte es nicht übers Herz, ihn zu tadeln.

»Hol dir ein Eis aus dem Gefrierschrank«, sagte ich, als wir aufhörten.

Der Junge ging ins Haus und kam mit einem Hörnchen zurück.

»Ich gucke Fernsehen«, sagte er in fragendem Ton.

Ich erlaubte es ihm.

Vorsichtig sah ich nach Anna, die auf der Terrasse im Kinderwagen schlief. Sie lag leise schnaufend auf dem Bauch.

Durch die dünne Haut des Augenlids sah man, wie sich ihr Auge bewegte.

Im Wohnzimmer hatte sich Sergej im Sessel vergraben, nur seine schlenkernden Knöchel und Füße waren zu sehen. Er hielt ein Stück Küchenkrepp in der Hand, denn Marja hatte gesagt, der Sessel sei wertvoll und er dürfe keine Flecken auf dem Polster hinterlassen. Sergej nahm die Fernbedienungen vom Tisch, konnte sie alle mühelos bedienen. Auf dem Bildschirm flimmerte ein Musikvideo.

Ich fühlte mich wie ein Arzt in Tschernobyl, der einem Feuerwehrmann Salbe für die gerötete Haut gibt und weiß, dass der Patient dieses Jucken nicht überlebt.

Was hätte ich dem Jungen sagen können, dem vaterlosen.

Ich rief Matti Kiuru an und bat ihn zu kommen. Außerdem fragte ich ihn nach der Nummer des Arbeitskräftehändlers Luoma. Auf meinem eigenen Handy hatte ich sie nicht gespeichert, und ich hatte keine Zeit, zum Kiosk zu laufen und die Zeitung zu holen, in der Luoma inserierte. Matti versprach, mir die Telefonnummer zu simsen und zu kommen, sobald er den gerade angerührten Mörtel verstrichen und mit Fliesen belegt hatte. Ich sagte, brandeilig sei es nicht, Pawel Wadajew laufe uns nicht mehr davon.

»Luoma«, meldete sich die heisere Männerstimme. Im Hintergrund war Verkehrsrauschen zu hören.

»Wo bist du?«

»In Tallinn.«

»Verdammt«, entfuhr mir.

»Ich hätte dich angerufen, sicher schon in der nächsten Stunde«, verteidigte sich Luoma in gekränktem Ton, obwohl ich ihm noch gar nichts vorgeworfen hatte.

»Na, bisher hast du dich nicht gemeldet. Aber egal. Vatanen ist tot.«

»Aha.«

»Du trauerst aber sehr«, höhnte ich.

»Komm mir nicht auf die Tour«, empörte sich Luoma. »Ich hab den Burschen bloß ein paar Mal gesehen, und auch nur von Weitem. Der wollte unbedingt in Finnland arbeiten. Wir haben versucht, passende Baustellen für ihn zu finden, wo er zurechtkommt. Das heißt, darum haben sich natürlich meine Kunden gekümmert. Ich bin kein Wohltätigkeitsverein und keine Sozialtante, ich leiste harte Arbeit«, predigte er wie ein Kleinunternehmer beim Wahlgespräch.

»An wen hast du den Vatanen verkauft?«

Eine halbe Minute lang hörte ich nur Rauschen. Ich wollte gerade nach Luoma rufen, da murmelte er eine Antwort.

»Sprich lauter«, kommandierte ich.

»An den, von dem ich ihn gekriegt hatte, an deinen Geschäftspartner, den Frolow. Der konnte ihn irgendwo als Wächter brauchen.«

Nun war ich derjenige, dem es die Sprache verschlug.

»Viktor, das musst du doch verstehen. Bleib sachlich und mach keinen Aufstand. Ich hab mit der Sache nichts zu tun. Das kapierst du bestimmt, wenn du ein bisschen nachdenkst.«

Aus Luomas drängenden Worten glaubte ich herauszuhören, dass er sich Sorgen um seine künftigen Geschäfte machte.

»Na, dann werd ich mal nachdenken«, sagte ich und legte auf.

Der Geschäftsmann Veikko Luoma war gut beraten, wenn er sich in nächster Zeit nicht nach meinem Befinden erkundigte oder gemeinsame Projekte vorschlug.

Der Mondeo der Polizisten kurvte nach überraschend kurzer Zeit wieder auf den Hof.

Das heißt, woher wollte ich wissen, wie lange die Identifizierung einer Leiche normalerweise dauerte. Ich wusste ja nicht einmal, wie weit sie hatten fahren müssen, ob Pawel im Kühlraum irgendeiner Klinik lag, auf dem Stahltisch eines Pathologen oder im Kühlfach des Leichenschauhauses. Mir war klar, dass auch ich versuchte, die Wahrheit abzuwehren, das Unabwendbare hinauszuzögern wie ein zum Tod Verurteilter, der an jedem Bissen seiner letzten Mahlzeit möglichst lange kaut.

Die Hände in den Gesäßtaschen, stand ich in der Diele, die eigentlich eher eine Art Halle war. Der Architekt, ein Bekannter von mir, hatte einen Eingangsbereich entworfen, der sich zum einen Giebelende hin zur Küche und zu den Saunaräumen erweiterte und sich auf der anderen Seite in einem lichten Wohnzimmer fortsetzte; in der Mitte führte eine Glastür zur Terrasse.

Marja kam als Erste herein, mit geradem Rücken wie immer.

»Es war Pawel. Xenja hat ihn identifiziert. Und sie hat sich tapfer gehalten«, lobte Marja, als ginge es um ein Kind beim Impfen, doch sie hatte feuchte Augen.

Parjanne und Korhonen führten Xenja schweigend ins Haus. Xenja ging geradewegs ins Wohnzimmer und setzte sich auf die breite Armlehne des Sessels. Sie streichelte Serjoschas Haare und sprach leise auf den Jungen ein. Ich erinnerte mich, wie eines Nachts bei uns zu Hause das Telefon geklingelt hatte. Ich hatte sofort gewusst, dass es um Vater ging, obwohl ich mich an die Hoffnung klammerte, jemand hätte sich verwählt oder ein Verwandter riefe von weither an und hätte den Zeitunterschied falsch berechnet. Mutter hatte das Gespräch schnell beendet und gesagt, jetzt habt ihr keinen Vater mehr.

Ich sah, wie Serjoscha schlagartig aufhörte, mit den Beinen zu wippen, und Xenja weinend zusammenbrach.

Es klopfte an der offenen Tür. Ein dunkelhaariger, unter seinem Übergewicht ächzender Mann verbeugte sich höflich und wischte sich mit einem Taschentuch über die schweißnassen Haare.

»Legationssekretär Arkadi Malkin von der Botschaft der Russischen Föderation, guten Abend«, grüßte er, wünschte auch auf Russisch *dobryj wetscher*.

Parjanne und Korhonen erstarrten, krümmten sich wie Katzen, die einen Hund fixieren.

»Wieso tanzt hier ein russischer Agent an?«, fauchte Korhonen.

»Ein russischer Bjurger ist gestorben. Seine Familie braucht Unterstjutzung.« Malkin sprach Finnisch, langsam und mit starkem Akzent.

»Deine Krisenintervention kannst du später anbieten«, wies Korhonen ihn ab. »Wir müssen jetzt mit der Frau sprechen. Möglicherweise steht Wadajews Tod in Verbindung zu krimineller Tätigkeit. Ich beschuldige oder verdächtige weder die Witwe noch den Verstorbenen. Von Schwarzarbeit profitieren ganz andere Leute, und an denen sind wir interessiert. Außerdem ist der tödliche Unfall auf einen Verstoß gegen die Sicherheitsvorschriften zurückzuführen, auch dafür muss jemand zur Verantwortung gezogen werden.«

Malkin lächelte friedfertig, wedelte mit seinem Taschentuch, faltete es dann zusammen und steckte es ein.

»Xenja Fjodorowna kjonnen Sie jetzt nicht vernehmen. Sie ist er… erschru… erschjuttert«, erklärte er. »Sie kjonnen spjater mit ihr sprechen. Und wir sehen uns sicher auch noch. Weil der verdjachtige Arbeitgeber Bjurger der Russischen Föderation ist.«

»Wer?«, fragten Korhonen und ich im Chor.

»Maxim Semjonowitsch Frolow«, sagte Malkin, als verstehe sich das von selbst, und schaute sich harmlos um.

Korhonen warf mir einen bösen Blick zu. Ich versuchte, überrascht auszusehen und ein langes Gesicht zu ziehen.

»Das ist mir ganz neu«, beteuerte ich, dabei hätte ich eigentlich mit den Worten meiner verstorbenen Mutter sagen müssen, das hatte mein Traum also zu bedeuten.

»Umso mehr Anlass haben wir, einige Fragen ...«, begann Korhonen, doch Xenja warf sich mit flammenden Augen dazwischen.

»Mein Mann, mein Pawelka, mein lieber Pawlik ist tot. Streitet euch woanders!« Xenja begann würdevoll, doch dann kippte ihre Stimme um. Die letzten Worte schrie sie laut heraus.

Malkin zog sich an die Wand zurück, machte den finnischen Polizisten mit einer Sechstelverbeugung Platz. Parjanne ging als Erster, bat leise um Entschuldigung, kündigte aber an, er werde zurückkommen. Korhonen musterte Malkin wie einen Kadaver, bevor er schnaufend seinem Vorgesetzten folgte.

»Eine Tasse Tee würde Ihnen sicher guttun«, kehrte Malkin zu seinem fehlerfreien Finnisch zurück. Er legte schützend einen Arm um Xenja, führte sie zum Sofa und setzte sich neben sie. Ich sah, dass er sich zu ihr beugte und mit leiser Stimme etwas erklärte. Zwischendurch drückte er Xenja aufmunternd die Hand, dann wieder machte er weit ausladende Gesten.

Ich hätte zu gern gewusst, was Malkin zu Xenja sagte.

Malkin ging bald, verabschiedete sich mit Handschlag und schüttelte auf der Treppe auch dem gerade angekommenen Matti Kiuru die Hand, sagte, er wisse auch ohne offizielle Vorstellung, wer der junge Mann sei. Bevor ich Matti genauere Erklärungen geben konnte, klingelte mein Handy. Korhonen rief an.

»Aufs Dach vom City-Markt, sofort!«, befahl er und legte gleich wieder auf.

Ich rief Marja zu, ich müsse etwas erledigen und sie brauche das Essen nicht warm zu halten. Es war höflich gemeint, doch ich wusste, dass Marja möglicherweise beleidigt war, als wäre das, was sie auf den Tisch brachte, mir nicht gut genug.

»Wir nehmen den Mercedes«, sagte ich, Matti stieg ein, und ich setzte den Wagen rückwärts auf die Straße. Ich fuhr über die Bahn nach Malmi und ins Parkhaus am City-Markt, trieb den Wagen durch sämtliche Etagen bis hinauf auf die offene Dachebene. Korhonen lehnte am brusthohen Betonrand und rauchte. Fast alle Stellplätze waren leer. Ich parkte ein paar Meter vor Korhonen.

»Ypi ist nach Pasila zum Präsidium gefahren. Ich hab ihm gesagt, ich mach jetzt Feierabend und bleib gleich zu Hause.«

Er nickte zu einem kleinen, rotweißen Etagenhaus hinter dem Schwimmbad. Ich erinnerte mich, dass er tatsächlich dort wohnte.

»Verdammt, das sieht vielleicht beschissen aus, vor allem von hier oben«, moserte Korhonen. Er zeigte auf Balkone, die mit schmutzigen Plastikstühlen, bettlakengroßen Fahnen des Eishockeyclubs HIFK und kitschig-bunten Lichterketten bestückt waren. »Und da drüben, du heilige Kacke, die Satellitenschüssel ist so groß wie ein Fallschirm. Da guckt irgendein Asylbewerber al-Jazeera oder den Moskauer Sender.«

»Beschwer dich beim Stadtteilarchitekten oder beim Malmi-Verein«, sagte ich, fest entschlossen, mich nicht zu ärgern.

»Was zum Teufel ist los, Kärppä?« Korhonen drehte sich um und sah mich an. »Dieser Frolow ist ein Kumpel von dir? Und die Botschaft schützt ihn, oder wie? Der liebe Teppo versteht das nicht, überhaupt nicht. Und ich mag es nicht, wenn ich nichts verstehe.«

Ich sah ihm in die Augen.

»Ich begreife auch nicht alles. Aber ich habe dich nicht verschaukelt. Ich werde herausfinden, was da abläuft. Ich suche Frolow. Und bringe ihn dir.«

»Na klar, und auf dem Heimweg stoppst du das Schmelzen des Festlandeises und schaffst die Langzeitarbeitslosigkeit ab. Ziemlich viel versprochen«, meinte Korhonen skeptisch und wechselte abrupt das Thema. »Weißt du was, ich hab da gerade einen interessanten Artikel gelesen. Folgendes, das ideale Tier ist theoretisch eine Raubkatze, ein bisschen kleiner als ein Tiger, so um die einsneunzig groß und knapp hundert Kilo schwer. Haargenau wie ich. Gar nicht nötig, gleich vom metabolischen Syndrom zu reden, wenn man ein bisschen kräftiger gebaut ist.«

»Es ist sinnlos, mir zu drohen«, erwiderte ich mit einem dünnen Lächeln, das Korhonen klarmachen sollte, dass ich es ernst meinte. »Wenn wir da drüben in den Wald gingen, du vom einen Ende her und ich vom anderen ... du würdest nie erfahren, wer dich getötet hat.«

Korhonen sah mich nachdenklich an, fing aber nicht an zu streiten oder Witze zu reißen.

»Du bekommst Frolow, und zwar bald«, wiederholte ich. »Das liegt auch in meinem Interesse.«

Die Reifen quietschten, als ich die Rampe hinunterraste.

»Was jetzt?«, fragte Matti Kiuru vorsichtig.

»Wir holen Frolow«, antwortete ich.

»Meine Waffe liegt im Mazda im Kofferraum«, meinte Matti zögernd. »Vielleicht brauchen wir die?«

»Gut möglich.«

Marja lief uns entgegen, Anna im Arm. Ich wusste, dass etwas nicht stimmte.

»Xenja ist verschwunden«, keuchte Marja. Ihre Unterlippe zitterte, und sie drückte das Mädchen an sich, als könne der Wind es ebenfalls fortwehen.

»Und Serjoscha?«

»Der ist im Haus. Nur seine Mutter ist … irgendwo hingegangen.«

Ich biss mir auf die Lippe und sprach nicht aus, was ich dachte: Du hast sie gehen lassen, konntest du denn nicht aufpassen? Diesen Vorwurf machte Marja sich vermutlich selbst. Ich hätte sie trösten müssen, mach dir keine Sorgen, mein Krümelchen, ich suche und finde Xenja. Doch dazu war ich nicht fähig. Ich trug Marja auf, sich um die Kinder zu kümmern, um Anna und vor allem um Serjoscha.

Sie nickte.

»Ich habe nichts gemerkt. Der Junge saß vor dem Fernseher. Irgendwann ist mir aufgefallen, dass er allein ist. Mutter hat gesagt, sie müsse gehen, so hat Serjoscha es mir erzählt«, versuchte Marja zu erklären.

»Ich versuche, die Sache in Ordnung zu bringen«, versprach ich, ohne zu wissen, was für eine Ordnung das sein sollte. Marja presste die freie Hand um meine Finger und sah mich so dankbar und vertrauensvoll an, dass mir eine kalte Angst über den Rücken lief, mit kühlen Rattenzehen, unter deren Berührung ich schauderte.

Matti Kiuru wühlte viel zu lange im Kofferraum seines Wagens. Erneut ahnte ich Böses.

»Die Pistole ist weg«, bestätigte Matti meine Vorahnung. »Verdammt noch mal, sie ist einfach verschwunden.«

»Xenja«, folgerte ich, addierte meine Erinnerungen. Xenja im Garten, als ich Matti die Pistole gab. Malkin, der Frolow erwähnte und der jungen Witwe tröstende Worte zuflüsterte.

Ich lief ins Haus, geradewegs ins Arbeitszimmer, nahm eine Kassette aus dem Videoregal und holte eine alte Tokarew-Pistole heraus, für die ich nur eine Schachtel Patronen fand.

Draußen gab ich Matti Waffe und Munition. »Keine besonders gute Knarre, aber besser als nichts«, sagte ich und holte meine eigene Waffe aus dem Reservereifen im Mercedes.

34

Die Straße am Ende von Kulosaari schlummerte in friedlicher Unwissenheit. Ich lenkte den Wagen zu den Verteilerkästen, die ich schon kannte, und stellte den Motor ab. Frolows kantiger Chrysler schien sich auch diesmal mit der Stoßstange ans Haus zu lehnen. Ich wartete und beobachtete das Haus. Draußen rührte sich nichts. Alle Fenster zur Straße waren geschlossen, die Gardinen bewegten sich nicht, und es war auch kein Widerschein eines Fernsehers zu erkennen.

Ich brummte Matti den Abmarschbefehl zu und ging ihm voraus zu Frolows Tür. Ich klingelte mehrmals. Das Gebimmel schallte durch das Haus. Obwohl ich das Ohr an den rauen Glasstreifen an der Tür legte, hörte ich kein Lebenszeichen.

Ich wies Matti an, mir zu folgen und aufzupassen, nach Passanten oder neugierigen Nachbarn Ausschau zu halten, während ich um Frolows Haus herumging und hineinspähte. Matti murmelte, er nehme an, alle Bewohner des Stadtteils seien zum Segeln aufs Meer gefahren oder ließen sich in ihren Sommerhäusern vom Personal bedienen. Ich war ein wenig überrascht, sowohl darüber, dass Matti einen ganzen, langen Satz von sich gab, als auch über den beinahe bitteren Ton seiner Bemerkung. Die Revolution veranstalten wir später, sagte ich, vorläufig konzentrieren wir Bolschewiki uns darauf, die Geldsäcke auszuspionieren.

Ich rüttelte an den Seitentüren, spähte durch die Fenster,

und an der Uferseite des Hauses drückte ich mir die Nase an den Scheiben der Terrasse platt, die in der Abendsonne fast undurchsichtig waren.

Das Haus war leer. Zumindest wirkte es verlassen.

Meine bösen Ahnungen wurden immer stärker und ließen meine Unruhe wachsen.

»Wir gehen rein.«

»Bohren wir das Schloss auf?«, fragte Matti. »Oder hebeln wir die Tür mit dem Brecheisen aus dem Scharnier? Bauen wir das Lüftungsfenster aus?«

»Da bleiben hässliche Spuren zurück.«

Ich holte meine Werkzeugkiste aus dem Wagen und kletterte über die Leiter an der Giebelseite des Hauses auf das Flachdach. Die Konstruktion war mir vertraut, ich hatte gelegentlich Dächer dieser Art repariert. Die unterste Dachhaut bildeten mehrere Schichten Filz, die mit heißem Pech verklebt und abgedichtet wurden, und darüber lag gleichmäßiger Kies. Das Dach hatte ein ganz leichtes Gefälle zu ein paar Regenabläufen. Dort kam es leicht zu Verstopfungen, und irgendwann würde auch der Filz lecken. Aber diesmal interessierte ich mich nicht für Wasserschäden und Schimmelbefall, sondern für die kuppelförmigen Oberlichter.

Ich spähte durch die Plastikkuppel und versuchte mich zu erinnern, wo die Lichtschächte endeten. Ich schätzte und hoffte, dass beide über dem offenen Aufenthaltsraum in der oberen Etage und nicht etwa über den Treppen lagen.

Die Oberlichter hatten einen quadratischen Metallrahmen, an dem die Kuppeln mit Anschlussblech befestigt waren. Ich suchte den 17-mm-Gabelschlüssel heraus und begann die Bolzen am Rahmen loszuschrauben. Matti kramte einen Schraubenschlüssel aus dem Werkzeugkasten und machte sich auf der anderen Seite an die Arbeit. Die Bolzen ließen sich leicht lösen, aber das Fensterelement selbst war fest verkittet. Wir mussten vorsichtig zwei Meißel in die Nahtstelle schlagen, um die Kuppel anheben zu können.

Ich steckte den Kopf durch die Öffnung und sah, dass die Strecke zum Fußboden zu lang war, um herunterzuspringen.

»Hol das Abschleppseil aus dem Auto und bring aus dem Garten ein festes Brett oder eine Stange mit«, befahl ich.

Matti kam im Handumdrehen zurück, er schien auch die Leiter im Laufschritt erklommen zu haben. Er hatte sich die Seilrolle um den Hals gelegt und eine Hartholzplatte, gut einen Meter lang, unter den Arm geklemmt.

»Hab kein Brett gefunden … die Platte hab ich von der Terrasse abgerissen«, entschuldigte er sich.

Ich prüfte die Festigkeit der Platte, legte sie quer über die Fensteröffnung und band das Seil mit doppeltem Knoten daran fest. Dann zwängte ich mich in den siloartigen Lichtschacht und ließ mich langsam hinunter. Matti folgte mir.

Ich zog die Pistole aus dem Gürtel und sicherte nach allen Seiten. Dann gab ich Matti mit einer Handbewegung zu verstehen, dass er die Zimmer auf der anderen Seite des Obergeschosses überprüfen sollte, während ich hinter die beiden ersten Türen schauen würde.

Frolows Haus roch sauber und trocken. Die erste der weißen Türen öffnete sich mit leisem Knarren. Das Zimmer war leer, wie nach einem Umzug. Auf dem Fußboden vor dem Fenster lag eine abgeschraubte Jalousie, an der einige Lamellen abgeknickt waren. Ich ging ins nächste Zimmer. An der Wand stand ein einfaches Holzbett, auf dem ein grüner Bettüberwurf lag, und am Fenster ein Schülerschreibtisch, an dem sicher seit Jahren keine Hausaufgaben mehr gemacht worden waren. Ich ging hinaus und wollte gerade die Tür hinter mir zuziehen, als mir das Geräusch auffiel. Im Zimmer war jemand.

Ein Mensch, der hechelnd atmete, ab und zu fast winselte und versuchte, sein Schluchzen zu unterdrücken.

Ich riss die Tür des Kleiderschranks auf.

Frolows junger Begleiter, Anton, saß zusammengekrümmt im Schrank, die zitternden Hände, zur Faust geballt, vor der Brust. Er schrie gellend auf. In seinem Schrei entluden sich Angst und Entsetzen.

Frolows Leiche lag im Wohnzimmer vor dem aus Schiefersteinen gemauerten Kamin. Von außen hatte ich sie nicht sehen können, weil ein breites Sofa sie verdeckte. Frolow hatte sich im Fall halb auf die linke Seite gedreht. Er war von mindestens zwei Schüssen getroffen worden. Die ganze Bauchgegend war rot vor Blut, und über dem Zwerchfell, fast genau in der Mitte, befand sich ein Loch, als hätte man einen bleistiftdicken Stachel hineingetrieben. Ich wollte mir nicht ausmalen, wie die Kugel ihre kinetische Energie verbraucht hatte, indem sie weiches Gewebe und Organe zerriss, und schließlich irgendwo im Brustkorb steckengeblieben war. Der zweite Einschuss saß irgendwo im nicht sichtbaren Teil des Gesichts; ich suchte nicht danach. Das Austrittsloch war schlimm genug. Die Kugel war quer durch den Schädel gegangen und hatte ein Stück vom Hinterkopf mitgerissen.

Ich fasste die Leiche nicht an, nicht einmal, um das Fehlen des Herzschlags festzustellen. Frolow war definitiv tot.

Die Walther PPK lag auf dem Teppich zu seinen Füßen. Sie war mir nur allzu bekannt, es war die Waffe, die ich Matti Kiuru gegeben hatte und die mit Xenja verschwunden war. Abgesehen von der Pistole und dem erschossenen Mann gab es im ganzen

Haus keine Anzeichen, die auf einen Kampf oder Streit hinwiesen. Die Möbel standen ordentlich an ihrem Platz, die Klima-Anlage summte leise, und der Geruch nach frischem Blut entsprang eher der Einbildung als einer echten Wahrnehmung.

Ich ließ Frolows Leiche liegen. Anton sollte mir erzählen, was passiert war. Obwohl ich es ja längst wusste.

Matti Kiuru saß am Küchentisch, locker zurückgelehnt und mit lang ausgestreckten Beinen. Anton hockte ihm gegenüber, ein halbleeres Wasserglas vor sich. Der Junge hatte sich so weit beruhigt, dass er nicht mehr zitterte, und er weinte nicht mehr pausenlos, sondern schluchzte nur noch gelegentlich auf.

Ich setzte mich ans Tischende.

»Anton, alles Schlimme ist jetzt vorbei«, sagte ich auf Russisch, sanft wie ein Pfarrer bei der Taufe. »Wir kümmern uns um dich ... ich kümmere mich um dich«, präzisierte ich, als der Junge zu Matti aufsah, der kaum älter war als er selbst. »Du hast deinen ... Arbeitgeber nicht getötet. Und ich mache dich auch nicht zu seinem Mörder«, versicherte ich Anton und suggerierte ihm damit zugleich, dass man ihn als den Schuldigen hinstellen konnte. »Erzähl mir mal, wie das passiert ist.«

Anton knetete seine Finger und trank einen Schluck Wasser.

»Es klingelte. Maxja war auf der Terrasse, er rief, mach mal auf. Und das habe ich getan.«

Er holte Luft.

»Da stand eine Frau, eine Russin, in mittleren Jahren, also dreißig, vierzig, so um den Dreh. Sie fragte nach Maxim Semjonowitsch Frolow, wie nach einem Bekannten, aber ganz höflich. Ich habe sie eingelassen und Maxim aus dem Garten geholt. Die Frau stand da im Flur, und als Maxja kam, hat sie auf einmal eine Waffe aus der Tasche gezogen und ganz oft geschossen, und Maxja ist da auf den Boden gefallen. Er hat nicht geschrien, nicht gejammert, nichts gesagt. Bestimmt war er sofort tot, ich habe gesehen, wie ein Stück von seinem Kopf abging.«

Anton nahm ein Stück Küchenkrepp von der Spüle und putzte sich die Nase.

»Ich habe die Frau angeguckt und gedacht, jetzt erschießt sie mich auch, aber sie hat bloß vor sich hin gestarrt, ganz ruhig. Oder wie gelähmt, aber irgendwie ganz kühl«, setzte Anton seine Schilderung fort. Das Sprechen schien ihn zu erleichtern. »Ich bin nach oben gerannt und hab mich versteckt und bloß gewartet. Ich hatte Angst, dass sie mir nachkommt. Aber sie ist wohl einfach verschwunden. Und dann habe ich Geräusche gehört, und dann hast du die Tür aufgerissen.«

Ich schätzte, dass Antons Bericht der Wahrheit entsprach, und entdeckte auch keine Lücken im Ablauf der Ereignisse. Wie Xenja nach Kulosaari gekommen und wohin sie geflohen war, blieb offen, aber das konnte auch Anton nicht wissen.

Der Junge schnäuzte sich erneut.

»Ihr denkt, ich wäre ein Strichjunge. Aber so was war es eigentlich nicht. Ich hab nicht mit Maxja geschlafen. Der war ja auch schon uralt. Er war eher so was wie ein Onkel oder ein großer Bruder«, fuhr er auf Finnisch fort.

Er sah mir in die Augen, mit einem flehenden Blick, der entweder ehrlich oder gut einstudiert war. Ich war versucht, ihn darauf hinzuweisen, dass Maxja ziemlich genau in meinem Alter und Xenja ein Jahr jünger war, doch ich ließ es sein. Anton hatte seine Sonnenbrille mit den bläulichen Gläsern verloren, aber die kleine grüne Mao-Kappe saß auf seinem Kopf wie angewachsen.

»Ich nehme mal an, dass du ein anständiger Junge bist, Anton. Du hast sicher Familie hier?«

»Ja, Vater und Mutter und zwei Schwestern, die wohnen in Malminkartano.«

»Du warst die beiden letzten Tage zu Hause. Von der Schießerei hier weißt du nichts. Ich besorge den passenden Täter«, versprach ich. »Und ich kümmere mich um dich. Du bekommst Arbeit, wirst ein ehrbarer Mann. Als Erstes lernst du, dass man im Haus keinen Hut trägt.«

Anton sah mich entgeistert an, nahm aber vorsichtshalber die Kappe vom Kopf.

»Matti, gib Anton deinen Anorak. Und Anton, du gehst jetzt bis zur überübernächsten Bushaltestelle. Und zwar so, dass dich keiner sieht oder dass du zumindest nicht auffällst. Du steigst an einer anderen Haltestelle ein als sonst. Oder noch besser: Du gehst bis zur Metrostation. Fahr ins Zentrum und von da nach Hause und lass deine Familie schwören, dass du die ganze Zeit dort gewesen bist, Play Station gespielt hast und allerhöchstens mal zu Siwa gegangen bist, um Kartoffelchips zu kaufen.«

Anton holte tief Luft, richtete sich zu einer halbwegs entschlossenen Haltung auf und ging. Die Küchenuhr tickte die Sekunden herunter. Sie stand auf kurz vor neun. Die Digitalanzeige am Herd lieferte dieselbe Information in glühendem Rot: 20:52. Instinktiv schaute ich auf meine Uhr und erhielt die nächste Bestätigung.

Ich tippte die Nummer ein. Die Botschaft meldete sich sofort und Malkin nach nur wenigen Sekunden, als hätte er auf meinen Anruf gewartet und den Griff nach dem Hörer nicht einmal zum Schein hinausgezögert.

»Frolow wurde erschossen«, erklärte ich geradeheraus, ohne Rücksicht darauf, dass das Gespräch höchstwahrscheinlich abgehört wurde.

»Tatsächlich«, sagte Malkin und schien nicht überrascht.

»Tatsächlich«, bestätigte ich. »Es sieht ziemlich schlimm aus. Hier wird eine Putztruppe gebraucht. Und ich meine jetzt keine Leute, die den Mopp schwingen. Das darf doch wohl nicht auf das Konto einer schwachen Frau gehen?«

Malkin stimmte mir zu, er sei ganz und gar derselben Meinung. Ich zählte auf, was nötig war, und brauchte die Liste nicht zu wiederholen. Malkin verstand sofort. Fünfundvierzig Minuten, höchstens eine Stunde, versprach er.

»Wir machen inzwischen einen kleinen Ausflug«, sagte ich zu Matti und war froh, dass ich das vom Tod gezeichnete Haus für eine Weile verlassen konnte.

35

Der Geruch nach gegrilltem Fleisch zog in den Wagen und erinnerte mich daran, dass seit der letzten Mahlzeit viel Zeit verstrichen war. Allerdings hatte ich nicht die Absicht, einfach als ungeladener Gast bei irgendeinem Gartenfest aufzutauchen. Ich kuppelte aus und ließ den Wagen möglichst leise über den Kiesweg rollen, bis ans Tor zu meinem Baugrundstück.

Ich nahm alles, was ich brauchte, aus dem Kofferraum, zog eine Zimmermannsweste an und warf Matti dünne Handschuhe zu. »Wir müssen aussehen wie Bauarbeiter. Na, du hast ja schon das richtige Zeug an«, erklärte ich. Allerdings wurden an Juliabenden wohl selten Bauarbeiten erledigt, zumindest nicht nach neun Uhr abends. »In den nächsten Stunden ziehst du die Handschuhe nicht mal zum Pinkeln aus. Wir dürfen nirgendwo Fingerabdrücke hinterlassen«, mahnte ich halblaut.

Das Gras auf dem Grundstück war hoch aufgeschossen. Jugendliche hatten einen Pfad über die Wiese getrampelt und Abende oder Nächte auf der Vortreppe des unbewohnten Hauses verbracht. Neben den Stufen lagen zerdrückte Bier- und Cider-Dosen. Eine Bierflasche war auf den Steinplatten zersplittert, eine zweite war zur Hälfte mit bräunlichem Wasser und Kippen gefüllt.

Ich sah mich um und ging zu dem alten Brunnen hinter dem Haus. Über der Öffnung lag ein Betondeckel mit einer viereckigen Luke aus Brettern. Ich suchte am Bund nach dem passenden Schlüssel und öffnete das Vorhängeschloss der Luke.

»Ich habe mir überlegt, dass wir diesen alten Brunnen erhalten … und ein Gewächshaus bauen. Wenn wir die Häuser dann verkaufen, malen die Leute sich aus, wie sie mit kostenlosem Wasser ihre Tomaten gießen, und zahlen gut und gern ein paar Zehntausender mehr, weil das doch ein Ökohaus ist«, erklärte ich Matti und übertrieb nur minimal.

Im oberen Ring der Brunnenröhre waren Eisenhalterungen einbetoniert, an denen offenbar früher die Leitung der Handpumpe befestigt gewesen war. An die rostige Stange war ein Nylonseil gebunden. Ich zog das Seil und die daran hängenden großen blauen Taschen nach oben. Matti hob die Augenbrauen, als er sah, dass die Taschen mit Rauschgift gefüllt waren.

Ich gab ihm keine Erklärung, sondern sagte nur kurz, er solle mir helfen. Gemeinsam schleppten wir die feuchtkühlen Taschen zum Wagen. Dann fuhr ich in Richtung Suutarila und widersprach, als Matti meinte, das sei der falsche Weg.

»Wir fahren zur Halle und wechseln den Wagen. Falls Frolows Nachbarn irgendetwas beobachtet haben, sind ihre Aussagen widersprüchlich. Zumindest wird keiner sagen können, dass da immer wieder ein Mercedes aufgekreuzt ist.«

Geschäftsführer Jaatinen hatte sein Büro folgsam geräumt. Der Schlüssel seines Dienstwagens lag ordentlich neben Handy und Taschenrechner in der obersten rechten Schublade. Obendrauf lag ein gelber Zettel, auf dem mit dickem Filzstift stand: »FIRMA!!!« Jaatinen hatte als Dienstwagen einen Citroën verlangt. Ich hatte nur widerstrebend eingewilligt, denn ich vertraute der fremdartigen Technik nicht. Der Wagen schien voll von Röhren und zischenden Ventilen zu sein, die nur darauf warteten, ein Leck zu bekommen.

Jaatinens Autogeschmack und die Ausrufezeichen auf dem Notizzettel ärgerten mich immer noch, obwohl ich den Mann längst rausgeworfen hatte. Jaatinen in seinem Citrönchen, Jazzmusik im Radio, höhnte ich in Gedanken. In der Firma hatte ein Intranet installiert werden müssen, damit er eine E-Mail ins Nebenzimmer schicken konnte.

Er war eben Ingenieur. Pardon, Diplomingenieur.

Ganz hinten auf dem Hof stand der alte rostfleckige Nissan, den Aleksej gekauft hatte, als er gerade erst nach Finnland gekommen war, und ohne auf meine Einwände zu hören. Mein Bruder hatte den Wagen bald aufgegeben, weil er nicht durch die Inspektion gekommen war, doch auch danach waren meine Arbeiter damit gefahren. Jetzt war die Karre endgültig aus dem Verkehr gezogen und wartete darauf, verschrottet zu werden.

In der Tasche meiner Zimmermannsweste hatte ich ein Messer und eine Zange. Ich schraubte die Nummernschilder des Nissan ab und schlug dann die Plastik-Klipse, mit denen die Schilder des Citroën befestigt waren, gnadenlos in Stücke. Dann schraubte ich die Nissanschilder mit stumpfen Blechschrauben notdürftig fest. Matti trug die Drogentaschen in unseren neuen Wagen.

Die Uhr im Citroën zeigte 21:57, als ich vor Frolows Haus hielt. Die Haustür öffnete sich einen Spaltbreit, als wolle man eine Katze hinauslassen.

»Wo wart ihr so lange?«, fragte Malkin verdrossen.

»Du hast gesagt, eine Stunde«, antwortete ich.

»Höchstens eine Stunde«, betonte er. »Na, kommt rein. Ein Mitbringsel für mich?«

Er zeigte auf meine Taschen.

»Nicht für dich, sondern für Frolow. Und das bleibt restlos hier.«

Malkin versicherte, er habe verstanden.

In der Küche saß ein kleiner Mann mit schwarzem Bart. Vor ihm auf dem Tisch standen eine Elektrikertasche und ein Laptop.

»Das ist Ponomarjow, er beseitigt Elektronik- und Datenprobleme«, stellte Malkin ihn vor.

Ich erinnerte mich an den Mann. Er hatte in Pihlajamäki eine nach Lötzinn riechende Werkstatt, die Regale angefüllt mit alten Fernsehern und Videogeräten. Ponomarjow reparierte die Geräte, baute aber auch Decoder für Satellitenempfänger und kodierte Chips für Pay-TV-Sender.

Malkin sah mich forschend an.

»Ich weiß, dass du Ponomarjow kennst«, sagte er dann und lachte zwei Sekunden lang.

»Chef!«, rief Matti aus dem Wohnzimmer.

Zu beiden Seiten der Terrassentür standen zwei junge Männer wie Wachtposten. Sie hatten zu oft Gewichte gehoben. Ihre Schultern begannen unmittelbar unter den Ohren, als wäre der Hals verdorrt, und durch die aufgepumpten Oberschenkelmuskeln wirkten sie x-beinig. Ich vermutete, dass auch sie im Wissenschafts- und Kulturreferat der Botschaft tätig waren, und Malkin hielt es nicht für nötig, sie mir vorzustellen. Der Fußboden hinter dem Sofa war leer.

»Wo ist Frolow?«

Ich fragte mich besorgt, ob Malkin sich eine eigene Strategie ausgedacht hatte.

»Wir haben ihn in die Sauna gebracht. Keine Sorge, der Kopf steckt säuberlich in einer Plastiktüte, und alle Gehirnlappen sind vorhanden. Ungefähr. Wir haben den Ofen ein wenig angeheizt. Das verzögert das Absinken der Körpertemperatur so weit, dass der Pathologe die Todeszeit nicht exakt bestimmen kann«, erklärte Malkin routiniert und ging mir voran zu dem Querflur, der zu den Waschräumen, dem Hauswirtschaftsraum und den Garagen führte.

Ich folgte ihm, obwohl ich nicht unbedingt das Bedürfnis hatte, Frolows Leiche noch einmal zu sehen.

Aus dem Umkleideraum drang dumpfes Stöhnen. Malkin zog die Tür auf. Auf den Holzrosten, die den Klinkerbelag schützten, lagen zwei Männer, an Knöcheln und Handgelenken mit Kabelbindern gefesselt. Auf der Höhe des Mundes hatte man ihre Köpfe mit Isolierband umwickelt.

»Imran Gelajew und Wadim Korsakow«, identifizierte ich Frolows Handlanger.

Malkins Rettungsstreife übertraf meine Erwartungen. Ich war davon ausgegangen, dass wir lediglich alle erdenklichen Spuren von Xenjas Besuch und von unserem Aufenthalt in Frolows Haus beseitigen würden. Die Drogen sollten zurückbleiben, als Beweis für Frolows Verstrickung in kriminelle Geschäfte und als mögliches Motiv für seine Ermordung.

»Wir haben die beiden hergeholt, um sie vom bedauerlichen Ableben ihres Arbeitgebers in Kenntnis zu setzen, und sind dann zu dem Schluss gekommen, dass sie genau die passenden Täter sind«, ergänzte Malkin. Er bückte sich und musterte Gelajew. »Ich war auch in Groschnyi im Einsatz«, zischelte er dem Tschetschenen zu, boshaft wie ein mobbender Schuljunge.

Gelajew brüllte auf, versuchte Malkin zu treten und fuchtelte mit den hinter dem Rücken gefesselten Armen. Seine schwarzen Augen funkelten hasserfüllt.

Wadim Korsakow erklärte sich lammfromm bereit, seine Aufgaben zu übernehmen. Ich erklärte ihm, in Frolows Haus würden genügend Beweise für die Anwesenheit des Duos Korsakow-Gelajew zurückbleiben. Möglicherweise hätten sie sich mit ihrem Geschäftspartner gestritten und ihn erschossen. Angesichts der Situation und der Verhandlungsposition der beiden Männer sei es überaus großzügig, dass sie das Haus lebend und nahezu unversehrt verlassen durften. Die Quetschungen an den Armgelenken hätten sie eigentlich eher sich selbst zuzuschreiben als den Männern von der Botschaft, sie hätten eben nicht an den Fesseln zerren sollen, es sei doch allgemein bekannt, dass Kabelbinder keinen Millimeter nachgeben. Ich versprach Korsakow, er und sein Kumpan bekämen die ganze Nacht und vielleicht auch noch einige Morgenstunden Vorsprung, bevor die Polizei nach den mutmaßlichen Tätern suchen würde. Und in dieser Zeit sollten zwei gescheite Männer es allemal schaffen, das Land in jeder beliebigen Himmelsrichtung zu verlassen. Uns sei es egal, wohin sie gingen, sofern sie nur verschwanden.

Korsakow nickte und hinterließ bereitwillig seine Fingerabdrücke auf den Drogenbeuteln. Er schloss verschämt die Augen, als die Männer vom Kraftsportverein der russischen Botschaft Frolows Leiche ins Wohnzimmer trugen und Korsakow befahlen, die Haut am Arm des Toten zu zerkratzen. Und als Malkin beinahe liebevoll den Arm um ihn legte, schwankte der dicke, gutmütige Mann vor Schwäche. Malkin legte Korsakows Finger um den Griff und den Abzug der Walther-Pistole und drückte ab. Die Kugel riss einen Splitter vom Fuß des Sofas und grub sich ins Parkett.

»Die Waffe kann ruhig hierbleiben«, sagte ich zu Malkin. »Sie ist sauber, man kann sie nicht zu mir zurückverfolgen.«

Meine Kehle war wie ausgetrocknet. Ich bat Matti um die

Tokarew, die er gerade erst bekommen hatte, und reichte auch sie an Malkin weiter. Über die Geschichte dieser Waffe wisse ich nichts, erklärte ich ihm. Sie sei aus irgendeinem Nachlass in meinen Besitz geraten, möglicherweise eine Kriegserinnerung, aber bestimmt sei sie in den letzten Jahrzehnten nicht mehr benutzt worden. Malkin sah sich die alte Pistole neugierig an und lobte ihre Zuverlässigkeit.

»Der Tschetschene darf gezielt schießen«, lachte er kalt.

Ich wusste, dass seine Überlegung vernünftig war. Zwei Waffen, zwei Schützen, zwei Täter ... und dass beide gleichermaßen an dem Mord beteiligt waren, wurde dadurch bewiesen, dass in der Leiche Kugeln aus beiden Pistolen steckten.

»Wenn der Pathologe richtig schlau ist, wird er sich vielleicht wundern, weshalb eine der Schusswunden weniger stark geblutet hat ... ach was, wahrscheinlich landet alles im selben Matsch«, sinnierte Malkin, und es klang nicht einmal grausam.

Ich stimmte ihm kraftlos zu und sagte, ich wolle in die Küche gehen und Ponomarjow Anweisungen geben. Fragend sah ich Matti an, doch er schüttelte rasch den Kopf. Einen Augenblick lang überkam mich die Reue. Gerade aus solchen Situationen hatte ich Matti heraushalten wollen. Außerdem befürchtete ich, dass wir am Ende doch noch in den Mord verwickelt wurden. Es kam mir vor, als würden mit jedem Atemzug Zellen und Partikel und DNA-Stückchen am Tatort verstreut, die uns mit Frolows Tod in Verbindung brachten.

Ponomarjow saß mit verschränkten Armen in der Küche.

»Man hat mich extra hergeholt. Ich stelle die Stunden natürlich in Rechnung, aber ich könnte auch etwas tun, wenn ich einmal hier bin«, meckerte er.

»Das kannst du«, nickte ich und setzte mich ihm gegenüber an den Tisch. Ich berichtete ihm, dass es im Haus Überwachungskameras gab und irgendwo vermutlich auch die dazugehörigen Festplattenspeicher. Die beiden letzten Tage und natürlich dieser Abend müssten gelöscht werden. Ob das ein Problem sei?

Ponomarjow versicherte, im Gegensatz zu dem der Menschen sei das Gedächtnis der Maschinen nur eine Aneinanderreihung von Bits. Er könne die Platte leerputzen, oder solle er statt der gelöschten Aufnahmen Alpenlandschaften und Slalomläufer speichern? Leise kichernd erklärte er, das sei nur ein Witz. Er werde als Ersatz für die getilgten Tage wettermäßig passende Sequenzen aus den älteren Aufnahmen kopieren.

Ich erinnerte mich, gehört zu haben, dass nicht alle Kunden von Ponomarjows Reparaturwerkstatt die Redeweise des Geschäftsinhabers mochten. Er geizte nicht mit trockenen Bemerkungen über die miserable Tonqualität von Stereoanlagen aus dem Supermarkt oder über die Verschmutzung von Videokopfrädern, sodass sich der Kunde für sein Gerät schämte oder sich schuldig fühlte, weil er es nicht richtig gewartet hatte. Das schuf nicht unbedingt die Basis für eine dauerhafte Kundenbeziehung, auch wenn die Reparatur sachkundig und preiswert ausgeführt wurde.

Ich wies Ponomarjow darauf hin, dass sich eventuell eine größere Kooperation ergeben könne, sofern er die hier anstehenden Arbeiten ordentlich und zuverlässig erledigte. Bei meinen nächsten Bauobjekten handle es sich möglicherweise um IT-Häuser, da brauche man bereits bei der Planung technologisches Know-how, ganz zu schweigen von der Kabelverlegung, den Internetzugängen und Fernbedienungen in der Installationsphase. Oder wolle er weiterhin ein Knecht der Botschaft und ein staubige Fernseher aufputzender Kleinunternehmer in einer Kellerwerkstatt bleiben? Ohne ihm Gelegenheit zu einer Antwort zu geben, erklärte ich ihm seine weiteren Aufgaben. Frolows Computer stehe im Arbeitszimmer des Toten, im Obergeschoss. Ponomarjow solle auch dort die Festplatte umgestalten, die Mails vernichten, die Frolow mir geschickt hatte. Und es sei durchaus in meinem Sinne, wenn er eine neue Korrespondenz kreiere, die auch Korsakow und Gelajew in den Drogenhandel und die Vermittlung von Schwarzarbeitern einbinde.

Im Wohnzimmer polterten Möbel, dann fielen zwei Schüsse. Ponomarjow zuckte zusammen und sah mich mit großen Augen an. Ohne flapsige Bemerkungen versprach er, auch den Computer so herzurichten, dass er mir nicht gefährlich werden konnte. Er fragte, ob ich eine Kopie von Frolows Dateien wolle, und ich sagte, ja gern.

»Aber einigen wir uns darauf, Bit-Boris, dass nur ich eine Kopie bekomme, nicht Malkin und auch sonst keiner.«

»In Ordnung«, nickte Ponomarjow. »Wissen ist Macht«, rief er mir noch nach, als ich die Küche verließ.

»Und manchmal macht Neugier bewusstlos«, antwortete ich, ohne mich umzudrehen.

Gelajew saß im Wohnzimmer auf dem Fußboden, die Knöchel immer noch mit Kabelbindern gefesselt. Die Arme hatte man ihm nun vor dem Körper zusammengebunden. Malkins Helfer bewachten den Tschetschenen vorschriftsmäßig aus anderthalb Meter Abstand, die Makarow PM-Pistolen im Anschlag. Gelajew keuchte, prustete und spuckte blutigen Schleim auf den Boden. Seine stachligen schwarzen Haare waren nass von Blut.

»Wollte nicht gehorchen, obwohl ich ihm die Pistole in den Nacken gedrückt habe. Dabei wusste er genau, dass ich verdammt gern geschossen hätte«, schnaufte Malkin. »Vielleicht ist er abergläubisch, hat Angst vor Leichen. Er ist schließlich

Muslim. Aber zu guter Letzt konnten wir ihn doch bändigen. Allerdings hat es dabei einige Spritzer gegeben.« Er bemühte sich, seinen Atem unter Kontrolle zu bringen, rollte die Schultern, als hätten sie sich bei einer plötzlichen Kraftanstrengung verkrampft.

Malkin war ein kräftiger Mann, sein Brustkorb wirkte wie ein Getreidesack, den man mit einer Krawatte zugebunden hat. Ich wusste, dass Kerle seines Schlages dennoch erstaunlich flink sein konnten, sie überraschten einen wie die schwere Pranke eines Bären. Malkin ging zum Couchtisch, auf dessen Glasplatte ein flacher Teller mit Konfekt stand, zog einen Handschuh aus und nahm eine Geleefruchtkugel, sorgsam darauf bedacht, nichts anderes zu berühren.

»Die Grünen Kugeln von Fazer schmecken gut, vor allem, wenn sie ganz frisch sind und noch nicht zu trocken. Und zusammen mit Milchschokolade sind sie ein Gedicht.«

Matti Kiuru stand an der Wand, beobachtete Malkin und sah so aus, als schwanke er zwischen Bewunderung und Verwirrung und kämpfe gleichzeitig gegen Brechreiz an.

Die Männer von der Botschaft sagten, sie würden das Haus an der Uferseite verlassen. Man habe sie vor der Haustür abgesetzt, doch jetzt seien die Wagen in einiger Entfernung abgestellt. Aus der Formulierung schloss ich, dass die Chauffeure gleichzeitig als Wachtposten und Reservekräfte dienten, für den Fall, dass es im Haus wider Erwarten zu einem Handgemenge gekommen wäre. Ich beschwor Malkin, Korsakow und Gelajew laufen zu lassen. Es sei für alle am besten und sichersten, wenn die beiden sich ins Ausland absetzten.

»Wir schmeißen sie im Zentrum aus dem Wagen. Von dort müssen sie auf eigene Faust weiterkommen«, sagte Malkin.

»Halte dich daran! Sonst mache ich deinen Anteil an Frolows Ermordung publik«, drohte ich.

»Huch, da kriege ich ja richtig Angst. Du kannst dich auf mein Wort verlassen. Diesmal sage ich die Wahrheit.« Durch seinen Tonfall gab Malkin zu verstehen, dass ihm das Ganze einigermaßen gleichgültig war. »Gute Nacht, Viktor Nikolajewitsch«, verabschiedete er sich und verbeugte sich andeutungsweise vor Matti.

Malkins Handlanger schnitten die Fesseln an Korsakows und Gelajews Knöcheln durch. Sie stützten die schwankenden Männer und führten sie über Frolows Terrasse und durch den Garten davon.

Ich sah auf die Uhr. Die Zeiger waren gerade dabei, über der Zwölf miteinander zu verschmelzen.

»Wir müssen sicher noch ein paar Stunden auf Ponomarjow warten. Schraub das Oberlicht fest und pass auf, dass du kein Werkzeug liegen lässt«, ordnete ich an.

Matti nickte, blieb aber noch im Wohnzimmer stehen und tippte auf seinem Handy herum.

»Was meinst du, ob das nützlich ist?«, fragte er verschmitzt und hielt mir das Display unter die Nase.

Das Bild setzte sich in Bewegung, zwei Männer rangen stehend miteinander, ein dritter lag auf dem Boden. Aus dem Lautsprecher des Handys drangen unverständliche Rufe, dann hörte man zwei scharfe Schüsse, und die liegende Gestalt zuckte. Der kräftige Mann im Vordergrund warf den anderen stehenden Mann zu Boden und drehte sich um, bewegte sich wie in Zeitlupe. Licht fiel auf sein Gesicht. Der Legationssekretär Arkadi Malkin war klar und deutlich zu erkennen.

»Ja. Das ist nützlich.«

Der Bus schaukelt und rüttelt. Ich umklammere mit beiden Händen den glänzenden Handgriff, der an der Rücklehne der Bank vor mir festgeschraubt ist. Die Sitze sind mit dickem braunem Kunstleder bezogen. Ich kann mich nur mit Mühe auf dem glatten Sitz halten. Der Bus schlingert, wenn er den Löchern auf der frostgeschädigten Straße ausweicht.

Es ist ein altes Modell, das in ländlichen Gegenden und auf entlegenen Strecken eingesetzt wird. Der Bus hat das Chassis eines Lastwagens, eine hohe, kantige Karosserie und Reifen mit grobem Profil.

Ich überlege mir, dass ich auf dem Weg zur Schule bin. Es ist Frühling. An schattigen Stellen liegt noch grobkörniger Schnee. Der Ranzen auf meinem Rücken ist schwer, er zwingt mich, auf der Vorderkante der Bank zu kauern, aber so komme ich auch besser an den Handgriff heran.

Ich schaue nach hinten und sehe, dass dort Soldaten sitzen. Als ich den Kopf wieder nach vorn drehe, ist auch der vordere Teil des Busses voll von jungen Männern in grüner Uniform, alle tragen Kampfwesten und staubige Stiefel. Die Sturmgewehre ragen zwischen den Beinen in die Höhe oder hängen quer über der Brust.

Die Maska 1-Helme weisen die Männer als Speznaz-Soldaten aus, und plötzlich begreife ich, dass ich genauso ausgerüstet bin.

Gerade eben rauschte der vertraute Wald am Fenster vorbei, zu nah, als dass er sich in eine Landschaft verwandelt hätte. Birken mit weißen Stämmen und Erlenbüsche in einer feuchten Senke, zwischendurch dunkle, dichte junge Fichten. Plötzlich wird die Luft trockener, und auch das Licht verändert sich. Ich beuge mich vor zum Mittelgang, damit ich am Fahrer vorbei durch die Windschutzscheibe sehen kann. Das Dröhnen des Motors schwillt wellenartig an, während sich der Bus eine schmale, steinige Straße hochkämpft. Der Abhang ist braun verbrannt, er öffnet sich zu einer trockenen Hochebene.

Ich habe Angst. Man bringt uns nach Afghanistan. Vielleicht sind wir schon dort.

Die Decke war beruhigend weiß. Ich starrte sie an und spürte, dass mein Hemd schweißnass war. Meine rechte Seite schmerzte. Ich hatte mich im Schlaf gekrümmt, die Bauchmuskeln zuckten wie nach einem Krampf.

Durch das offene Fenster drang gedämpfter Lärm, eine Mischung aus Verkehr und Bauarbeiten und Maschinen, zwischendurch der helle Ruf eines Kindes. Tapanila und Malmi waren wach.

Marja kam herein, setzte sich auf den Bettrand.

»Es ist neun Uhr. Stehst du auf, oder willst du noch schlafen? Du bist ziemlich spät nach Hause gekommen. Ist alles in Ordnung?« Sie ließ ihre Fragen ganz unschuldig vom Stapel, ohne Hintergedanken.

»Ja. Vielleicht«, brachte ich heraus.

Marja runzelte die Stirn.

»Mein Rücken tut weh.«

Ich stand auf. Ich musste gehen und Frolow finden.

36

Polizeihauptquartier Pasila, Helsinki

Kriminalmeister Tarkiainen saß in seinem kleinen Dienstzimmer im zweiten Stock des Polizeigebäudes und starrte auf den großen Monitor des Computers. Er hatte die braungrauen Vorhänge zugezogen, damit es ein wenig dunkler wurde und die Aufnahmen klarer zu sehen waren. Tarkiainen hatte ein paar Mal gemerkt, dass er beinahe einschlummerte, die stummen Bilder waren vor seinen Augen vorbeigerauscht. Der blasse, weiche Strom der Aufnahmen der Überwachungskamera war eintönig, und das sanfte Dämmerlicht wirkte einschläfernd wie eine Gutenachtgeschichte. Tarkiainens Gedanken schweiften ab, sie rannten nicht, sondern watschelten eher langsam voran und stolperten, bis sie schließlich zu Fall kamen …

Tarkiainen schüttelte heftig den Kopf und klickte auf die Aufnahme, um sie anzuhalten. Er öffnete das Fenster, doch die Luft in dem miefigen Dienstzimmer schien immer noch kühler und frischer zu sein als die Luft draußen. Der Bahnhof von Pasila vibrierte in der Hitze. Tarkiainen öffnete eine Dose mit einem Energydrink und schüttete die Flüssigkeit in sich hinein, setzte sich dann wieder an den Computer.

Es bleibt mir nichts anderes übrig, als mich durchzukämpfen, dachte Tarkiainen. Erstens geht es hier um Totschlag oder Mord. Und zweitens habe ich gerade erst bei der Kripo angefangen. Ich muss mich bewähren, damit ich demnächst auch selbst vor Ort ermitteln darf.

Tarkiainen hatte Kopien von den Dateien des Überwachungssystems erhalten. Korhonen von der Abteilung Berufs- und Gewohnheitskriminalität war eigens vorbeigekommen und hatte ihm Anweisungen gegeben, die Uhrzeiten genannt, bei denen er besonders genau hinsehen sollte. Tarkiainen hatte nur leise geschnauft, doch dann war Kommissar Parjanne gekommen und hatte ihm dasselbe eingeschärft, und da konnte er sich eigentlich nicht gegen die Anweisungen auflehnen, obwohl ein anderer Kommissar für die Ermittlungen zuständig war.

Die Überwachungskamera hatte unermüdlich die stille Seitenstraße in Kulosaari gefilmt. Ab und zu fuhr ein Auto vorbei. Die Wenigen, die zu Fuß unterwegs waren, führten ihren Hund aus oder waren vitale Rentner beim Nordic Walking. Die beiden Tatverdächtigen waren eine Viertelstunde vor dem Zeitpunkt eingetroffen, den Korhonen ihm als kritischen Moment genannt hatte.

Korsakow. Und … Gelajew. Wieder hatte er den Namen vergessen und musste einen Blick auf seine Notizen werfen, während er die Angaben über die wesentlichen Aufnahmen in ein Textverarbeitungsdokument tippte. Er notierte die Zeitangaben, es war ihm nichts Besonderes aufgefallen.

Grigori Ponomarjow, Besitzer einer TV- und Video-Reparaturwerkstatt, hatte ganze Arbeit geleistet. Das heißt, eigentlich war diese Umschreibung in seinem Fall viel zu blass. Ponomarjow war ein Meister der Bitreihen, geradezu ein Künstler. Er hatte Aufnahmen von einigen früheren Besuchen Korsakows und Gelajews ausgegraben, die passendsten ausgewählt, sowohl die Kleidung als auch die Richtung der Schatten überprüft und dann Ankunft und Weggang der Männer aus mehreren verschiedenen Besuchen komponiert. Anschließend hatte er die Farbtöne korrigiert und auf einigen Bildern Korsakows Plastiktüte entfernt, weil es einem genaueren Betrachter womöglich aufgefallen wäre, dass sich im ganzen Haus keine Tüte mit dem Aufdruck *Motonet* fand, Korsakow sie aber nicht in der Hand hielt, als er das Haus verließ, der Uhrzeit am oberen Bildrand zufolge kurz nach Mitternacht.

Ponomarjow selbst hätte sich für seine Redaktionsarbeit die Note Befriedigend gegeben. Er wusste, dass die in Shorts gekleidete alte Dame über eine wundersame Kondition verfügen musste, denn sie eilte innerhalb von zwei Tagen viermal mit ihren Nordic-Walking-Stöcken vorbei und kam jedes Mal aus derselben Richtung. Doch er hatte keine Zeit gehabt, dieses Detail zu korrigieren.

Die übrigen nächtlichen Aufnahmen ließ Tarkiainen schneller durchlaufen. Das Halbdunkel wurde zur Dämmerung, die schließlich dem hellen Morgenlicht wich, auf der leeren Straße erschienen Spaziergänger, einige der am Straßenrand geparkten Wagen fuhren fort und andere nahmen ihre Stelle ein. Das letzte Stück überprüfte Tarkiainen wieder bei normaler Geschwindigkeit und mit höchster Konzentration. Ein großer Mann ging zur Tür und streckte die Hand aus, offenbar zum Klingelknopf. Der Mann drehte sich hin und her, sah sich um, verschwand unter der Kamera, drückte vermutlich das Gesicht an die Glasscheibe in der Tür und versuchte ins Haus zu spähen. Dann ging er um die Hausecke.

Tarkiainen hielt die Bildfolge an. *09:32. Viktor Kärppä trifft ein, klingelt. Geht dann vermutlich zur Hintertür*, schrieb er, zögerte einen Augenblick lang über seine Formulierung. Durfte man bei der Überprüfung von Aufnahmen spekulieren? Gesunden Menschenverstand darf man verwenden, sagte er sich. Außerdem unterstützte die Aufnahme der Kamera auf der Rückseite des Hauses diese Vermutung. Kärppä war um das

Haus herumgegangen und hatte durch das Wohnzimmerfenster geschaut. Der junge Kriminalmeister setzte die Aufnahme mit einem Mausklick in Bewegung, und Kärppäs Rücken verschwand vom Bildschirm.

Das Telefon des BGK-Ermittlers Teppo Korhonen hatte um 9:41 geklingelt. Korhonen hatte einen Blick auf das Display geworfen und sich in aller Ruhe die Brotkrümel aus den Mundwinkeln gewischt. Dann hatte er das Gespräch angenommen. Er hatte gewitzelt, Kärppä, das olle Wiesel, krieche endlich aus seinem Loch oder wie auch immer man die Behausungen kleiner Nagetiere nenne. Er kenne sich damit nicht aus, seine Spezialität seien größere, zweibeinige Raubtiere.

Die Frotzelei hatte schlagartig geendet. Korhonen hatte schweigend zugehört, den Anrufer nur kurz unterbrochen, um einen auf der Rückseite leeren Zettel aus dem Papierkorb zu fischen und auszuprobieren, ob sein Kugelschreiber funktionierte.

Nach dem Gespräch hatte Korhonen noch lange auf den Zettel gestarrt. Alle Puzzlesteine fielen an ihren Platz. Allzu ordentlich.

37

Malmi, Helsinki

Der Vertrauensmann, den die Petersburger mir geschickt hatten, war jung und modisch gekleidet. Dass er Russe war, merkte ich erst, als er zu sprechen begann. Allerdings war ich in Nationalitätsfragen wohl kein großer Experte. Meiner Meinung nach sah ich typisch finnisch aus, und doch sprachen Spätaussiedler-Babuschkas und Arm in Arm flanierende Damen mich unfehlbar auf Russisch an, wandten sich zutraulich an mich, als hätten sie einen alten Bekannten getroffen.

Aber dieser Mann war ein Unbekannter und stellte sich auch nicht vor. »Ich habe etwas für Sie«, sagte er lediglich und schwenkte seine makellose, flache Aktentasche.

Onkel hatte mich angerufen und in knappen Worten mitgeteilt, wann der Kurier eintreffen würde. Ich hatte ihm die genaue Uhrzeit und den Ort der Übergabe genannt, die oberste Etage im Parkhaus des City-Markts in Malmi. In ihrer Überschaubarkeit schien sie mir auch für dieses Treffen sicher genug.

Der Gedanke, mit einigen hunderttausend Euro auf der Rückbank durch die Stadt zu fahren, behagte mir allerdings nicht. Je mehr Etappen, desto größer das Risiko, das war mir klar, aber ich konnte das Geld ja nicht gut im Vorraum meiner Bank in Empfang nehmen. Zu Hause oder in meinem Büro wollte ich den Boten keinesfalls empfangen.

Ich stieß mich vom Betongeländer ab, an das ich mich gelehnt hatte, und klopfte den Staub von der Hose.

»Du bist allein?«, fragte ich unnötigerweise. Der junge Mann hatte seinen Audi mitten auf dem Platz abgestellt, deutlich sichtbar, und ebenso sichtbar war auch der zweite Mann, der im Wagen saß.

»Ja«, bestätigte der Kurier und sah mir in die Augen.

»Ich auch«, sagte ich und nickte zu meinem Mercedes hinüber. Matti Kiuru saß auf dem Beifahrersitz.

Wir starrten uns an, und ich wurde allmählich sauer. Ich hatte Besseres zu tun, als darum zu wetteifern, wer als Erster lachte.

»Das Geld.«

»Hier«, sagte der Mann, ohne den Blick abzuwenden. »Onkel weiß, dass du eine große, wertvolle Fracht hattest. Du hast hoffentlich nicht alles weggegeben«, überraschte er mich dann mit einer längeren Rede.

»Wie kommt Onkel denn darauf?«, ging ich auf seinen Plauderton ein.

»Er hat es irgendwo gehört.«

»So.«

Wieder schwiegen wir eine Weile. Ich ließ meinen Blick langsam an meinem Gegenüber hoch- und wieder herunterwandern, als wolle ich den schlanken Körper abmessen und die Größe der Hände taxieren. Ein Knäblein wie den könnte ich zerquetschen, dachte ich, ein paar Bewegungen, und er läge auf dem Boden und würde um Gnade winseln. Gleichzeitig fragte ich mich verwundert, warum er mir so auf die Nerven ging, ein normaler, anständig gekleideter junger Mann, der eine einfache kleine Aufgabe erfüllte. Der einen Befehl ausführte, an einem unbekannten Ort, vor sich einen unbekannten Mann, von dem er obendrein verarscht wurde. Wirst du etwa alt, Viktor?, sinnierte ich.

Ich regulierte meinen Gesichtsausdruck von eisig auf unfreundlich und versuchte, sachlich zu bleiben. Eine Erklärung konnte nicht schaden, ob sie Onkel erreichte oder nicht.

»Ich betreibe keinen Drogenhandel. Drogen mag ich überhaupt nicht. Dafür habe ich zu genau gesehen, wie sie Menschen zerstören.«

Der junge Mann nickte. Seine Schultern lockerten sich ein wenig.

»Wir könnten die Ware anderswo unterbringen. Sodass sie nicht in Helsinki oder in Finnland bleibt«, bot er an.

»Und wohin würde sie gehen?«

»Anderswohin.«

Der Kurier lächelte beinahe.

»Aha«, machte ich. »Von anderswo ist sie auch gekommen. Aber ich habe sie nicht. Also brauche ich mir darüber keine Gedanken zu machen.«

»Wir hätten sie per Schiff nach Schweden weitergeleitet«, vertraute der Bote mir an. »Niedliche, harmlose Studentinnen ... die nehmen gern ein bisschen zusätzliches Gepäck mit. Das finden sie einfach nur spannend.«

Nun war der Petersburger Kurier unterwürfig wie ein junger Hund gegenüber einem alten Rüden.

»Leb wohl!«, knurrte ich.

Der junge Mann gab mir seine Tasche und ging.

38

Ein kleiner roter Hyundai brauste auf den Hof, hätte beinahe den Torpfosten gerammt. Oksana verbreitete Hektik.

»Ogottogott, schreckliche Eile, ich läufe und läufe … Setzung mit Marja«, schnaufte meine Sekretärin und ging ins Haus.

Ich folgte ihr und versprach, die Kinder zu hüten, damit sie nicht bei der Arbeit störten. Oksana holte Papiere aus ihrer Tasche und legte sie auf Marjas Schreibtisch, wobei sie unaufhörlich schwatzte. Marja fuhr in aller Ruhe ihren Computer hoch und gab Oksana halblaut Anweisungen.

Frolows Geschäfte hatten mit seinem Tod geendet. Im Baubereich hatte er zuletzt nur ein paar Aufträge als Subunternehmer gehabt, bei denen er ein halbes Dutzend estnische und rumänische Bauarbeiter beschäftigt hatte. Ich hatte dafür gesorgt, dass sie ihre Arbeit zu Ende führen konnten, hatte ihnen auch den ausstehenden Lohn gezahlt, damit sie nicht mit leeren Taschen nach Hause zurückzukehren brauchten. Ich bin nicht das Sozialamt, hatte ich den Männern gesagt, doch sie sollten bekommen, was Frolow ihnen schuldig geblieben war.

Sein teuerstes Erbe hatte Frolow allerdings in den Mietwohnungen in Punavuori hinterlassen. Als Ablösung für Zinaida und Jelena waren neue Mädchen eingetroffen, und so hatte ich mich nun statt um zwei um vier Frauen zu kümmern.

Ich hatte mich rasch mit Oksana beraten. Sie hatte sich bekreuzigt und gejammert, *Gospodin* erbarme dich, es sei einfach nicht möglich, dass sie und ihr lieber Esko alle Mädchen als Putzfrauen beschäftigten. Zwar gebe es auf der Welt Staub und Schmutz genug, doch das Personal müsse angelernt werden, bei der Immobilienpflege gehe es heute eher um Chemie als um das Besenschwingen. Die Sprache müsse man auch beherrschen, wenigstens einige Brocken Finnisch, ach du lieber Himmel, o heilige Verklärung …

Ich unterbrach die Anrufung höherer Mächte mit der Bemerkung, zum Mixen von Putzmitteln brauche man wohl keinen Universitätsabschluss. Oksana solle vorläufig dafür sorgen, dass die Frauen genug zu essen hatten. Wohnen könnten sie weiterhin in Punavuori.

Zu Hause überlegte ich weiter, auch abends im Bett noch, auf dem Rücken liegend, die Arme hinter dem Nacken. Ich dachte an die geschäftstüchtige Tochter des Arbeitskräftehändlers Luoma und ihre Geschäftsidee, an die Kommunen, die private Dienstleister in Anspruch nahmen, und an den Bedarf an Pflegepersonal … und dann erinnerte ich mich an die Themen, die Marja in der Staatlichen Forschungs- und Entwicklungszentrale für Soziales und Gesundheit untersucht hatte, und an ihr Studium der Sozialpolitik.

»Schläfst du schon?«, fragte ich Marja. Ich erklärte ihr in aller Kürze die Situation, in die ich geraten war und die man entweder als lästige Pflicht oder als Chance begreifen könne. Irgendetwas müsse jedenfalls getan werden, man könne die Frauen nicht einfach ihrem Schicksal überlassen, argumentierte ich. Dann präsentierte ich Marja die Geschäftsidee und das Betriebsmodell, sagte, so kommst du von deinen Kurzzeitjobs los und bist dein eigener Herr, oder deine eigene Frau, wie auch immer.

Marja überlegte eine halbe Minute lang, sagte dann okay und begann bald darauf zu schnaufen, fast zu schnarchen. Sie war gleich eingeschlafen.

Wie unkompliziert sie ist, dachte ich zärtlich.

Marja gab Oksana ruhig und gelassen Anweisungen und Ratschläge. Der *Pflegedienst Restum, Takala & Pelkonen* hatte sich rasch entwickelt. Marja hatte rekapituliert, was sie im Studium gelernt hatte, und sich in die Paragraphen vertieft, bis sie die Gewissheit hatte, dass man keinerlei Genehmigungen brauchte, um Menschen zu Hause zu pflegen und ihnen zu helfen. Eine Mitteilung an die Stadt genügte. Daraufhin hatte sie die Gründung sofort in die Wege geleitet, mit Oksana über die Gesellschaftsordnung und den Teilhabervertrag verhandelt und das Unternehmen beim Firmenregister und beim Finanzamt angemeldet.

Bei allem Lärm, den sie machte, war Oksana im juristischen Sinn stille Teilhaberin. Sie hatte als Firmennamen »Pflegeheim Schwalbe« oder »Pflegefirma Pelkonen–Takala« vorgeschlagen, wollte ihren Nachnamen aus alphabetischen Gründen an den Anfang stellen. Daraufhin hatte Marja gesagt, im Namen müsse ein lateinisches oder wenigstens lateinisch klingendes Wort vorkommen, und Takala-Pelkonen klinge viel dynamischer, Harley-Davidson halte sich ja auch nicht ans Alphabet. Oksanas Einwände waren allmählich immer leiser geworden. Sie widmete sich mit Feuereifer dem neuen Unternehmen, hatte allerdings versprochen, weiterhin halbtags für mich zu arbeiten. Doch ich stellte mich darauf ein, dass die eigene Firma sie bald voll auslasten würde.

Marja verhandelte bereits mit der Stadt Espoo über eine Wohneinheit mit sechs Plätzen, in der alte Leute, die nicht mehr allein zurechtkamen, rund um die Uhr betreut werden sollten. In der Praxis handelte es sich bei dieser Einheit um ein Reihenhaus, dessen Wohnungen die Firma VK-Bau gerade zu kleinen Einzimmer-Apartments und gemeinsamen Sanitär- und Aufenthaltsräumen umbaute.

Für die Betreuung von sechs kränkelnden Alten genügte eine Person, kalkulierte Marja. Tagsüber konnte man noch eine zweite Frau beschäftigen, zum Kochen und Putzen, aber auch da plante Marja bereits Einsparungen, wollte den Mahlzeitendienst outsourcen oder zentralisieren, sobald mehrere Einheiten entstanden waren. Für die Gewerbeberechtigung musste eine ausgebildete Krankenschwester beschäftigt werden, die man zum Stundentarif von einer Personalvermietung bekommen konnte. Zum Blutdruckmessen und Händchenhalten brauche sie keine teuren Karbolmäuse einzustellen, meinte Marja.

Es erschreckte mich ein wenig, wie schnell sie unternehmerische Qualitäten entwickelt hatte. Ich hatte ihr erklärt, neben dem Umsatz sei es auch wichtig, dass die Firma Ausgaben habe. Man dürfe nicht zu viel Gewinn ausweisen, besser sei es, den Überschuss zu investieren oder zu verstecken, indem man auf den Namen der Firma beispielsweise einen Motorschlitten oder eine Ferienwohnung kaufte, selbst wenn sie niemand benutzte. Marja hatte meine fiktiven Exempel gründlich verinnerlicht. Sie hatte ihren Wagen sofort auf die Firma überschrieben und auf den Namen des Pflegedienstes Computer gekauft, und wir waren gerade dabei, den Mietvertrag für mein Büro in Hakaniemi auf die Firma *Restum* zu übertragen. Meine eigenen Firmen würden restlos in die neue Halle umziehen.

Ich gab Marja durch ein Zeichen zu verstehen, dass ich nach draußen gehen wolle. Sie hatte das Handy am Ohr, sah mich an und spitzte rasch die Lippen wie zum Kuss. Dann setzte sie ihr Gespräch fort, ließ sich über Qualitätsstandards aus.

In ihren Mundwinkeln zitterten Nervosität und Anspannung. Einen Augenblick lang wusste ich, wie sie in mittleren Jahren aussehen würde.

Anna schlief im Kinderwagen, über den eine Windel gebreitet war. Sergej radelte auf dem Hof im Kreis und riss jedes Mal das Vorderrad hoch, wenn er sich der Birkenwurzel näherte, die sich aus der Erde wölbte. Ich hatte ihm ein gebrauchtes Mountainbike gekauft, hatte Marja erklärt, ich wolle dem vaterlosen Jungen eine kleine Freude bereiten. Sie hatte genickt, das sei das Mindeste, was ich tun könne.

Ich ging durch den Garten zum Schuppen am Rand des Grundstücks. Er war vom Feuer verschont geblieben, und ich hatte ihn stehen lassen, als ich das neue Haus baute. Am einen Ende befanden sich zwei abgeschlossene Verschläge, am anderen, offenen Ende bewahrte ich Brennholz auf.

Ich zog das Schnitzmesser aus der Wand und setzte mich auf den Hackklotz. Im Schuppen lagen Reiser und von der Hecke abgeschnittene Weißdorn-Äste. Ich suchte einen passend gekrümmten Ast heraus und begann zu schnitzen. Nach einer Weile erschien Serjoscha an der Türöffnung und sah mir zu.

»Ich habe versucht, dir ein Schießeisen zu schnitzen ... eine Pistole, aber sie ist nicht ganz gelungen«, sagte ich bescheiden und reichte dem Jungen das Werk meiner Hände.

»Die ist gut geworden«, lobte Sergej. Er stellte sich in Positur, kniff ein Auge zu und ahmte Schussgeräusche nach.

»Wirklich *otschen charascho*?«, fragte ich.

Sergej verstummte und ließ den Kopf hängen.

»Auf Finnisch«, sagte er.

»Serjoscha …«, setzte ich an.

»Nicht Serjoscha«, protestierte der Junge.

»Sergej …«

»So auch nicht. Die hänseln mich. Ich wäre ein Iwan und ein Räuber und ein Sowjetler«, sagte Sergej ernst. Er verzog den Mund, um nicht loszuheulen.

»Na, wie könnte ich dich denn dann nennen … vielleicht Erkki«, schlug ich vor und versuchte ihm zu zeigen, dass ich ihn ohne Rückfragen verstand.

»Erkki …« Sergej ließ den Namen über die Zunge rollen. »Das klingt gut.«

Ein Schatten fiel über die Türöffnung.

»Eine Knarre für den Jungen, so reicht man Traditionen weiter«, sagte Korhonen und stellte einen Fuß auf die Schwelle. »Als Nächstes ein Luftgewehr und dann eine Kleinkaliberpistole, versteht sich.«

»Schießen gehört nicht zu meinen Hobbys«, erwiderte ich.

»Nein. Du machst das beruflich«, grinste Korhonen.

»Du weißt genau, dass das nicht wahr ist. Und vor Kindern solltest du schon gar nicht so reden.«

Korhonen meinte wegwerfend, seine Worte seien nichts als leeres Geschwätz und raunender Wind, sie vergingen wie ein Gewitterschauer. Einen Moment lang verspüre man vielleicht wachsende Spannung, doch hinterher sei die Luft frischer, erklärte er. Ich sagte, er habe ein Ozonloch im Kopf.

Korhonen lachte wiehernd und ging neben Sergej in die Hocke.

»Na, und wie heißt du, kleines Mädchen?«, fragte er salbungsvoll.

»Ich bin kein Mädchen, ich bin ein Junge«, erwiderte Sergej

und trat von einem Bein aufs andere, weil er nicht wusste, wie er sich verhalten sollte.

»Na, und wie heißt du, mein Junge?«, machte Korhonen einen neuen Anlauf.

»Erkki.«

»Örkki? Seltsamer Name«, sagte Korhonen in gespielter Verwunderung.

»Nein, Erkki. *Erkki*!«

»Ach so, Vertti. Ich hatte mich auch schon gewundert«, führte Korhonen das Spiel weiter.

Ich sagte, er solle aufhören, das Kind zu quälen. Dann schickte ich Sergej zum Fahrradfahren. Setz den Helm auf, tu dir nicht weh und weck Anna nicht auf.

»Hat man von der Mutter des Jungen etwas gehört?«, fragte Korhonen.

Ich schlug das Messer wieder in die Wand.

»Sie ist in Russland, um ihre Angelegenheiten zu ordnen. Sergej bleibt so lange bei uns«, versuchte ich die Frage sorglos zu übergehen.

Der Legationssekretär Malkin hatte mich angerufen und ungefragt mitgeteilt, man habe Xenja Fjodorowna in Sankt Petersburg gesehen, in weniger guter Verfassung, die Ärmste sei in ihre alten Bahnen zurückgekehrt. Und du, Viktor, hatte er hinzugefügt, du weißt ja, dass wir für einen guten Mann immer Verwendung haben. Ich hatte einen alten Spruch meiner Mutter zitiert, hatte gesagt, schreib es dir hinter die Schürze, Arkadi, ein für alle Mal: Du lässt mich in Ruhe. Mit einem Handy kann man ein überraschend gutes Video aufnehmen, und das könnte man zum Beispiel bei YouTube laufen lassen oder einfach ans Außenministerium schicken … Der Streifen zeigt dich, Arkadi Malkin, während du einen Mann erschießt.

Ich glaubte zu hören, wie Malkin schluckte und die Abhörspezialisten in der Botschaft neue Tonbänder zuschalteten. Es sind genügend Einzelheiten zu sehen, fuhr ich fort. Dein Gesicht ist deutlich zu erkennen und die Wohnung ist Frolows, das Licht fällt genau richtig auf den Orientteppich und auf den Teller mit Konfekt.

Malkin hatte eine Pause gemacht, einen schweren Seufzer unterdrückt. Aha, hatte er schließlich gesagt, und danach hatte es im Hörer nur noch hohl gerauscht.

»Hast du noch etwas von deinem russischen Kontaktmann gehört, von diesem Malkin?« Korhonen schien meine Gedanken zu lesen. »So wie es mich im Mund gejuckt hat, möchte ich wetten, dass er irgendwie in die ganze Sache verwickelt war. In Frolows Freudenmädchen-Business oder in den Drogenhandel. Bei der Sicherheitspolizei wird gemunkelt, der Botschaft hätte sein Treiben nicht gefallen und der gute Mann sei nach Russland zurückgeschickt worden. Oder warte darauf, nach Ruanda abkommandiert zu werden.«

Korhonen steckte ein Streichholz in den Mund und lutschte daran.

»Aha«, sagte ich.

Korhonen lehnte sich an den Türrahmen und sah mich an, eher traurig als vorwurfsvoll.

»Was mir immer noch Kopfzerbrechen bereitet, ist der Motivsektor. Warum haben Frolows Handlanger ihren Boss umgebracht, aber die Drogen im Haus liegengelassen? Klar, die waren ein bisschen versteckt. Sozusagen genau passend. Das Gewaltdezernat hat das Paket geschluckt. Aber ein kleines Licht wie ich kann sich nur wundern.«

»Aha«, wiederholte ich.

Korhonen starrte mich immer noch unverwandt an.

»Frolow war ein böser Mann. Der Sohn einer Mutter, sicher, und man hätte ihn nicht töten dürfen, niemand hätte das tun dürfen. Aber es gab sicher Gründe«, erklärte ich schließlich.

»Das Phantom ist gut zu den Guten, aber grausam zu den Bösen, ein altes Dschungelsprichwort.«

Korhonen trat aus dem Schuppen. Er blieb stehen und sah Sergej zu, der versuchte, nur auf dem Hinterrad zu fahren.

»Weißt du, welches die zwei furchtbarsten Mitteilungen sind, die ein Mensch erhalten kann?«, fragte Korhonen und antwortete gleich selbst. »Deine Mutter ist gestorben, und dein Kind ist unters Auto gekommen. Da ist der Platz des Mannes, zwischen diesen beiden. Zwischen seiner Mutter und seinem Kind. Alles andere ist relativ. Oder optional«, erklärte er gewichtig.

Ich brummte teilnehmend oder verständnisvoll. Ein russischer Freund hatte einmal nachdenklich gesagt, Korhonen sei wie ein Akkordeon, von außen prächtig, gebe laute Töne von sich, doch die Melodien seien recht melancholisch.

Korhonen ließ das Streichholz in seinem Mund eine volle Umdrehung machen und stiefelte zu seinem Wagen.

»Erkki klein, Jüngelein, pass mir gut auf den Viktor auf, er ist wie ein Rohr im Wind und völlig verloren, wenn man ihn allein lässt«, rief er dem Jungen im Vorbeigehen zu.

Sergej lehnte das Fahrrad an einen Baum und vergewisserte sich, dass es nicht umkippte. Dann schlenderte er langsam zu mir.

»Ein komischer Mann, ganz plemplem. Aber nett«, sagte er verwundert. Er legte den Kopf in den Nacken und sah zu mir auf, blinzelte in der Sonne.

»Genau.«

Sergej schob wie aus Versehen seine Hand in meine. Seine

Handfläche fühlte sich heiß und weich an, und seine Finger waren klebrig, wie es die Finger kleiner Jungen eben sind.

Wir standen nebeneinander und sahen zu, wie Korhonen die Straße hochfuhr, dass der Kies aufspritzte. Der ganze Hügel warf das Echo zurück, als er ein paar Mal die Sirene aufheulen ließ.

»Wir kommen schon zurecht«, sagte Sergej.

Nachwort

In Russland – später Sowjetunion und nun wieder Russland – haben seit jeher finnische und mit den Finnen verwandte Menschen gelebt.

Die Karelier, deren Sprache eng mit dem Finnischen verwandt ist, bilden ein eigenes Volk, das in den Gebieten jenseits der Ostgrenze Finnlands angesiedelt ist. Nach dem finnischen Bürgerkrieg 1917 flohen viele, die auf der Seite der Unterlegenen, d.h. der Roten gestanden hatten, nach Russland. Während der Depression in den 1920er – 1930er Jahren siedelten viele Finnen voller Hoffnung ins Nachbarland über, um das »Gelobte Land« für Arbeiter aufzubauen. Tausende Finnen zogen in die Sowjetunion, sogar aus den Vereinigten Staaten und Kanada, wo sie als Emigranten unter der harten Depression zu leiden hatten.

Zu Ingermanland gehört der gesamte schmale Streifen nordöstlich von St. Petersburg, von der Stadt bis an die Küste des Finnischen Meerbusens. Die dortige finnische Besiedlung geht auf das 17. – 18. Jahrhundert zurück, als Schweden versuchte, seine Macht und die Position der lutherischen Kirche im Osten zu festigen. So entstand in unmittelbarer Nachbarschaft von St. Petersburg, dem späteren Leningrad, das von rund zweihunderttausend Finnen bewohnte Ingermanland, wo man Finnisch sprach, finnische Lieder sang, den lutherischen Gottesdienst besuchte und auch die alltäglichen Arbeiten etwas anders – auf finnische Art – verrichtete.

In der sowjetischen Epoche wurde den in der Sowjetunion lebenden Finnen, wie anderen nationalen Minderheiten, hart zugesetzt. Während der Stalinschen Säuberungen wurden Finnen in Arbeitslager geschickt, Familien auseinandergerissen und große Teile der Bevölkerung in entlegene Gebiete Russlands verbannt.

Der Zweite Weltkrieg fügte der Geschichte der Ingermanländer weitere bittere Kapitel hinzu. Deutschland eroberte Ingermanland, und die dort lebenden Menschen wurden nach Finnland übergesiedelt. Dort arbeiteten die Ingermanländer auf Bauernhöfen und in Fabriken, zahlreiche Ehen mit Finnen wurden geschlossen, verwaiste Kinder adoptiert … Ingermanländische Männer, die an der Front in finnische Kriegsgefangenschaft geraten waren, schlossen sich der finnischen Armee an, wo sie in einem speziellen »Stammesbataillon« kämpften.

Insgeheim wurde den Ingermanländern eine gesicherte Zukunft in »Großfinnland« versprochen.

Doch Finnland verlor den Krieg, und die Friedensbedingungen waren grausam. Alle Sowjetbürger mussten unverzüglich in die Sowjetunion zurückgeschickt werden. Nahezu 60 000 Ingermanländer wurden in Züge gepfercht und über die Grenze nach Osten transportiert. Unter ihnen waren Dutzende von Kindern, die von finnischen Familien adoptiert worden waren.

Manche blieben mit gefälschten Papieren in Finnland oder flohen nach Schweden.

In der Sowjetunion erwartete die Ingermanländer ein hartes Los. Sie wurden über das ganze Land zerstreut, doch nach und nach kehrten sie in die Nähe ihrer Heimat zurück. Viele ließen sich in Russisch-Karelien nieder, einige in Estland, einige in Ingermanland.

Nach dem Zusammenbruch der Sowjetunion erklärte der damalige finnische Präsident Mauno Koivisto, dass die ingermanländischen Finnen zur Rückwanderung berechtigt seien – sie konnten nach Finnland ziehen und die finnische Staatsangehörigkeit erhalten. Etwa 30 000 Ingermanländer nutzten diese Möglichkeit. Viele von ihnen hatten keinerlei Verbindung zum heutigen Finnland und sprachen kein Finnisch. Nach der ersten Begeisterung wurden sowohl Finnland als auch die Rücksiedler mit den Problemen des Migrantentums konfrontiert – Arbeitslosigkeit, Diskriminierung, Misstrauen, Heimweh.

Viktor Kornostajew, der Protagonist dieses Buches, wurde in der Sowjetunion geboren und wuchs dort auf. Väterlicherseits ist er ingermanländischer Finne, die Familie seiner Mutter war nach dem finnischen Bürgerkrieg aus Finnland in die Sowjetunion geflohen. Viktor ist nach Finnland übergesiedelt und hat den alten Familiennamen Kärppä angenommen (Kärppä = russisch: gornostai, deutsch: Wiesel).

Matti Rönkä

»Der famose Finne in der Form seines Lebens.« DIE WELT

Matti Rönkä
RUSSISCHE FREUNDE
Kriminalroman
Aus dem Finnischen
von Gabriele
Schrey-Vasara
192 Seiten
ISBN 978-3-404-16027-3

Viktor Kärppä ist cool, smart – und hat eine Spezialausbildung bei der Russischen Armee hinter sich. Nun lebt er friedlich in Helsinki. Bis das Haus, das er mit seiner Lebensgefährtin Marja eingerichtet hat, niederbrennt. Ursache: Brandstiftung. Kärppä hat sich in Russland offenbar jemanden ganz Großes zum Feind gemacht. Er muss dorthin reisen und sich in die Höhle des Löwen begeben ...

Ausgezeichnet mit dem Finnischen und dem Nordischen Krimipreis

»Arnaldur Indriðason schreibt über Island – aber erschreibt über die Welt«

WESTDEUTSCHE ALLGEMEINE ZEITUNG

Arnaldur Indriðason
FREVELOPFER
Island-Krimi
Aus dem Isländischen
von Coletta Bürling
384 Seiten
ISBN 978-3-404-16611-4

In einer Wohnung mitten in Reykjavík wird ein Mann tot aufgefunden – mit durchtrennter Kehle. Der Täter scheint das Opfer gekannt zu haben, denn nichts weist auf einen Einbruch hin. Kommissarin Elinborg findet am Tatort einen Kaschmirschal, der einen merkwürdigen Geruch verströmt, und in der Jackentasche des Opfers eine Vergewaltigungsdroge. Erlendurs Kollegin ahnt, dass der Mord die Rache für ein brutales Verbrechen war. Und ihm Freveltaten vorrausgingen, die nie gesühnt werden können. Während Kommissar Erlendur in de Ostfjorden seine traumatischen Kindheitserlebnisse aufzuarbeiten versucht, ermittelt Elínborg in einem Mordfall, der nicht nur sie erschüttert.

Bastei Lübbe Taschenbuch